Scherz Krimi

Spannung
mit Niveau

Sir Arthur Conan Doyle

Lauter rätselhafte Fälle

Scherz
Bern – München – Wien

Einzig berechtigte Übertragung aus dem Englischen
von Ursula von Wiese
Titel des Originals: »Sherlock Holmes Adventures«
Schutzumschlag von Heinz Looser
Foto: Thomas Cugini

1. Auflage 1985, ISBN 3-502-51012-1

Gesamtherstellung: Ebner Ulm

Der Daumen des Ingenieurs

Von all den schwierigen Kriminalfällen, die meinem Freund Sherlock Holmes in den Jahren unserer nahen Beziehung übertragen wurden, erhielt er nur zwei durch meine Vermittlung: Der erste betraf Mr. Hatherleys Daumen, der zweite die Geisteskrankheit des Obersten Warburton. Der Letztgenannte stellt für den scharfsichtigen Beobachter sicher eine dankbare Aufgabe dar; der erste aber war von Anfang an so seltsam und in seinen Einzelheiten so dramatisch, daß sich die Aufzeichnung wohl noch mehr lohnt, auch wenn sich die Kombinationsgabe meines Freundes dabei weniger entfalten konnte als sonst.

Es war Sommer 1889, kurz nach meiner Heirat. Ich hatte meine Privatpraxis wieder aufgenommen und wohnte nicht mehr bei Holmes in der Baker Street, besuchte ihn aber regelmäßig und überredete ihn sogar manchmal, seinen Bohemien-Gepflogenheiten untreu zu werden und zu uns zu kommen. Meine Praxis hatte sich ständig vergrößert, und da ich in der Nähe des Bahnhofs Paddington wohnte, hatte ich unter den dortigen Beamten einige Patienten. Einer von ihnen, den ich von einem schmerzhaften und hartnäckigen Leiden geheilt hatte, sang mein Loblied in allen Tonarten und schickte mir jeden Kranken, auf den er irgendwelchen Einfluß hatte.

Eines Morgens wurde ich kurz vor sieben Uhr von unserem Mädchen geweckt, das an die Tür klopfte und meldete, daß zwei Herren aus Paddington da wären und im Sprechzimmer auf mich warteten. Ich zog mich in

aller Eile an. Als ich die Treppe hinunterlief, kam mein alter Verbündeter, der Zugschaffner, aus dem Zimmer und schloß die Tür hinter sich.
»Ich habe ihn hergebracht«, flüsterte er und wies mit dem Daumen hinter sich, »es geht ihm ordentlich.«
»Was ist denn los?« fragte ich.
»Ein neuer Patient«, raunte er. »Ich hielt es für besser, ihn selbst herzubringen; so konnte er nicht entschlüpfen. Da ist er nun, ganz sicher und gesund. Ich muß jetzt gehen, Herr Doktor; ich habe meine Pflichten genau wie Sie.« Und schon war er fort, dieser wackere Geselle, ohne mir Zeit zu lassen, mich bei ihm zu bedanken.
Ich betrat mein Sprechzimmer, wo ein Herr am Tisch saß. Er trug einen schlichten braunen Anzug; seine Tuchmütze hatte er auf meine Bücher gelegt. Um die eine Hand hatte er ein Taschentuch gewickelt, das blutdurchtränkt war. Er war jung, nicht über fünfundzwanzig Jahre, und er hatte ein kräftiges, männliches Gesicht; aber er war außerordentlich blaß und machte mir den Eindruck eines Menschen, der unter einer starken Gemütserschütterung stand.
»Verzeihen Sie, daß ich Sie so früh bemühe, Herr Doktor«, sagte er, »aber ich hatte heute nacht einen Unfall. Ich kam heute morgen mit der Bahn in Paddington an, und als ich mich auf dem Bahnhof nach einem Arzt erkundigte, führte mich ein freundlicher Mann hierher. Ich gab dem Mädchen meine Karte; doch wie ich sehe, liegt sie noch dort auf dem Tisch.«
Ich nahm die Karte und las: »Victor Hatherley, Ingenieur, Victoria Street 16a III.« Das waren also Name, Beruf und Wohnung meines frühen Besuchers. »Es tut mir leid, daß Sie warten mußten«, sagte ich und ließ mich in meinem Schreibtischsessel nieder. »Wenn ich recht verstehe, haben Sie also eine Nachtfahrt hinter sich, was an sich sehr langweilig ist.«
»Oh, langweilig kann meine Nacht nicht genannt wer-

den«, erwiderte er und lachte. Er lachte schallend, lehnte sich dabei zurück und schüttelte sich. Es lag etwas Krankhaftes in diesem Lachen.

»Hören Sie auf!« rief ich. »Nehmen Sie sich zusammen!« Ich goß ihm aus einer Karaffe Wasser ein.

Es war jedoch zwecklos. Er hatte einen hysterischen Anfall, wie er bisweilen bei starken Naturen auftritt, wenn sie eine große Aufregung hinter sich haben.

Endlich kam er zu sich und wurde rot vor Verlegenheit.

»Ich habe mich lächerlich gemacht«, stieß er hervor.

»Durchaus nicht. Trinken Sie!« Ich goß etwas Kognak in das Wasser.

»Jetzt ist mir besser«, sagte er, nachdem er getrunken hatte. »Nun haben Sie vielleicht die Güte, Herr Doktor, und sehen sich meinen Daumen an oder vielmehr die Stelle, wo mein Daumen früher war.«

Er band das Taschentuch ab und hielt mir die Hand hin. Der Anblick ließ selbst mich schaudern. Neben den vier ausgestreckten Fingern war statt des Daumens nur eine fürchterlich rote, schwammige Stelle.

»Ein Unglücksfall, nehme ich an?«

»Keineswegs.«

»Etwa ein Mordüberfall!«

»Ja, sehr mörderisch.«

Ich versorgte die Wunde und legte einen antiseptischen Verband an. Er zuckte dabei nicht mit der Wimper, biß sich aber ab und zu auf die Lippe.

»Wie geht es jetzt?« fragte ich, als ich fertig war.

»Großartig! Ihr Kognak und Ihr Verband haben einen neuen Menschen aus mir gemacht. Ich war sehr schwach; aber ich habe ja auch allerhand durchgemacht.«

»Vielleicht sprechen Sie lieber nicht darüber. Das greift Ihre Nerven an.«

»O nein, jetzt nicht mehr. Ich muß ja ohnehin die Polizei benachrichtigen; doch wenn meine Wunde keinen so überzeugenden Beweis lieferte, würde man meiner Aussage wohl keinen Glauben schenken, so außergewöhnlich ist sie. Und selbst wenn man mir glaubt, scheint es mir fraglich, ob der Gerechtigkeit Genüge getan werden kann.«

»Ha«, rief ich, »wenn es sich um etwas Rätselhaftes handelt, das Sie lösen möchten, rate ich Ihnen dringend, zu meinem Freund Sherlock Holmes zu gehen, ehe Sie die Polizei aufsuchen.«

»Von dem Mann habe ich schon gehört«, antwortete mein Patient. »Ich wäre sehr froh, wenn er sich des Falles annehmen würde. Könnten Sie mir wohl ein Empfehlungsschreiben mitgeben?«

»Ich will noch mehr tun. Ich bringe Sie selbst hin. Wir wollen gleich einen Wagen bestellen, dann kommen wir gerade zur rechten Zeit, um mit ihm zu frühstücken.«

Ich lief hinauf, erklärte meiner Frau mit kurzen Worten das Vorgefallene und saß fünf Minuten später mit meinem neuen Bekannten in einer Droschke, die uns zur Baker Street brachte.

Sherlock Holmes saß, wie ich es erwartet hatte, im Schlafrock in seinem Wohnzimmer, las die *Times* und rauchte seine Morgenpfeife, die er mit den Resten vom vergangenen Tag stopfte. Er empfing uns auf seine herzliche Art und ließ uns an seiner Mahlzeit teilnehmen. Hernach placierte er unseren neuen Bekannten auf das Sofa, legte ihm ein Kissen hinter den Kopf und stellte Kognak und Wasser in seine Reichweite.

»Man sieht gleich, daß Sie ein ungewöhnliches Erlebnis gehabt haben, Mr. Hatherley«, sagte er. »Strecken Sie sich doch bitte aus, und machen Sie sich's bequem, als ob Sie zu Hause wären. Erzählen Sie uns, was vorgefallen ist; aber hören Sie auf, wenn Sie müde werden, und halten Sie sich mit einem kleinen Stärkungsmittel bei Kräften.«

»Vielen Dank«, erwiderte mein Patient, »aber ich bin

ein anderer Mensch, seit der Herr Doktor mich verbunden hat, und ich glaube, Ihr Frühstück hat die Heilung vollendet. Ich will Ihre kostbare Zeit möglichst wenig beanspruchen, und darum fange ich gleich mit meinem eigenartigen Erlebnis an.«

Holmes saß in seinem großen Lehnstuhl; er hatte den müden, gleichgültigen Ausdruck, der seine scharfsinnige Forschernatur verschleierte. Ich saß ihm gegenüber, und wir lauschten beide schweigend dem seltsamen Bericht unseres Besuchers.

»Sie müssen wissen«, begann er, »daß ich keine Eltern mehr habe, Junggeselle bin und ganz allein in einer Mietwohnung in London lebe. Von Beruf bin ich Ingenieur, Fachmann für Hydraulik, und ich habe in den sieben Jahren, die ich bei der bekannten Firma Venner & Matheson in Greenwich tätig war, gründliche Erfahrungen gesammelt. Als ich vor zwei Jahren nach beendeter Ausbildung von meinem Vater ein hübsches Vermögen erbte, beschloß ich, mich selbständig zu machen, und eröffnete ein eigenes Geschäft in der Victoria Street.

Vermutlich macht jeder, der die ersten Schritte auf der Bahn der Selbständigkeit tut, traurige Erfahrungen. Mir erging es jedenfalls so. In zwei Jahren wurde ich nur dreimal konsultiert und erhielt lediglich einen kleinen Auftrag; das war alles. Meine Einnahmen betrugen siebenundzwanzig Pfund und zehn Shilling. Jeden Tag wartete ich von neun Uhr morgens bis vier Uhr nachmittags in meiner kleinen Bude, bis ich schließlich den Mut verlor und zu dem Glauben gelangte, daß ich es nie zu etwas bringen würde.

Gestern aber, als ich gerade fortgehen wollte, meldete mir mein Angestellter, draußen warte ein Herr, der mich geschäftlich zu sprechen wünsche. Er überbrachte mir auch eine gestochene Karte mit dem Namen ›Oberst Lysander Stark‹. Ihm auf dem Fuße folgte der Oberst. Er war etwas über mittelgroß, aber von erschreckender Magerkeit. Ich glaube, ich habe noch nie einen so dünnen Menschen gesehen. Sein ganzes Gesicht bestand aus einer scharfen Nase und einem scharfen Kinn, und die Haut war straff über die Backenknochen gespannt. Aber diese Abgezehrtheit schien bei ihm Natur zu sein, nicht krankhaft; denn seine Augen blickten klar, sein Schritt war schneidig, und er hielt sich selbstbewußt. Er war einfach, doch sauber gekleidet. Ich würde ihn auf etwa vierzig schätzen.

›Mr. Hatherley?‹ sagte er mit leichtem deutschen Tonfall. ›Sie sind mir als ein Mann empfohlen worden, der nicht nur in seinem Beruf Hervorragendes leistet, sondern auf dessen Diskretion und Verschwiegenheit man sich auch verlassen kann.‹

Ich verbeugte mich und fühlte mich so geschmeichelt wie wohl jeder junge Mann, der solche Worte zu hören bekommt. ›Darf ich fragen, wer mir dieses gute Zeugnis ausgestellt hat?‹

›Nun, vielleicht ist es besser, wenn ich es Ihnen nicht sofort verrate. Aus derselben Quelle erfuhr ich, daß Sie keine Eltern haben, nicht verheiratet sind und allein in London leben.‹

›Das stimmt‹, antwortete ich. ›Ich begreife nur nicht, was all das mit meinen beruflichen Fähigkeiten zu tun hat. Sie wollten mich doch beruflich sprechen, wenn ich recht unterrichtet bin?‹

›Unbedingt. Sie werden gleich sehen, daß all dies wirklich zur Sache gehört. Ich habe einen Auftrag für Sie, der unverbrüchliches Stillschweigen fordert – absolute Geheimhaltung, verstehen Sie –, und natürlich kann man das von einem alleinstehenden Mann eher erwarten als von einem, der im Schoße seiner Familie lebt.‹

›Sie können sich ganz auf meine Diskretion verlassen‹, sagte ich.

Er sah mich sehr scharf an, während ich sprach, und es

kam mir vor, als hätte ich noch nie so argwöhnische und forschende Augen gesehen.

›Sie versprechen es mir also?‹ fragte er schließlich.

›Ja, ich verspreche es Ihnen.‹

›Absolutes Stillschweigen vorher, während und nachher? Keine Erwähnung der Angelegenheit, weder mündlich noch schriftlich?‹

›Ich habe Ihnen ja schon mein Wort gegeben.‹

›Sehr gut.‹ Er sprang plötzlich auf, schoß wie der Blitz durchs Zimmer und riß die Tür auf. Der Vorraum war leer.

›Alles in Ordnung‹, sagte er und kam zurück. ›Ich weiß, daß Angestellte manchmal sehr neugierig sind in bezug auf die Angelegenheiten ihres Arbeitgebers. Nun können wir ungestört reden.‹ Er rückte seinen Stuhl nahe zu mir und starrte mich wieder mit demselben forschenden und nachdenklichen Blick an.

Ein Gefühl des Widerwillens und etwas Ähnliches wie Furcht regten sich in mir bei dem sonderbaren Gebaren dieses klapperdürren Mannes. Selbst meine Sorge, einen Klienten zu verlieren, konnte mich nicht davon zurückhalten, meine Ungeduld zu zeigen.

›Ich möchte Sie bitten, Ihre geschäftliche Angelegenheit zur Sprache zu bringen, Sir‹, sagte ich. ›Meine Zeit ist kostbar.‹ Der Himmel verzeihe mir diesen letzten Satz; aber die Worte kamen mir einfach über die Lippen.

›Wären Ihnen fünfzig Guineas für die Arbeit einer Nacht recht?‹ fragte er.

›Durchaus.‹

›Ich sage einer Nacht, aber Stunde wäre richtiger. Ich möchte nur Ihre Meinung über eine hydraulische Presse hören, die nicht mehr funktioniert. Wenn Sie uns zeigen, wo der Fehler steckt, könnten wir sie selbst in Ordnung bringen. Was halten Sie von einem solchen Auftrag?‹

›Die Arbeit scheint leicht zu sein und die Bezahlung

großzügig.‹
›Ganz recht. Wir möchten, daß Sie heute abend mit dem letzten Zug kommen.‹
›Wohin?‹
›Nach Eyford in Berkshire. Das ist ein kleiner Ort an der Grenze von Oxfordshire, ungefähr zehn Kilometer von Reading entfernt. Am Bahnhof Paddington geht ein Zug ab, mit dem Sie um Viertel nach elf eintreffen würden.‹
›Sehr gut.‹
›Ich werde Sie mit dem Wagen abholen.‹
›Man muß also noch ein Stück fahren?‹
›Ja, unsere kleine Besitzung liegt draußen auf dem Lande. Vom Bahnhof Eyford sind es noch gut zehn Kilometer.‹
›Dann können wir kaum vor Mitternacht dort sein. Vermutlich gibt es keinen Zug mehr zurück. Ich müßte wohl übernachten?‹
›Ja, das können Sie bei uns.‹
›Das ist sehr umständlich. Soll ich nicht lieber zu einer anderen Zeit kommen?‹
›Wir finden es so am besten. Zur Entschädigung für alle Unbequemlichkeiten erhalten Sie als unbekannter junger Mann ein Honorar, das Ihre berühmtesten Kollegen kaum für ein Gutachten fordern würden. Wenn Sie aber den Auftrag lieber nicht annehmen wollen, so steht Ihnen das natürlich frei.‹
Ich dachte daran, wie gut ich fünfzig Guineas brauchen konnte, und erwiderte deshalb: ›Ich richte mich sehr gern nach Ihren Wünschen. Ich möchte Sie nur bitten, mir etwas genauer und deutlicher zu sagen, was ich tun soll.‹
›Selbstverständlich. Ich finde es ganz natürlich, daß die Schweigepflicht, die wir Ihnen auferlegt haben, Ihre Neugier erregt. Sie sollen sich nicht binden, bevor Sie alles übersehen. Hier sind doch nicht etwa Lauscher zu befürchten?‹

›Bestimmt nicht.‹
›Also denn. Sie wissen wahrscheinlich, daß Walkerde ein sehr kostbares Mineral ist, das in England nur an ein paar Orten vorkommt?‹
›Ich hörte davon.‹
›Vor einiger Zeit kaufte ich eine kleine Besitzung ungefähr zehn Kilometer von Reading. Ich hatte das Glück, auf einem meiner Felder ein Vorkommen von Walkerde zu entdecken. Bei näherer Untersuchung stellte sich aber heraus, daß dieses Vorkommen nur verhältnismäßig klein war und daß es eine Verbindung zu zwei sehr viel größeren bildete, die zu dem Grundstück meiner Nachbarn zur Rechten und zur Linken gehören. Diese guten Leute ahnen nicht, daß ihr Boden gewissermaßen eine Goldmine enthält. Natürlich liegt es in meinem Interesse, ihr Land zu kaufen, ehe sie seinen wahren Wert entdecken; aber leider fehlt es mir an dem notwendigen Kapital. Ich weihte ein paar Freunde in das Geheimnis ein, und sie schlugen mir vor, unser eigenes Land im stillen auszubeuten, um auf diese Weise die Mittel zur Erwerbung der Nachbargrundstücke zu bekommen. Das haben wir nun seit einiger Zeit getan und dabei eine hydraulische Presse angewendet. Wie gesagt, diese Presse funktioniert nicht, und wir brauchen deshalb Ihren Rat. Wenn bekannt wird, daß wir Ingenieure kommen lassen, würde es bald Nachforschungen geben und wir könnten alle Hoffnung aufgeben, die Felder jemals zu erwerben und unsere Pläne zu verwirklichen. Darum mußten Sie mir versprechen, keinem Menschen zu verraten, daß Sie heute abend nach Eyford fahren. Hoffentlich habe ich mich verständlich machen können?‹
›Ich bin völlig im Bilde‹, antwortete ich. ›Nur das eine verstehe ich nicht ganz, wie Sie bei der Gewinnung der Walkerde eine hydraulische Presse benutzen konnten. Meines Wissens wird sie doch wie Kies aus einer Grube

geschaufelt.‹

›Ach, wir haben unser eigenes Verfahren‹, sagte er leichthin. ›Wir pressen Ziegel aus der Erde, um sie fortschaffen zu können, ohne daß man merkt, was es in Wirklichkeit ist. Ich habe Sie nun ganz ins Vertrauen gezogen, Mr. Hatherley, und Ihnen damit bewiesen, daß ich mich auf Sie verlasse.‹ Er erhob sich bei diesen Worten. ›Ich erwarte Sie also um elf Uhr fünfzehn in Eyford.‹

›Ich werde bestimmt kommen.‹

›Und zu keiner Seele ein Wort.‹ Er sah mich mit einem letzten langen, forschenden Blick an, gab mir seine kalte, feuchte Hand und eilte hinaus.

Einerseits freute ich mich natürlich über den Auftrag, denn das Honorar war mindestens zehnmal höher, als ich gefordert hätte. Andererseits hatten Gesicht und Benehmen meines Auftraggebers einen sehr unangenehmen Eindruck auf mich gemacht, und ich fand, daß seine Erklärung für die Notwendigkeit meines Kommens um Mitternacht nicht genügte, ebensowenig für seine Sorge, ich könnte jemandem etwas von meinem Vorhaben erzählen. Ich schlug jedoch alle Befürchtungen in den Wind, nahm ein kräftiges Abendessen zu mir, begab mich zum Bahnhof Paddington und fuhr ab, ohne einer Seele etwas verraten zu haben.

In Reading mußte ich nicht nur umsteigen, sondern auch zu einem anderen Bahnhof gehen. Gleichwohl erreichte ich den Anschlußzug nach Eyford, wo ich kurz nach elf auf der kleinen, schlechtbeleuchteten Station ankam. Ich war der einzige Fahrgast, der hier ausstieg, und auf dem Bahnsteig war niemand außer einem einzigen verschlafenen Gepäckträger mit einer Laterne. Als ich aber durch die Sperre ging, sah ich meinen Bekannten vom Vormittag in der Dunkelheit auf der anderen Seite warten. Wortlos ergriff er meinen Arm und eilte mit mir zu einem Wagen, dessen Tür offenstand. Er schloß die Fenster, klopfte an das Holzwerk, und fort ging's, so schnell das Pferd laufen konnte.«

»Nur ein Pferd?« warf Holmes ein.

»Ja, nur eins.«

»Sahen Sie, welche Farbe es hatte?«

»Es war ein Brauner.«

»Müde oder frisch?«

»Frisch und glatt.«

»Danke sehr. Entschuldigen Sie die Unterbrechung. Fahren Sie bitte mit Ihrer höchst interessanten Erzählung fort.«

»Es ging also los, und wir fuhren mindestens eine Stunde. Oberst Lysander Stark hatte gesagt, es wären nur zehn Kilometer, aber ich hätte die Entfernung eher auf fünfzehn Kilometer geschätzt. Er saß die ganze Zeit stumm neben mir, doch ich merkte, daß er mich scharf beobachtete. Die Landstraßen dort schienen nicht sehr gut zu sein; denn wir holperten und ratterten schrecklich. Ich wollte aus dem Fenster schauen, um zu sehen, wo wir uns befanden; aber die Scheiben bestanden aus Eisglas, und ich konnte nichts erkennen, nur ab und zu einen verschwommenen Schimmer von einem vorbeifliegenden Licht. Hin und wieder versuchte ich, die Einförmigkeit der Fahrt durch eine Bemerkung zu unterbrechen; doch der Oberst gab nur einsilbige Antworten, und die Unterhaltung stockte bald. Endlich aber hörte die holprige Straße auf; wir rollten über einen knirschenden, glatten Kiesweg, und dann hielten wir. Oberst Lysander Stark sprang hinaus, und als ich ihm folgte, zog er mich schnell in einen Hauseingang. Wir traten gewissermaßen vom Wagen direkt in die Halle, so daß es mir nicht möglich war, auch nur einen flüchtigen Blick auf die Fassade des Hauses zu werfen. Sowie ich die Schwelle überschritten hatte, fiel die Tür hinter uns ins Schloß, und ich hörte das schwache Rattern der Räder, als der Wagen davonfuhr.

Im Hause war es stockdunkel; der Oberst tastete nach Streichhölzern und knurrte leise vor sich hin. Plötzlich wurde am anderen Ende des Ganges eine Tür geöffnet, und ein langer goldener Lichtstrahl schoß in unsere Richtung. Er verbreiterte sich, und eine Frau erschien mit einer Lampe in der Hand, die sie über den Kopf hielt. Ich konnte sehen, daß sie hübsch war, und im Schein des Lichtes bemerkte ich auch, daß ihr dunkles Kleid aus kostbarem Stoff bestand. Wie mir schien auf deutsch, richtete sie an meinen Gefährten ein paar Worte, die wie eine Frage klangen, und als er mürrisch und einsilbig antwortete, schrak sie so zusammen, daß ihr die Lampe beinahe aus der Hand gefallen wäre. Oberst Stark trat zu ihr, flüsterte ihr etwas ins Ohr und schob sie in das Zimmer zurück, aus dem sie gekommen war.

Dann kam er mit der Lampe in der Hand zu mir. ›Seien Sie so freundlich und warten Sie hier ein paar Minuten‹, sagte er und öffnete eine andere Tür. Es war ein ruhiges, kleines, einfach ausgestattetes Zimmer mit einem runden Tisch in der Mitte, auf dem mehrere deutsche Bücher verstreut lagen. Oberst Stark stellte die Lampe auf einem Harmonium neben der Tür ab. ›Ich werde Sie nicht lange warten lassen‹, sagte er und verschwand in die Dunkelheit.

Ich betrachtete die Bücher auf dem Tisch und sah trotz meiner Unkenntnis des Deutschen, daß zwei davon wissenschaftliche Abhandlungen waren und die anderen belletristische Werke. Dann ging ich zu dem Fenster hinüber, um einen Blick auf die Umgebung zu erhaschen; aber es lag ein verriegelter Holzladen davor. Irgendwo im Gang tickte laut eine Uhr, sonst herrschte Grabesstille. Ein unbestimmtes Gefühl des Unbehagens beschlich mich. Wer waren diese Deutschen, und was taten sie an diesem eigenartigen, abgelegenen Ort? Wo genau befand sich dieser Ort überhaupt? Ich schritt auf

und ab, leise eine Melodie summend, um bei guter Laune zu bleiben, und fand, daß ich meine fünfzig Guineas durchaus verdiente.
Auf einmal, ohne daß ein Laut die Totenstille vorher unterbrochen hätte, öffnete sich langsam die Tür meines Zimmers. Auf der Schwelle stand die Frau, deren schöne Züge von der Lampe hell beleuchtet wurden; hinter ihr lag die Halle in tiefer Dunkelheit. Auf den ersten Blick erkannte ich, daß sie vor Angst ganz elend war, und dieser Anblick jagte mir einen Schauder über den Rücken. Zitternd legte sie einen Finger an den Mund, um mich zu warnen, ich solle still sein, und flüsterte mir in gebrochenem Englisch einige Worte zu.
›Ich würde gehen‹, sagte sie, sich gewaltsam zur Ruhe zwingend, ›ich würde gehen. Ich würde nicht hierbleiben. Es ist nicht gut für Sie, wenn Sie bleiben.‹
›Aber, Madam‹, erwiderte ich, ›ich habe meine Aufgabe noch nicht erfüllt. Ich kann unmöglich fortgehen, bevor ich die Maschine gesehen habe.‹
›Es lohnt sich nicht für Sie zu warten‹, fuhr sie fort. ›Sie können durch die Haustür gehen; niemand wird Sie hindern.‹ Als sie sah, daß ich lächelnd den Kopf schüttelte, legte sie ihre Zurückhaltung ab und trat, die Hände ringend, auf mich zu. ›Um Himmels willen‹, raunte sie, ›gehen Sie weg von hier, bevor es zu spät ist!‹
Ich bin aber von Natur ziemlich eigensinnig und wenn sich mir Hindernisse in den Weg stellen nur um so eifriger darauf aus, mit einer Sache fertig zu werden. Ich dachte an mein Honorar von fünfzig Guineas, an die anstrengende Reise und an die unangenehme Nacht, die anscheinend vor mir lag. Sollte das alles umsonst sein? Warum sollte denn das alles umsonst sein? Warum sollte ich mich davonstehlen, ohne meinen Auftrag ausgeführt zu haben und ohne die mir gebührende Bezahlung in Empfang zu nehmen? Diese Frau konnte ja geistesgestört sein – was wußte ich denn von ihr?

Entschlossen schüttelte ich also den Kopf, obwohl ihr Verhalten mich mehr, als ich zuzugeben wagte, erschüttert hatte, und erklärte, daß ich bleiben würde, wo ich war. Sie wollte weiter in mich dringen; doch da wurde oben eine Tür zugeschlagen, und man hörte rasche Schritte auf der Treppe. Sie lauschte einen Augenblick und verschwand dann ebenso plötzlich und lautlos, wie sie gekommen war.

Die Neuankömmlinge waren Oberst Lysander Stark und ein kleiner, dicker Mann mit grauem Bart. Er wurde mir als Mr. Ferguson vorgestellt.

›Mr. Ferguson ist mein Sekretär und Geschäftsführer‹, sagte der Oberst. ›Übrigens, ich dachte, ich hätte diese Tür vorhin geschlossen. Ich fürchte, Sie haben Zug abbekommen?‹

›Im Gegenteil‹, versetzte ich, ›ich habe die Tür selbst aufgemacht, weil mich das Zimmer ein wenig beengte.‹

Er warf mir einen argwöhnischen Blick zu. ›Vielleicht sollten wir lieber das Geschäftliche erledigen‹, sagte er. ›Mr. Ferguson und ich werden Sie zu der Maschine bringen.‹

›Ich hole nur schnell meinen Hut.‹

›O nein, das ist nicht nötig. Die Maschine ist im Hause.‹

›Was, schaufeln Sie Walkerde im Hause?‹

›Nein, nein. Hier pressen wir sie nur. Aber lassen wir das! Sie sollen bloß die Maschine untersuchen und uns sagen, wo der Fehler steckt.‹

Wir gingen zusammen nach oben, der Oberst mit der Lampe voran, dann der dicke Geschäftsführer und ich zuletzt. Das alte Haus war ein wahres Labyrinth von Korridoren, Durchgängen, engen Wendeltreppen und kleinen, niedrigen Türen, deren Schwellen von den Generationen, die sie überquert hatten, ausgehöhlt waren. Teppiche gab es nicht, soviel ich sah, auch keine Möbel; von den Wänden bröckelte der Gips ab, und die Feuchtigkeit hatte sich in grünen, ungesunden Flecken niedergeschlagen. Ich bemühte mich, so unbefangen wie möglich zu erscheinen; aber ich hatte die Warnungen der Dame nicht vergessen und behielt meine beiden Gefährten scharf im Auge. Ferguson machte einen finsteren, schweigsamen Eindruck; doch seinen wenigen Äußerungen war zu entnehmen, daß er ein Landsmann von mir war.

Oberst Lysander Stark machte endlich vor einer niedrigen Tür halt, die er aufschloß. Sie führte in einen kleinen, rechtwinkligen Raum, in dem wir drei kaum gleichzeitig Platz hatten. Ferguson blieb draußen, und der Oberst forderte mich auf einzutreten.

›Wir befinden uns nun tatsächlich in der hydraulischen Presse‹, sagte er, ›und es wäre für uns sehr unangenehm, wenn sie jetzt in Betrieb gesetzt würde. Die Decke dieser kleinen Kammer ist in Wirklichkeit das Ende des niedergehenden Kolbens, der mit zentnerschwerer Kraft auf diesen Metallfußboden schlägt. Außen sind kleine Seitenwasserrohre angebracht, die die Kraft aufnehmen und in der Ihnen bekannten Art weitertragen und verstärken. Die Maschine läuft im Prinzip; aber es scheint irgendein Hemmnis vorzuliegen, das die Kraft vermindert. Vielleicht haben Sie die Freundlichkeit, einmal nachzusehen und uns zu zeigen, wie wir die Sache in Ordnung bringen können.‹

Ich nahm ihm die Lampe aus der Hand und untersuchte die Maschine sehr gründlich. Es war wirklich ein gigantisches Ding, das einen ungeheuren Druck erzeugen konnte. Doch als ich draußen die Hebel, mit denen sie bedient wurde, niederdrückte, erkannte ich sofort an einem zischenden Geräusch, daß irgendwo ein Leck sein mußte, so daß das Wasser durch einen der Seitenzylinder zurückströmte. Eine genauere Prüfung ergab denn auch, daß einer der Gummireifen am oberen Ende der Triebwelle so zusammengeschrumpft war, daß der Zylinder, durch den sie sich bewegte, nicht abgeschlos-

sen wurde. Das war die Ursache der Kraftminderung. Ich setzte es meinen Gefährten auseinander, die sehr aufmerksam zuhörten und mehrere praktische Fragen stellten, um sich erklären zu lassen, wie die Reparatur vorgenommen werden mußte. Nachdem ich ihnen alles dargelegt hatte, kehrte ich in die Hauptkammer der Maschine zurück, um meine Neugier zu befriedigen. Es lag auf der Hand, daß die Geschichte von der Walkerde ein reines Märchen war; denn es wäre ja absurd gewesen, eine so starke Maschine für einen solch unangemessenen Zweck zu benutzen. Die Wände waren aus Holz; aber der Fußboden bestand aus einer großen eisernen Platte, und als ich sie näher betrachtete, entdeckte ich, daß sie mit einer Kruste metallischer Ablagerungen bedeckt war. Ich bückte mich und kratzte daran, um zu sehen, was es war. Da hörte ich einen unterdrückten Ausruf auf deutsch und sah das gespensterhafte Antlitz des Obersten auf mich herabblicken.
›Was treiben Sie denn da?‹ fragte er.
Ich fühlte einen heftigen Groll in mir aufsteigen, weil man versucht hatte, mich so grob hinters Licht zu führen. ›Ich bewunderte nur Ihre Walkerde‹, erwiderte ich. ›Ich hätte Sie, glaube ich, besser beraten können, wenn ich gewußt hätte, welchem Zweck Ihre Maschine in Wirklichkeit dient.‹
Sofort bereute ich meine voreiligen Worte. Seine Miene verhärtete sich, und seine grauen Augen flammten unheilvoll.
›Sehr schön‹, sagte er, ›Sie sollen alles über die Maschine erfahren.‹ Er machte einen Schritt rückwärts, schlug die kleine Tür zu und drehte den Schlüssel um. Ich stürzte darauf zu und rüttelte an der Klinke; aber die Tür blieb fest verschlossen und gab meinen Tritten und Stößen nicht im geringsten nach. ›Hallo!‹ schrie ich. ›Lassen Sie mich heraus!‹
Und dann vernahm ich in der Stille ein Geräusch, das

mir das Herz erstarren ließ. Es war das Knacken der Hebel und das Zischen des leckenden Zylinders. Er hatte die Maschine in Betrieb gesetzt. Die Lampe stand immer noch auf dem Boden, wohin ich sie zur Untersuchung der Platte gesetzt hatte. In ihrem Schein sah ich, daß sich die schwarze Decke auf mich herabsenkte, langsam, ruckweise, aber – niemand wußte das besser als ich – mit einer Kraft, die mich binnen einer Minute zu einem formlosen Brei zermalmen mußte. Mit einem Schrei warf ich mich auf die Tür und zerrte am Schloß. Ich flehte den Obersten an, mich hinauszulassen; doch das erbarmunglose Rasseln der Hebel erstickte meine Rufe. Die Decke war nur noch knapp einen Meter über mir, und mit erhobener Hand konnte ich ihre harte, rauhe Oberfläche fühlen. Wenig später war es mir nicht mehr möglich, aufrecht zu stehen; da fingen meine Augen etwas ein, was mein Herz mit neuer Hoffnung erfüllte.

Wie gesagt, Fußboden und Decke bestanden aus Eisen, die Wände hingegen aus Holz. Als ich mich verzweifelt umschaute, gewahrte ich zwischen zwei Brettern einen dünnen Lichtstreifen, der sich immer mehr verbreiterte. Sekundenlang vermochte ich es kaum zu glauben, daß da wirklich eine Tür war. Im nächsten Augenblick zwängte ich mich hindurch und lag dann halb ohnmächtig auf der anderen Seite. Das Paneel hatte sich hinter mir wieder geschlossen; aber das Klirren der Lampe und kurz darauf das Zusammenschlagen der beiden Metallplatten sagte mir, wie knapp ich dem Tode entronnen war.

Ein aufgeregtes Rütteln an meinem Handgelenk brachte mich in die Wirklichkeit zurück. Ich lag auf dem Steinboden eines schmalen Ganges; eine Frau beugte sich über mich, schüttelte mich mit der linken Hand und hielt in der rechten eine Kerze. Es war dieselbe, deren Warnungen ich törichterweise nicht beachtet hatte.

›Kommen Sie! Kommen Sie!‹ rief sie atemlos. ›Sie werden gleich hier sein. Dann sehen sie, daß Sie nicht da sind.‹
Ich stand taumelnd auf und lief mit ihr durch den Gang und dann eine Wendeltreppe hinunter. Die Treppe mündete in einen breiteren Flur, und gerade als wir ihn erreicht hatten, vernahmen wir Laufschritte und die Rufe zweier Stimmen – die eine ertönte in dem Stockwerk, in dem wir uns befanden, die andere, die Antwort gab, einen Stock tiefer. Meine Führerin blieb stehen und blickte sich um wie ein Mensch, der nicht mehr ein noch aus weiß. Dann riß sie eine Tür auf, die in ein Schlafzimmer führte, durch dessen Fenster heller Mondschein fiel.
›Eine andere Möglichkeit bleibt Ihnen nicht‹, sagte sie. ›Es ist hoch; aber vielleicht gelingt Ihnen der Sprung.‹
Während sie sprach, tauchte am Ende des Flurs ein Licht auf, und ich sah die dünne Gestalt des Oberst Lysander herbeistürzen, in der einen Hand eine Laterne, in der andern eine Waffe, die aussah wie ein Hackmesser. Ich rannte durch das Zimmer, riß das Fenster auf und schaute hinaus. Wie friedlich und ruhig und schön sah der Garten im Mondschein aus! Ich kletterte aufs Fensterbrett; aber ich zögerte mit dem Absprung. Da war mein Verfolger auch schon an der Tür und stieß die Frau beiseite. Doch sie umklammerte ihn mit den Armen und versuchte, ihn zurückzuhalten.
›Fritz! Fritz! Vergiß nicht, was du mir das letztemal versprochen hast!‹ rief sie auf englisch. ›Du sagtest, es würde nie wieder vorkommen. Er wird schweigen! Oh, er wird schweigen!‹
›Du bist wahnsinnig, Elise!‹ schrie er. ›Du wirst uns zugrunde richten. Er hat zuviel gesehen. Laß mich los, sage ich dir!‹ Er stieß sie von sich und stürzte mit erhobenem Beil zum Fenster. Ich hatte mich hinausgeschwungen und hing mit den Händen am Fenstersims,

als der Schlag niedersauste. Ich spürte einen dumpfen Schmerz, meine Hände ließen los, und ich fiel in den Garten hinunter.
Ich raffte mich auf und lief, so schnell ich konnte, durch die Sträucher. Aber plötzlich übermannte mich Schwäche. Ich betrachtete meine Hand, die fürchterlich schmerzte, und da sah ich zum erstenmal, daß mein Daumen fehlte und daß die Wunde unablässig blutete. Ich versuchte, mir mein Taschentuch umzubinden; doch in meinen Ohren sauste und brauste es, und im nächsten Augenblick sank ich zwischen den Rosenbüschen in Ohnmacht.
Wie lange ich dort bewußtlos lag, weiß ich nicht. Es muß sehr lange gewesen sein; denn als ich zu mir kam, brach schon der Morgen an. Meine Kleider waren ganz feucht vom Tau, und mein Rockärmel war völlig durchtränkt von Blut. Der Schmerz der Wunde rief mir im Nu alle Einzelheiten meines nächtlichen Abenteuers zurück, und ich sprang auf, weil ich das Gefühl hatte, noch nicht vor meinen Verfolgern sicher zu sein. Doch als ich mich umblickte, waren zu meiner Verwunderung weder Haus noch Garten zu sehen. Ich hatte in einem Winkel der Hecke nahe bei der Landstraße gelegen, und nur ein kurzes Stück von mir entfernt stand ein längliches Gebäude, das sich, als ich mich näherte, als der Bahnhof entpuppte, auf dem ich gestern abend angekommen war. Wäre nicht die furchtbare Wunde an meiner Hand gewesen, so hätte ich alle die schrecklichen nächtlichen Erlebnisse für einen schlimmen Traum gehalten.
Halb betäubt betrat ich den Bahnhof und erkundigte mich nach dem nächsten Zug. In einer knappen Stunde ging einer nach Reading. Der Gepäckträger, den ich am Abend zuvor gesehen hatte, war wieder da, und ich fragte ihn, ob er jemals von Oberst Lysander Stark gehört habe. Er kannte den Namen nicht. Er hatte auch den Wagen nicht bemerkt, mit dem ich abgeholt worden

war. Auf meine Frage nach dem nächsten Polizeirevier erklärte er, man hätte fast fünf Kilometer zu gehen. Das war zu weit für mich; denn ich fühlte mich sehr elend. Ich beschloß, mit der Anzeige zu warten, bis ich in der Stadt war. Kurz nach sechs traf ich ein und ließ zuerst meine Wunde behandeln, und dann war der Herr Doktor so liebenswürdig, mich hierherzubringen. Ich lege die ganze Angelegenheit in Ihre Hände und werde alle Ihre Ratschläge befolgen.«

Wir saßen eine ganze Weile stumm. Dann holte Sherlock Holmes vom Bücherbord einen der riesigen Bände, in denen er Zeitungsausschnitte sammelte.

»Hier ist eine Anzeige, die Sie interessieren wird«, sagte er. »Sie erschien vor ungefähr einem Jahr in allen Blättern. Passen Sie auf: ›Vermißt seit dem 9. d. M. Jeremiah Hayling, 26 Jahre alt, Ingenieur, Fachmann für Hydraulik. Er verließ um zehn Uhr abends seine Wohnung; seither fehlt jede Spur von ihm. Er war bekleidet...‹ Und so weiter. Ha! Damals mußte der Oberst wohl auch seine Maschine überholen lassen.«

»Großer Gott!« rief mein Patient. »Das erklärt die Worte der Frau.«

»Zweifellos. Es ist ganz klar, daß der Oberst ein kaltblütiger Mann ist, zu allem entschlossen. Nun ist jede Minute kostbar; wenn Sie sich dazu imstande fühlen, wollen wir also sofort zu Scotland Yard gehen, bevor wir nach Eyford fahren.«

Etwa drei Stunden später saßen wir alle in dem Zug, der von Reading nach dem kleinen Ort in Berkshire fuhr. Unsere Gruppe bestand aus Sherlock Holmes, dem Ingenieur, Inspektor Bradstreet von Scotland Yard, einem Detektiv in Zivil und meiner Wenigkeit. Bradstreet hatte eine Generalstabskarte von der Gegend ausgebreitet und war eifrig damit beschäftigt, mit seinem Zirkel einen Kreis zu ziehen, dessen Mittelpunkt Eyford bildete.

»So«, sagte er. »Dieser Kreis umfaßt den Fünfzehnkilometerradius des Dorfes. Der Ort, den wir suchen, muß in der Nähe dieser Kreislinie liegen. Sie sprachen doch von fünfzehn Kilometern, Sir?«
»Die Fahrt dauerte eine gute Stunde.«
»Und Sie vermuten, daß man Sie den ganzen Weg zurückbrachte, während Sie bewußtlos waren?«
»Es muß so sein. Ich erinnere mich auch dunkel, daß ich hochgehoben und getragen wurde.«
»Ich verstehe nur nicht«, sagte ich, »warum man Sie geschont hat, als man Sie bewußtlos im Garten fand. Vielleicht ließ sich der Schurke durch die Bitten der Frau besänftigen.«
»Das halte ich für ziemlich unwahrscheinlich. Noch nie in meinem Leben habe ich ein so unerbittliches Gesicht gesehen.«
»Wir werden das alles bald geklärt haben«, sagte Bradstreet. »Also, ich habe meinen Kreis gezogen und möchte nur wissen, an welcher Stelle wir das Gesindel zu suchen haben.«
»Ich glaube, ich kann den Finger darauf legen«, fiel Holmes ruhig ein.
»Wirklich?« rief der Inspektor. »Sie haben sich schon eine Meinung gebildet? Ich behaupte, es ist im Süden, weil die Gegend dort weniger bevölkert ist.«
»Und ich behaupte, es ist im Osten«, sagte mein Patient.
»Ich stimme für den Westen«, meldete sich der Detektiv zu Wort. »Dort liegen mehrere stille kleine Dörfer.«
»Und ich stimme für den Norden«, sagte ich, »weil dort keine Berge sind, und unser Freund hat ja nichts davon gemerkt, daß der Wagen bergauf fuhr.«
»Eine schöne Meinungsverschiedenheit!« lachte der Inspektor. »Wir haben den Kompaß zwischen uns geteilt. Wem geben Sie Ihre Stimme, Mr. Holmes?«
»Sie irren sich alle.«
»Das ist doch gar nicht möglich!«

»O doch. Dies ist die Stelle.« Holmes deutete mit dem Finger auf die Mitte des Kreises. »Hier werden wir sie finden.«
»Aber die Fünfzehnkilometerfahrt?« stieß Hatherley hervor.
»Sie sind im Kreis herumgefahren. Ganz einfach. Sie sagten ja selbst, das Pferd sei frisch und ausgeruht gewesen, als Sie einstiegen. Wie wäre das möglich, wenn es den Wagen fünfzehn Kilometer über schlechte Straßen gezogen hätte?«
»Dieser Kniff ist einleuchtend«, räumte Bradstreet nachdenklich ein. »Über das Unternehmen der Bande besteht natürlich kein Zweifel.«
»Nicht der geringste«, sagte Holmes. »Es sind Falschmünzer großen Stils. Sie benutzen die Maschine, um die Verbindung zu formen, die das Silber ersetzen soll.«
»Wir wissen schon seit einiger Zeit, daß eine geschickte Falschmünzerbande am Werk ist«, nickte der Inspektor. »Die Spur, die wir fanden, reichte bis Reading, weiter kamen wir nicht. Doch jetzt werden wir sie wohl dank diesem glücklichen Zufall zu fassen bekommen.«
Der Inspektor irrte sich freilich; denn diese Verbrecher sollten der Justiz nicht in die Hände fallen. Als wir in den Bahnhof von Eyford einfuhren, sahen wir in der Nähe hinter einer kleinen Baumgruppe eine ungeheure Rauchwolke aufsteigen.
»Brennt da ein Haus?« fragte Bradstreet, nachdem wir ausgestiegen waren und der Zug weiterdampfte.
»Jawohl, Sir«, antwortete der Bahnhofsvorstand.
»Wann ist das Feuer ausgebrochen?«
»Wie ich hörte, in der Nacht; aber es muß schlimmer geworden sein – das ganze Haus steht in Flammen.«
»Wem gehört das Haus?«
»Doktor Becher.«
»Sagen Sie«, fiel der Ingenieur ein, »ist Doktor Becher ein Deutscher, sehr dünn, mit einer langen, scharfen

Nase?«
Der Stationsvorsteher lachte herzlich. »Nein, Sir, Doktor Becher ist Engländer, und es gibt im ganzen Ort keinen wohlbeleibteren Menschen. Aber bei ihm lebt ein Mann, ein Patient von ihm, soviel ich weiß, der Ausländer ist und aussieht, als ob ihm ein gutes Berkshire-Beefsteak nicht schaden würde.«
Der Stationsvorsteher hatte kaum ausgesprochen, da eilten wir auch schon auf die Brandstätte zu. Die Straße führte einen kleinen Hügel hinauf, und von oben sahen wir ein großes weißes Gebäude, das aus jeder Ritze und jedem Fenster Flammen sprühte.
»Das ist es!« rief Hatherley aufgeregt. »Dort ist der Kiesweg, und dort sind die Rosenbüsche, zwischen denen ich gelegen habe. Aus dem zweiten Fenster bin ich gesprungen.«
»Nun, wenigstens sind Sie gerächt«, sagte Holmes. »Kein Zweifel, Ihre Petroleumlampe hat die Holzwände in Brand gesetzt, als sie umfiel, und die Leute waren so erpicht darauf, Sie zu fangen, daß sie das Feuer nicht rechtzeitig bemerkten. Achten Sie nun in der Menge auf Ihre Freunde von gestern nacht. Ich fürchte allerdings, daß sie inzwischen gut hundert Kilometer weit weg sind.«
Holmes' Befürchtung bewahrheitete sich; denn bis zum heutigen Tage hat man weder von der schönen Frau noch von dem finsteren Deutschen noch von dem dunklen Engländer wieder etwas gehört. Früh an jenem Morgen war ein Bauer einem Wagen begegnet, in dem mehrere Personen saßen und der mit großen Kisten beladen war; er fuhr rasch auf Reading zu. Dort aber verliefen sich alle Spuren, und selbst dem scharfsinnigen Holmes gelang es nicht, den geringsten Hinweis auf ihren Aufenthaltsort zu entdecken.
Die Feuerwehrleute waren sehr verwundert über die seltsamen Einrichtungen in dem Haus, und noch er-

staunter waren sie, als sie auf einem Fenstersims im zweiten Stock einen abgehackten Daumen fanden. Gegen Abend hatten ihre Bemühungen endlich Erfolg, und sie konnten den Brand löschen; das Dach war jedoch schon eingestürzt und das ganze Gebäude so vollständig zerstört, daß außer einigen verbogenen Zylindern und Eisenrohren keine Spur von der Maschine blieb, die unserem unglückseligen Bekannten so teuer zu stehen gekommen war. In einem Schuppen entdeckte man große Mengen an Nickel und Zinn; hingegen fand man keine Münzen, wodurch sich wohl die Mitnahme der erwähnten großen Kisten erklärte.

Wie der Ingenieur aus dem Garten zu der Stelle geschafft worden war, wo er wieder zu sich kam, wäre wohl für immer ein Geheimnis geblieben, wenn nicht die weiche Gartenerde eine sehr einfache Geschichte erzählt hätte. Zwei Personen mußten ihn getragen haben, eine mit auffallend kleinen Füßen und eine mit ungewöhnlich großen. Wahrscheinlich hatte der schweigsame Engländer, weniger kühn oder weniger mörderisch als sein Gefährte, der Frau geholfen, den Bewußtlosen aus der Gefahrenzone zu bringen.

»Nun ja«, sagte der Ingenieur reuevoll, als wir uns in den Zug setzten, um nach London zurückzufahren, »das war ein schönes Geschäft für mich! Ich habe meinen Daumen verloren und ein Honorar von fünfzig Guineas, und was habe ich gewonnen?«

»Erfahrung«, lachte Holmes. »Indirekt kann Ihnen das Erlebnis von Nutzen sein. Sie brauchen es nur in Worte zu fassen, um für den Rest Ihres Lebens den Ruf eines ausgezeichneten Gesellschafters zu genießen.«

Der vornehme Junggeselle

Lord St. Simons Hochzeit und ihr sonderbares Ende bilden in den gehobenen Kreisen, in denen sich der unglückliche Bräutigam bewegt, schon längst keinen Gegenstand des Interesses mehr. Neue Skandale haben diesen Fall ausgelöscht, und ihre pikanteren Einzelheiten haben den Klatsch von diesem vier Jahre zurückliegenden Drama abgelenkt. Da ich aber Grund zu der Annahme habe, daß die vollen Tatsachen dem großen Publikum nie enthüllt worden sind, und da mein Freund Sherlock Holmes an der Aufklärung der Sache erheblich beteiligt war, finde ich, daß die Aufzeichnung seiner Erlebnisse unvollständig wäre, wenn diese bemerkenswerte Episode fehlte.

Es war einige Wochen vor meiner eigenen Hochzeit, in der Zeit, als ich noch mit Holmes zusammen in der Baker Street wohnte, da fand er eines Nachmittags bei der Rückkehr von einem Spaziergang einen Brief vor. Ich war den ganzen Tag zu Hause geblieben; denn das Wetter war plötzlich umgeschlagen. Die Musketenkugel in meinem Bein, die ich als Andenken an den afghanischen Feldzug mitgebracht hatte, machte sich bemerkbar. Ich lag in einem Sessel, umgeben von Zeitungen, die ich, gesättigt von den Neuigkeiten des Tages, beiseite geworfen hatte, und betrachtete das große Wappen und das Monogramm auf dem Briefumschlag auf dem Tisch.

»Hier ist eine sehr elegante Epistel«, sagte ich, als er eintrat.

Er erbrach das Siegel und überflog den Inhalt.
»Du hast doch die letzten Zeitungen fleißig gelesen, nicht wahr?« fragte er.
»Schau dir das an«, erwiderte ich kläglich und wies auf einen großen Stoß. »Ich hatte nichts anderes zu tun.«
»Ein Glück, denn dadurch bist du vielleicht in der Lage, meine Lücken zu füllen. Wenn du die Ereignisse so genau verfolgt hast, mußt du von Lord St. Simon und seiner Hochzeit gelesen haben?«
»O ja, mit der größten Anteilnahme.«
»Das ist gut. Der Brief, den ich hier in der Hand halte, ist von Lord St. Simon. Ich will ihn dir vorlesen, und zum Entgelt mußt du die Zeitungen durchblättern und mir die Artikel zeigen, die auf die Sache Bezug nehmen. Er schreibt:
›Sehr geehrter Herr Sherlock Holmes, von Lord Backwater erfuhr ich, daß ich mich auf Ihre Urteilskraft und Ihre Diskretion vollauf verlassen kann. Darum habe ich beschlossen, mich an Sie zu wenden und Ihren Rat wegen einer sehr peinlichen Begebenheit einzuholen, die sich in Zusammenhang mit meiner Hochzeit ereignet hat. Mr. Lestrade von Scotland Yard behandelt die Sache bereits; aber er versichert mir, daß Ihrer Mitarbeit nichts im Wege stünde. Ich werde Sie um vier Uhr nachmittags aufsuchen. Falls Sie um diese Zeit eine andere Verabredung haben, verschieben Sie sie bitte, da es sich bei meiner Angelegenheit um etwas außerordentlich Wichtiges handelt. Mit vorzüglicher Hochachtung Robert St. Simon.‹
Der Brief ist in Grosvenor Mansions abgestempelt, er ist mit einer Gänsefeder geschrieben, und der vornehme Lord hatte das Mißgeschick, an der Außenseite seines rechten kleinen Fingers einen Tintenfleck abzubekommen«, bemerkte Holmes, während er das Schreiben zusammenfaltete.
»Vier Uhr, sagt er. Jetzt ist es drei.«

»Dann bleibt mir gerade noch Zeit, mit deiner Hilfe Klarheit über die Sache zu gewinnen. Schau die Zeitungen durch, und ordne die Artikel nach dem Datum. Inzwischen sehe ich nach, wer unser Klient ist.« Er nahm ein Buch mit rotem Einband aus einer Reihe von Nachschlagewerken, die neben dem Kaminsims standen. »Da ist er«, sagte er und setzte sich. »›Robert Walsingham de Vere St. Simon, zweiter Sohn des Herzogs von Balmoral...‹ Hm. ›Wappen: blaues Feld, drei Sterne über einem schwarzen Querbalken. Geboren 1846.‹ Er ist einundvierzig Jahre alt, also reif für die Ehe. War früher Unterstaatssekretär für die Kolonien. Der Herzog, sein Vater, war Sekretär im Auswärtigen Amt. Na, das alles ist nicht aufschlußreich. Ich glaube, ich muß mich an dich halten, Watson, wenn ich etwas Handgreiflicheres haben will.«

»Hier ist die erste Notiz, die ich finden kann. Sie steht in der Gesellschaftsspalte der *Morning Post* und liegt, wie du siehst, ein paar Wochen zurück. Da heißt es: ›Wenn das Gerücht zutrifft, wird sehr bald eine Hochzeit stattfinden zwischen Lord Robert St. Simon, dem zweiten Sohn des Herzogs von Balmoral, und Miss Hatty Doran, der einzigen Tochter von Mr. Aloysius Doran aus San Francisco, Kalifornien, USA.‹ Das ist alles.«

»Knapp und sachlich«, bemerkte Holmes, indem er seine langen, dünnen Beine zum Feuer ausstreckte.

»In einem Boulevardblatt derselben Woche war ein etwas größerer Artikel. Ah, hier habe ich ihn. ›Auf dem Heiratsmarkt wird wohl bald ein Schutzgesetz notwendig sein; denn der gegenwärtige freie Handel scheint unseren heimischen Produkten nicht günstig zu sein. Nacheinander geht die Führung der vornehmen Häuser Großbritanniens in die Hände unserer schönen Kusinen von jenseits des Atlantischen Ozeans über. Die Liste derer, die von diesen reizenden Eindringlingen entführt werden, hat vorige Woche Zuwachs bekommen. Lord St. Simon, der seit über zwanzig Jahren seine Widerstandsfähigkeit gegen Amors Pfeile bewiesen hat, kündigt seine bevorstehende Hochzeit mit Miss Hatty Doran an, der bezaubernden Tochter eines kalifornischen Millionärs. Miss Doran, deren anmutige Gestalt und auffallend schönes Gesicht bei den Festlichkeiten in Westbury House Aufsehen erregten, ist das einzige Kind ihres Vaters, und ihre Mitgift soll eine sechsstellige Zahl übersteigen, wozu noch eine beträchtliche Anwartschaft kommt. Da es ein offenes Geheimnis ist, daß der Herzog von Balmoral in den letzten Jahren gezwungen war, seine Bilder zu verkaufen, und da Lord St. Simon außer dem kleinen Gut Birchmoor keinen eigenen Besitz hat, ist es offensichtlich, daß nicht nur die kalifornische Erbin Nutzen von einer Verbindung hat, durch die sie die leichte und übliche Verwandlung einer republikanischen Dame in eine britische Titelträgerin vollzieht.‹«

»Sonst noch etwas?« fragte Holmes gähnend.

»O ja, noch viel. In der *Morning Post* verkündet eine andere Notiz, daß es eine ganz stille Hochzeit sein soll, daß die Trauung in St. George's am Hanover Square stattfinden wird, daß nur ein halbes Dutzend intime Freunde eingeladen werden und daß sich die Hochzeitsgesellschaft dann zu dem Haus am Lancaster Gate begeben wird, das Mr. Aloysius Doran gemietet hat. Zwei Tage später – das heißt vorigen Mittwoch – eine kurze Meldung, daß die Neuvermählten die Flitterwochen in Lord Backwaters Haus bei Petersfield verleben werden. Das sind alle Artikel, die vor dem Verschwinden der Braut erschienen sind.«

»Vor was?« fragte Holmes und fuhr auf.

»Vor dem Verschwinden von Miss Doran.«

»Wann ist sie denn verschwunden?«

»Beim Hochzeitsmahl.«

»Es kommt öfters vor, daß eine Braut vor der Trauung

oder in den Flitterwochen davonläuft; aber das ist denn doch merkwürdig. Erzähl mir bitte Näheres.«

»Ich warne dich, mein Bericht wird sehr unvollständig sein.«

»Vielleicht können wir ihn erweitern.«

»Die Einzelheiten sind in einem Artikel einer gestrigen Morgenzeitung enthalten. Ich will ihn dir vorlesen. Die Überschrift lautet: ›Einzigartiges Ereignis bei einer vornehmen Hochzeit.‹

›Die Familie Lord Robert St. Simons ist durch die sonderbaren und peinlichen Episoden, die sich in Zusammenhang mit dessen Hochzeit abgespielt haben, in größte Bestürzung versetzt worden. Die Trauung wurde, wie bereits gestern kurz angekündigt, gestern morgen vollzogen; aber erst jetzt ist es möglich, die hartnäkkig umherschwirrenden Gerüchte zu bestätigen.

Bei der stillen Trauung, die in St. George's am Hanover Square vollzogen wurde, waren nur folgende Personen anwesend: Mr. Aloysius Doran, der Vater der Braut; die Herzogin von Balmoral; Lord Backwater; Lord Eustace und Lady Clara St. Simon (der jüngere Bruder und die Schwester des Bräutigams) sowie Lady Alicia Whittington. Die Hochzeitsgesellschaft begab sich hernach zum Hause von Mr. Aloysius Doran am Lancaster Gate, wo das Frühstück vorbereitet worden war. Es scheint, daß Unannehmlichkeiten durch eine Frau, deren Name noch nicht bekannt ist, hervorgerufen wurden. Sie erzwang sich den Eintritt ins Haus und machte auf Lord St. Simon Ansprüche geltend. Erst nach einer langen, peinlichen Szene wurde sie von zwei Dienern aus dem Haus geschafft. Die Braut, die das Haus zum Glück vor diesem unliebsamen Auftritt betreten hatte, setzte sich mit den übrigen zu Tisch; doch dann klagte sie über ein plötzliches Unwohlsein und zog sich auf ihr Zimmer zurück. Da ihre lange Abwesenheit zu Gerede Anlaß gab, folgte ihr ihr Vater. Von ihrer Zofe erfuhr er, daß sie sich nur einen Augenblick in ihrem Zimmer aufgehalten, Mantel und Hut ergriffen hatte und durch den Flur gelaufen war. Einer der Diener erklärte, er habe eine so angezogene Dame das Haus verlassen sehen, aber einfach nicht glauben wollen, daß es seine Herrin war, weil er sie bei der Hochzeitsgesellschaft vermutete. Nachdem Mr. Aloysius Doran sich vergewissert hatte, daß seine Tochter verschwunden war, setzte er sich zusammen mit dem Bräutigam sogleich mit der Polizei in Verbindung, und es werden sehr energische Nachforschungen vorgenommen, durch die sich das höchst seltsame Vorkommnis wohl rasch klären wird. Bisher jedoch ist über den Aufenthaltsort der Vermißten noch nichts durchgesickert. Es gehen Gerüchte um von schlimmen Dingen, und die Polizei soll die Verhaftung der Frau verfügt haben, die zuerst die Störung verursachte, weil man es für möglich hält, daß sie aus Eifersucht oder einem anderen Beweggrund mit dem merkwürdigen Verschwinden der Braut zu tun haben könne.‹«

»Ist das alles?«

»Nur noch eine kleine Notiz in einer anderen Morgenzeitung, aber sie ist wenig aufschlußreich.«

»Und was steht da?«

»Daß Miss Flora Millar, die Dame, die die Störung verursachte, tatsächlich verhaftet worden ist. Allem Anschein nach war sie früher Tänzerin im ›Allegro‹ und kannte den Bräutigam einige Jahre lang. Weitere Einzelheiten werden nicht gemeldet, und der ganze Fall liegt nun in deinen Händen.«

»Und es scheint ein außerordentlich interessanter Fall zu sein. Aber hörst du, es läutet, und da es kurz nach vier ist, zweifle ich nicht, daß unser vornehmer Klient gekommen ist. Denk ja nicht daran fortzugehen, Watson; denn ich hätte sehr gern einen Zeugen, wenn auch nur zur Stütze meines Gedächtnisses.«

»Lord Robert St. Simon«, meldete unser junger Diener und machte die Tür weit auf. Der Eintretende hatte ein einnehmendes, kultiviertes Gesicht mit kräftiger Nase. Er war blaß; um seinen Mund lag etwas Mutwilliges, und er hatte den steten, freien Blick eines Menschen, dessen angenehmes Los es ist, Befehle zu erteilen und Gehorsam erwarten zu dürfen. Er trat sicher und flott auf; dennoch wirkte er alt, denn er hielt sich etwas krumm, und seine Knie knickten beim Gehen ein. Als er seinen weichkrempigen Hut abnahm, sah man auch, daß sein Haar an den Schläfen ergraut war und den Ansatz einer Glatze zeigte. Was seine Kleidung betraf, so war sie sorgfältig bis zum Stutzerhaften; er trug einen hohen Kragen, einen schwarzen Frack, weiße Weste, gelbe Handschuhe, Lackschuhe und helle Gamaschen. Er kam langsam ins Zimmer, drehte den Kopf von links nach rechts, und seine rechte Hand spielte mit der Schnur, an der seine goldene Brille hing.

»Guten Tag, Lord St. Simon«, sagte Holmes, der aufgestanden war, mit einer Verbeugung. »Nehmen Sie bitte in dem Korbsessel Platz. Dies ist mein Freund und Kollege Doktor Watson. Kommen Sie etwas näher zum Feuer, dann wollen wir über Ihre Angelegenheit sprechen.«

»Eine höchst peinliche Angelegenheit für mich, wie Sie sich wohl vorstellen können, Mr. Holmes. Man hat mir in der Seele weh getan. Soviel ich weiß, haben Sie schon öfters derartige heikle Fälle behandelt, Sir, obwohl ich annehme, daß sie sich kaum in derselben Gesellschaftsschicht abgespielt haben.«

»Mein letzter Klient mit ähnlichem Anliegen war ein König.«

»Oh, wirklich? Davon ahnte ich nichts. Und welcher König?«

»Der König von Skandinavien.«

»Was! Hatte er auch seine Frau verloren?«

»Sie werden begreifen«, erwiderte Holmes verbindlich, »daß ich bei den Angelegenheiten meiner anderen Klienten ebenso verschwiegen bin, wie ich es bei der Ihren sein werde.«

»Natürlich! sehr richtig, sehr richtig! Entschuldigen Sie. Was meinen Fall betrifft, so gebe ich Ihnen gern jede Auskunft, die dazu beitragen kann, daß Sie sich eine Meinung bilden.«

»Besten Dank. Ich habe bereits alles erfahren, was in den Zeitungen steht, sonst nichts. Ich setze voraus, daß die Zeitungsberichte stimmen – zum Beispiel dieser Artikel hier über das Verschwinden Ihrer Braut.«

Lord St. Simon las ihn schnell durch. »Ja, er stimmt soweit.«

»Aber es sind noch viele Ergänzungen nötig, bevor man sich eine Meinung bilden kann. Ich glaube, es ist am besten, wenn ich Sie einfach frage.«

»Bitte sehr.«

»Wann haben Sie Miss Hatty Doran kennengelernt?«

»Vor einem Jahr in San Francisco.«

»Sie machten wohl eine Amerikareise?«

»Ja.«

»Haben Sie sich damals mit ihr verlobt?«

»Nein.«

»Aber Sie freundeten sich mit ihr an?«

»Es machte mir Spaß, in ihrer Gesellschaft zu sein, und das konnte sie merken.«

»Miss Dorans Vater ist sehr reich?«

»Er soll einer der reichsten Männer der Gegend sein.«

»Und womit hat er sein Vermögen erworben?«

»Mit Schürfen. Vor einigen Jahren hatte er noch nichts. Dann fand er eine Goldmine und wurde mit einem Schlage reich.«

»Wie ist denn Ihr Eindruck vom Charakter der jungen Dame ... Ihrer Frau?«

Der Lord ließ seine Brille etwas schneller kreiseln und

blickte ins Feuer. »Sie müssen wissen, Mr. Holmes«, sagte er, »meine Frau war zwanzig Jahre alt, als ihr Vater reich wurde. In ihrer Jugend lief sie in einem Minenlager herum und wanderte durch Wälder und Felder, so daß sie eher von der Natur als von einem Schulmeister erzogen wurde. Sie ist ungestüm und freizügig, an keinerlei Traditionen gebunden. Sie ist impulsiv – vulkanisch, hätte ich beinahe gesagt. Sie entschließt sich schnell und kennt keine Angst, ihre Entschlüsse auszuführen. Andrerseits hätte ich ihr nicht den Namen gegeben, den zu tragen ich die Ehre habe« – er hüstelte ein wenig geziert –, »wenn ich sie nicht im Grunde für einen vornehmen Menschen gehalten hätte. Ich glaube, sie ist zu heldenhafter Selbstaufopferung fähig, und alles Unehrenhafte würde sie sicher abstoßen.«

»Haben Sie eine Fotografie von ihr?«

»Ich brachte das hier mit.« Er öffnete ein Medaillon und zeigte uns das Gesicht einer sehr hübschen Frau. Es war keine Fotografie, sondern eine Elfenbeinminiatur, und der Künstler hatte das glänzende schwarze Haar, die großen dunklen Augen und den bezaubernden Mund zu voller Wirkung gebracht. Holmes betrachtete sie lange und ernst. Dann schloß er das Medaillon und gab es Lord St. Simon zurück.

»Die junge Dame kam dann nach London, und Sie erneuerten die Bekanntschaft?«

»Ja. Ich traf sie mehrmals, verlobte mich mit ihr und habe sie nun geheiratet.«

»Sie hat eine beträchtliche Mitgift erhalten, soviel ich weiß.«

»Nicht mehr, als in unserer Familie üblich ist.«

»Und sie bleibt Ihnen natürlich, da die Trauung vollzogen ist?«

»Danach habe ich mich noch nicht erkundigt.«

»Natürlich nicht. Sahen Sie Miss Doran am Tag vor der Hochzeit?«

»Ja.«
»War sie in guter Stimmung?«
»In der besten. Wir sprachen die ganze Zeit von unseren Zukunftsplänen.«
»Ach, das ist sehr interessant. Und am Hochzeitsmorgen?«
»Sie war so fröhlich wie nur möglich – wenigstens bis nach der Trauung.«
»Und bemerkten Sie dann eine Veränderung?«
»Nun, um die Wahrheit zu sagen: Da sah ich zum erstenmal, daß sie auch schroff sein kann. Der Vorfall war aber zu unbedeutend, als daß sich eine Schilderung lohnen würde, und es ist ausgeschlossen, daß er mit der Sache zusammenhängt.«
»Erzählen Sie ihn bitte trotzdem.«
»Ach, es ist kindisch. Sie ließ ihr Brautbukett fallen, als wir auf die Sakristei zugingen. Sie kam gerade an den vordersten Kirchenstühlen vorbei. Es entstand eine kurze Verzögerung; aber ein Herr, der dort saß, hob den Strauß auf, und die Blumen schienen durch den Fall nicht gelitten zu haben. Doch als ich mit ihr darüber sprach, gab sie barsche Antworten, und auf der Heimfahrt war sie wegen dieser Bagatelle lächerlich aufgeregt.«
»Soso. Sie sagten, im Kirchenstuhl saß ein Herr. Es war also Publikum zugegen?«
»O ja. Es ist unmöglich, die Leute auszuschließen, wenn die Kirche geöffnet ist.«
»Gehörte dieser Herr nicht zum Freundeskreis Ihrer Frau?«
»Nein, nein; ich bezeichne ihn nur aus Höflichkeit als Herrn; er war ein ganz gewöhnlich aussehender Mann. Ich beachtete ihn kaum. Doch mir scheint, wir schweifen ab.«
»Lady St. Simon kehrte also von der Trauung in weniger froher Stimmung zurück. Was tat sie nach der Rückkehr in das Haus ihres Vaters?«

»Ich sah sie im Gespräch mit ihrer Zofe.«
»Wer ist die Zofe?«
»Sie heißt Alice und ist Amerikanerin. Meine Frau hat sie aus Kalifornien mitgebracht.«
»Wie lange sprach sie mit dieser Alice?«
»Oh, ein paar Minuten. Ich hatte an anderes zu denken.«
»Sie hörten nicht, was gesprochen wurde?«
»Lady St. Simon sagte etwas von ›älteren Rechten‹. Ich habe keine Ahnung, was sie meinte.«
»Und was tat Ihre Frau nach dem Gespräch mit der Zofe?«
»Sie ging ins Speisezimmer.«
»An Ihrem Arm?«
»Nein, allein. Über solche Kleinigkeiten setzt sie sich hinweg. Nachdem wir ungefähr zehn Minuten bei Tisch gesessen hatten, stand sie plötzlich auf, murmelte ein paar entschuldigende Worte und ging hinaus. Sie kam nicht zurück.«
»Die Zofe Alice hat meines Wissens ausgesagt, sie sei in ihr Zimmer gegangen, habe über ihr Hochzeitskleid einen langen Mantel angezogen, einen Hut aufgesetzt und das Haus verlassen.«
»Ganz recht. Und später wurde sie auf dem Weg zum Hyde Park mit Flora Millar gesehen, mit der Frau, die jetzt verhaftet ist und die in Mr. Dorans Haus eine Störung verursacht hat.«
»Ach ja. Ich wüßte gern etwas über diese junge Dame und über Ihre Beziehung zu ihr.«
Lord St. Simon zuckte die Schultern und zog die Brauen hoch. »Wir waren einige Jahre befreundet – ich kann wohl sagen, sehr befreundet. Sie trat früher im ›Allegro‹ auf. Sie hat keinen Grund, sich über mich zu beklagen; aber Sie wissen ja, Mr. Holmes, wie Frauen sind. Flora ist ein liebes kleines Ding, jedoch ein ausgesprochener Hitzkopf, und sie hängt sehr an mir. Sie schrieb mir schreckliche Briefe, als sie von meiner bevorstehenden

Heirat hörte. Um die Wahrheit zu sagen: Die Hochzeit wurde deshalb im stillen gefeiert, weil ich befürchtete, sie könnte in der Kirche einen Skandal hervorrufen. Sie erschien gerade bei unserer Rückkehr in Mr. Dorans Haus, wo sie sich den Eintritt erzwungen hatte, äußerte sich in sehr beleidigender Weise über meine Frau und stieß sogar Drohungen gegen sie aus; aber ich hatte etwas Derartiges vorausgesehen und der Dienerschaft Anweisungen gegeben, so daß sie bald hinausbefördert wurde. Sie beruhigte sich, als sie sah, daß es keinen Zweck hatte, Krach zu schlagen.«

»Hörte Ihre Frau das?«

»Nein, gottlob nicht.«

»Und nachher wurde sie mit eben dieser Frau gesehen?«

»Ja. Gerade das erscheint Mr. Lestrade von Scotland Yard so bedenklich. Man nimmt an, Flora hätte meine Frau hinausgelockt und ihr eine Falle gestellt.«

»Na ja, das ist möglich.«

»Sie glauben es auch?«

»Ich sagte nicht, daß es wahrscheinlich ist. Aber Sie selbst halten es für unwahrscheinlich?«

»Ich glaube, Flora würde keiner Fliege etwas zuleide tun.«

»Immerhin, Eifersucht kann einen Menschen verwandeln. Wie erklären Sie denn das Vorgefallene?«

»Nein, wirklich, ich kam her, um eine Erklärung zu hören, nicht etwa, um eine abzugeben. Ich habe Ihnen alle Tatsachen genannt. Doch da Sie mich fragen, will ich Ihnen gestehen, was mir als Möglichkeit eingefallen ist. Ich denke, daß meine Frau durch die ganze Aufregung, durch die Erkenntnis, wie hoch sie auf der sozialen Stufenleiter hinaufgestiegen ist, irgendeine kleine nervöse Störung erlitten hat.«

»Kurz, daß sie plötzlich den Verstand verloren hat?«

»Nun ja, wenn ich bedenke, daß sie ... ich möchte nicht sagen, mir, aber so vielem, was viele vergeblich erstrebt haben, den Rücken gekehrt hat... anders kann ich das kaum erklären.«

»Gewiß, so läßt es sich auch ansehen«, sagte Holmes lächelnd. »Nun verfüge ich wohl über alle Grundlagen. Darf ich Sie noch fragen, ob Sie bei Tisch so saßen, daß Sie aus dem Fenster sehen konnten?«

»Wir konnten die gegenüberliegende Straßenseite und den Park sehen.«

»Aha. Dann brauche ich Sie nicht länger aufzuhalten. Ich werde Sie benachrichtigen.«

»Falls Sie das Glück haben, dieses Rätsel zu lösen«, sagte unser Klient und erhob sich.

»Ich habe es schon gelöst.«

»Wie? Was sagen Sie da?«

»Ich sagte, ich habe es schon gelöst.«

»Wo ist denn meine Frau?«

»Das ist eine Einzelfrage, die ich auch bald beantworten kann.«

Lord St. Simon machte eine skeptische Miene. »Ich fürchte, dazu bedarf es eines klügeren Kopfes, als Sie und ich ihn haben«, bemerkte er. Er verbeugte sich auf gemessene, altmodische Art und ging.

»Sehr gütig von Lord St. Simon, meinem Kopf die Ehre zu erweisen, ihn auf die gleiche Stufe wie seinen eigenen zu stellen‹, lachte Sherlock Holmes. »Ich denke, ich werde mir nach diesem Kreuzverhör einen Whisky-Soda und eine Zigarre gönnen. Ich hatte schon meine Schlüsse gezogen, bevor unser Klient ins Zimmer trat.«

»Mein lieber Holmes!«

»Ich kenne mehrere ähnliche Fälle, allerdings keinen, bei dem alles so schnell vonstatten ging. Meine ganze Prüfung diente nur dazu, meine Vermutung zur Gewißheit zu machen.«

»Aber ich habe doch genau dasselbe gehört wie du!«

»Aber du kennst die früheren Fälle nicht. Bei einem dieser Fälle... Oh, da kommt Lestrade! Guten Tag,

Lestrade! Dort steht ein Glas für Sie auf der Anrichte, und hier sind Zigarren.«

Der Polizist trug eine kurze blaue Tuchjacke, die ihm ein marinemäßiges Aussehen verlieh, und er hatte eine schwarze Leinentasche in der Hand. Mit einem kurzen Gruß setzte er sich und zündete sich die angebotene Zigarre an.

»Was gibt's?« fragte Holmes mit einem Augenzwinkern. »Sie sehen unzufrieden aus.«

»Ich bin auch unzufrieden. Es ist dieser teuflische Fall St. Simon. Ich kann mir die Sache nicht zusammenreimen.«

»Wirklich nicht? Sie setzen mich in Verwunderung.«

»Hat man jemals von einer so verwickelten Geschichte gehört? Jeder Beweis schlüpft mir durch die Finger, den ganzen Tag habe ich daran gearbeitet.«

»Und dabei sind Sie recht naß geworden«, sagte Holmes und legte die Hand auf den Ärmel der blauen Tuchjacke.

»Ja, ich habe den Teich im Hydepark abgefischt.«

»Um Himmels willen, warum denn das?«

»Auf der Suche nach dem Leichnam der Lady St. Simon.«

Sherlock Holmes lehnte sich in seinen Sessel zurück und lachte herzlich. »Haben Sie auch den Brunnen am Trafalgar Square abgefischt?« fragte er.

»Wozu? Was meinen Sie damit?«

»Weil Sie die gleiche Aussicht haben, die Verschwundene dort zu finden.«

Lestrade warf meinem Freund einen ärgerlichen Blick zu. »Vermutlich wissen Sie schon alles«, knurrte er.

»Nun, ich habe soeben erst die Tatsache gehört; aber meine Schlußfolgerung steht fest.«

»Ach, wirklich! Sie glauben also, der Teich spielt bei der Sache keine Rolle?«

»Ich halte es für sehr unwahrscheinlich.«

»Dann haben Sie vielleicht die Güte und erklären mir,

wie es kommt, daß wir dies darin gefunden haben?« Bei diesen Worten öffnete Lestrade seine Tasche, der er etliche Gegenstände entnahm, die er auf den Boden fallen ließ: Ein nasses Hochzeitskleid aus Seide, ein paar weiße Seidenschuhe, einen Brautkranz mit Schleier. »Da«, sagte er und legte einen Trauring zuoberst auf den Haufen. »Da haben Sie eine kleine Nuß zu knacken, Meister Holmes.«

»Ja, wahrhaftig«, antwortete mein Freund und blies Rauchringe in die Luft. »All die Sachen haben Sie aus dem Teich im Hydepark gefischt?«

»Nein. Ein Parkaufseher fand sie nahe am Ufer im Wasser. Sie wurden als ihre Sachen identifiziert, und ich sagte mir, wo ihre Kleider wären, müßte auch die Leiche nicht weit sein.«

»Nach dieser glänzenden Theorie müßte jedermanns Leiche in der Nähe seines Kleiderschrankes gefunden werden. Und was hofften Sie damit zu erreichen?«

»Einen Beweis dafür, daß Flora Millar mit dem Verschwinden der Braut zu tun hat.«

»Das wird Ihnen leider schwerfallen.«

»Meinen Sie?« rief Lestrade mit einiger Erbitterung. »Sie haben mit Ihren Schlußfolgerungen nicht viel Glück, Holmes. Dieses Kleid belastet Miss Flora Millar.«

»Inwiefern?«

»In dem Kleid ist eine Tasche. In der Tasche ist ein Visitenkartentäschchen. In dem Visitenkartentäschchen ist ein Zettel. Und hier ist der Zettel.« Lestrade warf den Zettel vor sich auf den Tisch. »Hören Sie, was darauf steht. ›Ich komme, wenn alles bereit ist. Wir treffen uns dann gleich. F. H. M.‹ Meine Vermutung war von Anfang an, daß Lady St. Simon von Flora Millar fortgelockt wurde, die, zweifellos zusammen mit Komplicen, an dem Verschwinden schuld ist. Hier ist, mit ihren Initialen unterschrieben, die Nachricht, die sie der Braut an der Haustür zugesteckt hat und mit der sie

ihr Opfer in ihre Reichweite gelockt hat.«
»Ausgezeichnet, Lestrade«, lachte Holmes. »Sie sind wirklich sehr findig. Lassen Sie mich einmal sehen.« Ziemlich gleichgültig nahm er den Zettel; aber seine Aufmerksamkeit erwachte sofort, und er ließ einen Ausruf der Zufriedenheit hören. »Das ist in der Tat wichtig«, sagte er.
»Ha, Sie finden es also auch?«
»Außerordentlich wichtig. Ich beglückwünsche Sie von Herzen.«
Lestrade erhob sich frohlockend und neigte den Kopf, um zu schauen. »Oh«, rief er. »Sie sehen ja die verkehrte Seite an.«
»Im Gegenteil, das ist die richtige Seite.«
»Die richtige Seite? Sie sind nicht bei Trost! Auf der andern Seite steht die Nachricht – mit Bleistift geschrieben.«
»Und das hier scheint ein Teil einer Hotelrechnung zu sein, die mich sehr interessiert.«
»Sie hat gar nichts zu bedeuten. Ich las sie schon«, sagte Lestrade. »›Vierter Oktober. Zimmer: 8 Shilling. Frühstück: 2 Shilling 6 Pence. Cocktail: 1 Shilling. Mittagessen: 2 Shilling 6 Pence. Glas Sherry: 8 Pence.‹ Daran sehe ich nichts.«
»Trotzdem ist es sehr bedeutungsvoll. Was die Nachricht betrifft, so ist sie auch wichtig, zumindest sind es die Initialen. Ich beglückwünsche Sie also nochmals.«
»Ich habe genug Zeit versäumt«, sagte Lestrade, »ich bin ein Anhänger fleißiger Arbeit und halte nichts davon, am Kaminfeuer zu sitzen und schöne Theorien auszuhecken. Also dann, Mr. Holmes, wir werden ja sehen, wer die Sache als erster ergründet.« Er sammelte die Kleidungsstücke auf, stopfte sie in die Tasche und schritt zur Tür.
»Einen kleinen Wink will ich Ihnen noch geben«, sagte Holmes gelassen, ehe sein Rivale verschwand. »Lady St.

Simon ist ein Mythos. Diese Person gibt es nicht und hat es nie gegeben.«

Lestrade sah meinen Freund bedauernd an. Dann drehte er sich zu mir herum, tippte dreimal an seine Stirn, schüttelte betrübt den Kopf und eilte davon.

Kaum hatte er die Tür hinter sich geschlossen, stand Holmes auf und zog seinen Mantel an. »Die Bemerkung über das Arbeiten im Freien hat etwas für sich«, sagte er. »Ich muß dich eine Weile deinen Zeitungen überlassen, Watson.«

Es war fünf Uhr vorbei, als Sherlock Holmes fortging; aber es blieb mir keine Zeit, mich einsam zu fühlen; denn binnen einer Stunde erschienen zwei Laufburschen aus einem Restaurant mit einer sehr großen Schachtel. Sie packten sie aus, und zu meinem Erstaunen wurde auf unserem bescheidenen Mahagonitisch ein geradezu schlemmerhaftes kaltes Abendbrot aufgetragen. Da gab es vier Schnepfen, einen Fasan, Gänseleberpastete und dazu einige uralte verstaubte Flaschen. Nachdem all dieser Luxus aufgetischt war, verschwanden meine beiden Besucher ohne eine andere Erklärung, als daß die Dinge bezahlt wären und hier abgegeben werden sollten.

Kurz vor neun trat Sherlock Holmes ins Zimmer. Seine Miene war ernst; aber etwas in seinen Augen verriet mir, daß er sich bei seinen Schlußfolgerungen nicht getäuscht hatte.

»Man hat also das Abendessen gebracht«, sagte er und rieb sich die Hände.

»Du scheinst Gäste zu erwarten. Es ist für fünf Personen gedeckt.«

»Ja, ich nehme an, daß Besuch kommen wird«, antwortete er. »Es wundert mich, daß Lord St. Simon noch nicht da ist. Ha! Ich glaube, ich höre seinen Schritt auf der Treppe.«

Es war tatsächlich unser Besucher vom Nachmittag. Er

kam eifrig herein, ließ seine Brille ungestümer denn je kreiseln, und seine aristokratischen Züge hatten einen Ausdruck der Bestürzung.

»Sie haben meinen Brief also erhalten?« fragte Holmes.

»Ja, und ich muß gestehen, daß der Inhalt mich maßlos erschreckt hat. Haben Sie Beweise für Ihre Behauptung?«

»Die denkbar besten.«

Lord St. Simon sank in einen Sessel und strich sich mit der Hand über die Stirn. »Was wird der Herzog sagen«, murmelte er, »wenn er hört, daß ein Mitglied der Familie einer solchen Demütigung ausgesetzt wurde?«

»Es ist reiner Zufall. Ich finde nicht, daß etwas Demütigendes daran ist.«

»Ach, Sie sehen diese Dinge von einem anderen Standpunkt aus an.«

»Ich sehe jedenfalls nicht, daß jemanden eine Schuld trifft. Ich kann auch kaum erkennen, wie die Dame anders hätte handeln sollen, obwohl ich ihr plötzliches Vorgehen äußerst bedauerlich finde. Da sie mutterlos ist, hatte sie niemanden, der sie in einer solchen Krise hätte beraten können.«

»Es war eine Bloßstellung, Sir, eine öffentliche Bloßstellung« , entgegnete Lord St. Simon und klopfte mit dem Finger auf den Tisch.

»Ich glaube, es hat geläutet«, sagte Holmes. »Ja, da sind Schritte auf dem Vorplatz. Für den Fall, daß ich Sie nicht dazu bringen könnte, die Sache mit Nachsicht zu betrachten, Lord St. Simon, habe ich einen Anwalt hergebeten, der vielleicht mehr Erfolg haben wird.« Er öffnete die Tür und ließ eine Dame und einen Herrn eintreten. »Lord St. Simon«, sagte er, »gestatten Sie, daß ich Sie mit Mr. und Mrs. Francis Hay Moulton bekannt mache. Die Dame kennen Sie ja schon.«

Beim Anblick dieser Neuankömmlinge war unser Klient aufgesprungen; er stand ganz steif mit gesenktem Blick die Hand unter den Rock gesteckt, ein Bild beleidigter Würde. Die Dame hatte einen raschen Schritt vorwärts gemacht und hielt ihm die Hand hin; aber er hob die Augen noch immer nicht.

»Du bist böse auf mich, Robert«, sagte sie. »Nun ja, du hast wohl auch allen Grund dazu.«

»Bitte entschuldige dich nicht bei mir«, erwiderte Lord St. Simon bitter.

»O doch, ich weiß, daß ich dich schlecht behandelt habe und daß ich vor dem Weggehen mit dir hätte sprechen sollen; aber ich war ganz verwirrt, und von der Sekunde an, in der ich Frank hier wiedersah, wußte ich nicht mehr, was ich tat und sagte. Ich wundere mich nur, daß ich nicht mitten in der Kirche in Ohnmacht fiel.«

»Vielleicht wäre es Ihnen lieber, Mrs. Moulton, wenn mein Freund und ich das Zimmer verließen, während Sie alles erklären?« fragte Holmes.

»Wenn ich meine Meinung äußern darf«, fiel der fremde Herr ein, »ich für mein Teil hätte es gern, wenn ganz Europa und Amerika die Rechtfertigung hören würden.« Er war ein kleiner, sehniger, sonnenverbrannter Mann mit scharfen Zügen und flinken Bewegungen.

»Dann will ich unsere Geschichte ohne Umschweife erzählen«, sagte die Dame. »Ich lernte Frank 1881 in McQuires Lager kennen, in der Nähe der Rocky Mountains, wo mein Vater auf dem von ihm erworbenen Grundstück nach Gold grub. Wir verlobten uns, Frank und ich; aber dann traf mein Vater eines Tages auf eine Ader und machte sein Glück, während Frank zu nichts kam. Schließlich machte mein Vater der langen Verlobungszeit ein Ende und brachte mich nach San Francisco. Frank wollte aber nicht klein beigeben; er folgte mir dorthin, und wir sahen uns, ohne daß mein Vater etwas davon wußte. Frank sagte, er wolle auch sein Glück machen und erst zurückkommen, um seinen Anspruch auf mich geltend zu machen, wenn er soviel hätte wie mein Vater. Ich versprach ihm, bis in alle Ewigkeit auf ihn zu warten, und verpflichtete mich, solange er lebte, keinen anderen zu heiraten. ›Warum sollten wir dann nicht gleich heiraten?‹ sagte er. ›Dann fühle ich mich deiner sicher. Ich werde keine Ansprüche als dein Gatte erheben, bis ich zurückkomme.‹ Nun, wir sprachen darüber, und er hatte alles schon vorbereitet, so daß wir uns trauen ließen. Danach reiste Frank ab, um sein Glück zu suchen, und ich kehrte zu meinem Vater zurück.

Als nächstes hörte ich von Frank, er wäre in Montana, dann ging er nach Arizona Gold suchen, und dann hörte ich von ihm aus New Mexico. Danach erschien in einer Zeitung ein langer Bericht über ein Goldsucherlager, das von Apachen überfallen worden war, und unter den Getöteten war Franks Name aufgeführt. Ich fiel in Ohnmacht, als ich das las, und war danach schwer krank. Ein Jahr oder noch länger kam keine Nachricht, so daß ich niemals bezweifelte, daß Frank tot war. Dann kam Lord St. Simon nach San Francisco, und wir fuhren nach London. Wir verlobten uns, und mein Vater freute sich sehr; aber ich fühlte die ganze Zeit, daß kein Mann auf Erden jemals den Platz in meinem Herzen einnehmen konnte, der meinem armen Frank gehört hatte.

Ich ging mit Lord St. Simon zum Altar in der Absicht, ihm eine so gute Frau zu sein, wie es mir nur möglich war. Aber Sie können sich vorstellen, was ich empfand, als ich, gerade als ich zum Altargeländer kam, zurückblickte und Frank sah, der in der vordersten Reihe stand und mich anschaute. Zuerst dachte ich, ich sähe seinen Geist; doch als ich wieder zurückblickte, war er immer noch da. Er legte den Finger auf die Lippen, um mir zu bedeuten, still zu sein. Dann sah ich ihn etwas auf ein Stück Papier kritzeln. Als ich beim Hinausgehen an ihm vorbeikam, ließ ich mein Bukett fallen, und er drückte mir den Zettel in die Hand, als er mir die

Blumen zurückgab. Es waren nur zwei Zeilen, in denen er mich bat, zu ihm zu kommen, wenn er mir das Zeichen gebe. Natürlich zweifelte ich keine Sekunde daran, daß es meine oberste Pflicht war, zu ihm zu stehen, und ich beschloß, alles zu tun, was er wollte. Zu Hause sagte ich meiner Zofe Bescheid, die ihn schon von Kalifornien her kannte und ihm immer sehr zugetan gewesen war. Ich befahl ihr, Stillschweigen zu bewahren, ließ sie aber ein paar Sachen einpacken und meinen Mantel bereitlegen. Ich weiß, ich hätte mit Lord St. Simon sprechen sollen; aber das war schrecklich schwer vor seiner Mutter und all den vornehmen Gästen. Ich beschloß, einfach fortzulaufen und später alles zu erklären. Ich saß noch keine zehn Minuten bei Tisch, da sah ich Frank durchs Fenster auf der gegenüberliegenden Straßenseite stehen. Er winkte mir und ging dann auf den Park zu. Ich schlüpfte weg, holte meine Sachen und folgte ihm. Eine Frau kam zu mir und sagte irgend etwas über Lord St. Simon – nach dem wenigen, was ich hörte, schien es mir, als hätte auch er ein kleines Geheimnis vor der Heirat gehabt; aber es gelang mir, sie abzuschütteln, und bald fand ich Frank. Wir stiegen in eine Droschke und fuhren zu seiner Wohnung am Gordon Square, und das war meine wahre Hochzeit nach all den Jahren des Wartens. Frank war von den Apachen gefangengenommen worden, war geflüchtet und nach San Francisco gefahren, wo er hörte, daß ich ihn für tot hielt und nach England gegangen war. Er folgte mir hierher und fand mich ausgerechnet am Morgen meiner zweiten Eheschließung.«

»Ich las es in einer Zeitung«, erklärte der Amerikaner. »Die Kirche war angegeben, aber nicht die Wohnung meiner Frau.«

»Wir sprachen dann darüber, was wir tun sollten. Frank war für unbedingte Offenheit; aber ich schämte mich so sehr, daß ich am liebsten verschwunden wäre, ohne irgend jemanden wiederzusehen. Frank nahm also mein Hochzeitskleid und die übrigen Sachen, machte ein Bündel daraus und warf es irgendwo fort, wo niemand es finden sollte. Wahrscheinlich wären wir morgen nach Paris gefahren, wenn nicht dieser gütige Herr, Mr. Holmes, heute abend zu uns gekommen wäre. Er machte mir auf die liebenswürdigste Weise klar, daß Frank recht und ich unrecht hatte, und so kamen wir gleich zu ihm her. Nun hast du alles gehört, Robert. Es tut mir sehr leid, wenn ich dir Kummer bereitet habe. Hoffentlich denkst du nicht zu schlecht von mir.«

Lord St. Simon hatte seine starre Haltung keineswegs aufgegeben, sondern diese lange Erzählung mit gerunzelter Stirn und zusammengepreßten Lippen angehört.

»Du mußt mich entschuldigen«, sagte er, »aber es ist nicht meine Art, meine intimsten Angelegenheiten so öffentlich zu behandeln.«

»Du willst mir also nicht verzeihen? Du willst mir nicht die Hand geben, bevor ich gehe?«

»Oh, gewiß, wenn es dir Freude macht.« Er streckte die Hand aus und ergriff kalt die ihre.

»Ich hatte gehofft«, sagte Holmes, »Sie würden an einem freundschaftlichen Abendessen teilnehmen.«

»Mich dünkt, da verlangen Sie etwas zuviel«, erwiderte der Lord. »Ich kann mich dazu zwingen, mich in diese neue Entwicklung zu schicken; aber es ist kaum von mir zu erwarten, daß ich dabei lustig bin. Mit Ihrer Erlaubnis verabschiede ich mich nun und wünsche Ihnen einen guten Abend.« Er schloß uns alle in eine schwungvolle Verbeugung ein und stakste hinaus.

»Der Fall war interessant«, bemerkte Holmes, nachdem unsere Gäste gegangen waren, »weil er sehr deutlich zeigt, wie einfach die Erklärung einer Angelegenheit sein kann, die auf den ersten Blick beinahe unerklärlich scheint.

Von Anfang an lagen für mich zwei Tatsachen zutage: Erstens, daß die Braut durchaus bereit war, sich trauen zu lassen; zweitens, daß sie den Schritt schon wenige Minuten später bereute. Offensichtlich hatte sich im Laufe des Vormittags etwas ereignet, das sie andern Sinnes werden ließ. Was war das? Sie konnte ja mit niemandem gesprochen haben, da sie in Begleitung des Bräutigams gewesen war. Hatte sie also jemanden gesehen? Wenn dem so war, mußte es jemand aus Amerika sein; denn sie hielt sich ja erst so kurze Zeit in England auf, daß kaum jemand solchen Einfluß auf sie hatte gewinnen können, daß der bloße Anblick des Betreffenden für sie genügte, ihre Pläne über den Haufen zu werfen. Du siehst, wir gelangen schon durch das Verfahren des Ausschließens zu dem Gedanken, daß sie vielleicht einen Amerikaner gesehen hatte. Wer konnte dieser Amerikaner nun sein, und wieso hatte er solchen Einfluß auf sie? Es konnte ein Geliebter sein; es konnte ihr Gatte sein. Ihre Jugend hatte sie, wie ich wußte, in rauher Umgebung und unter eigenartigen Bedingungen verbracht. Soweit war ich gekommen, bevor ich überhaupt Lord St. Simons Darstellung hörte. Als er uns von einem Mann im Kirchenstuhl erzählte, von dem veränderten Benehmen der Braut, von dem durchsichtigen Trick, die Blumen fallen zu lassen, von ihrem Gespräch mit der Zofe, von ihrer ganzen Einstellung, da wurde mir die Lage ein für allemal klar. Sie war mit einem Mann durchgebrannt, und der Mann war entweder ein Geliebter oder ein früherer Gatte – wahrscheinlich eher ein Gatte.«

»Wie um alles in der Welt hast du sie eigentlich gefunden?«

»Das wäre wohl schwierig gewesen; aber Freund Lestrade hielt einen Hinweis in der Hand, von dessen Wert er nichts ahnte. Die Initialen waren natürlich von höchster Wichtigkeit, noch wertvoller aber war es zu erfahren, daß seine Hotelrechnung aus einem der besten Londoner Hotels stammte.«

»Wie kamst du auf ein erstklassiges Hotel?«

»Durch die hohen Preise. Acht Shilling für ein Zimmer und acht Pence für ein Glas Sherry, das weist auf eines der teuersten Hotels hin. Es gibt nicht viele in London, die derartige Preise fordern. Im zweiten, wo ich nachfragte, an der Northumberland Avenue, ersah ich aus den Eintragungen, daß ein Amerikaner namens Francis H. Moulton erst vor zwei Tagen ausgezogen war, und als ich mir das Doppel seiner Rechnung geben ließ, fand ich dieselben Posten wie auf dem Zettel. Seine Post sollte nach Gordon Square 226 nachgesandt werden. Also fuhr ich dorthin, und ich hatte das Glück, das junge Paar zu Hause anzutreffen. Ich erlaubte mir, ihnen einige väterliche Ratschläge zu geben, und machte ihnen klar, daß es in jeder Weise besser wäre, wenn sie ihr Geheimnis lüfteten. Ich lud sie ein, sich hier mit Lord St. Simon auszusprechen, und wie du gesehen hast, ließ ich ihn ebenfalls kommen.«

»Aber mit keinem sehr guten Ergebnis«, bemerkte ich. »Er hat sich wirklich nicht besonders nett benommen.«

»Ach, Watson!« sagte Holmes lächelnd. »Vielleicht würdest du dich auch nicht besonders nett benehmen, wenn du nach all der Mühe des Werbens und Heiratens von einer Sekunde auf die andere einer Frau und eines Vermögens beraubt worden wärst. Ich glaube, wir sollten Lord St. Simon nachsichtig beurteilen und unseren Sternen danken, daß wir uns wahrscheinlich nie in derselben Lage sehen werden. Rück mit deinem Stuhl näher, und reich mir meine Geige; denn die einzige Frage, die wir noch zu lösen haben, ist die, wie wir diese trostlosen Herbstabende verbringen wollen.«

Das Beryll-Diadem

»Holmes«, sagte ich eines Morgens, während ich an unserm Erkerfenster stand und auf die Straße hinunterschaute, »da geht ein Verrückter. Ich finde es nicht richtig, daß seine Angehörigen ihn allein herumlaufen lassen.«

Mein Freund erhob sich träge aus seinem Lehnstuhl, stellte sich, die Hände in den Taschen seines Schlafrocks, hinter mich und blickte mir über die Schulter. Es war ein klarer, frischer Februarmorgen; der tags zuvor gefallene Schnee glitzerte in der Wintersonne. In der Mitte der Baker Street hatte er sich durch den Verkehr bereits in braunen Matsch verwandelt; aber an den Seiten und auf den erhöhten Rändern der Bürgersteige lag er noch so weiß, wie er gefallen war. Das graue Pflaster war zwar gekehrt und abgekratzt worden, aber immer noch gefährlich glatt, so daß man weniger Fußgänger als sonst sah. In der Tat kam aus der Richtung, wo die Untergrundbahnstation lag, niemand außer dem Fußgänger, dessen sonderbares Benehmen meine Aufmerksamkeit erregt hatte.

Er mochte etwa fünfzig Jahre alt sein, war groß und stattlich, eine vornehme Erscheinung mit breitem, scharfgeschnittenem Gesicht. Er war elegant gekleidet: schwarzer Rock, glänzender Zylinder, dunkle Gamaschen und perlgraue Beinkleider von tadellosem Schnitt. Zu seiner würdigen äußeren Erscheinung stand jedoch sein Benehmen in auffallendem Gegensatz; er rannte nämlich, dazwischen kleine Sprünge machend,

wie es müde Menschen zu tun pflegen, die es nicht gewohnt sind, ihren Beinen viel zuzumuten. Beim Laufen fuchtelte er mit den Händen herum, wackelte mit dem Kopf und verzerrte sein Gesicht auf höchst sonderbare Weise.
»Was in aller Welt mag nur mit ihm los sein?« fragte ich.
»Er schaut auf die Hausnummern.«
»Ich glaube, er kommt zu uns«, antwortete Holmes und rieb sich die Hände.
»Zu uns?«
»Ja. Ich vermute, daß er mich konsultieren will. Diese Anzeichen kenne ich. Ha! Sagte ich es nicht?«
Der Mann war mittlerweile keuchend und schnaubend auf unsere Haustür zugestürzt und riß an der Klingel, daß das ganze Haus widerhallte.
Kurz darauf stand er im Zimmer, immer noch außer Atem und mit den Händen fuchtelnd, aber mit einem so kummervollen und verzweifelten Ausdruck in den Augen, daß sich unsere Heiterkeit mit einem Schlag in Besorgnis und Mitleid verwandelte. Eine Weile brachte er kein Wort heraus; er schwankte hin und her und zerrte an seinen Haaren, als sei er nahe daran, den Verstand zu verlieren. Sherlock Holmes drückte ihn in den Lehnstuhl und setzte sich neben ihn.
»Sie sind hergekommen, um sich mir anzuvertrauen, nicht wahr?« sagte er. »Das Laufen hat Sie ermüdet. Bitte warten Sie, bis Sie sich erholt haben, und dann werde ich mich gern mit den Fragen beschäftigen, die Sie mir zu unterbreiten haben.«
Der Mann kämpfte gegen seine Erregung an. Dann wischte er sich mit dem Taschentuch die Stirn ab, preßte die Lippen zusammen und wandte uns sein Gesicht zu.
»Sie halten mich sicher für verrückt«, begann er.
»Ich sehe, daß Sie große Sorgen haben«, antwortete Holmes.
»Weiß Gott, ja! Mich hat ein Schicksalsschlag getroffen,

der mich fast um den Verstand bringt. Die Schande vor der Öffentlichkeit hätte ich noch ertragen, obwohl an meinem Namen noch nie ein Makel gehaftet hat. Kummer im Privatleben bleibt auch keinem Menschen erspart; aber daß beides gleichzeitig und in so entsetzlicher Form über mich hereinbricht, das hat mich im Innersten erschüttert. Außerdem betrifft es nicht mich allein. Einer der Höchststehenden im Lande kann in Mitleidenschaft gezogen werden, wenn sich kein Ausweg findet.«

»Beruhigen Sie sich, Sir«, sagte Holmes, »und berichten Sie mir klipp und klar, wer Sie sind und was Sie betroffen hat.«

»Meinen Namen haben Sie wahrscheinlich schon gehört. Ich bin Alexander Holder, Teilhaber der Bank Holder & Stevenson in der Threadneedle Street.«

Der Name war uns in der Tat wohlbekannt als der des ältesten Teilhabers der zweitgrößten Londoner Privatbank. Was konnte geschehen sein, daß einer der hervorragendsten Bürger der Stadt in diese klägliche Verfassung geraten war? Gespannt warteten wir, bis er sich mit erneuter Kraftanstrengung dazu aufraffte, seine Geschichte zu erzählen.

»Die Zeit ist kostbar«, sagte er. »Darum beeilte ich mich so, als der Polizeiinspektor mir vorschlug, mir Ihre Mitwirkung zu sichern. Ich fuhr mit der Untergrundbahn zur Baker Street und lief dann zu Fuß; denn bei diesem Schnee fahren die Wagen so langsam. Deshalb war ich so außer Atem; ich mache mir nämlich nur selten Bewegung. Jetzt ist mir besser, und ich will Ihnen die Tatsachen möglichst kurz und klar darlegen.

Sie werden wohl wissen, daß das Florieren einer Bank ebensosehr von lohnenden Anlagen des Kapitals abhängt wie von der Erweiterung der Beziehungen und der Vergrößerung des Kundenkreises. Zu den einträglichsten Geldanlagen gehört die Gewährung von Darle-

hen gegen zweifelsfreie Sicherheiten. In den letzten Jahren haben wir vielen vornehmen Familien erhebliche Summen auf ihre Bilder, ihre Bücher und ihr Silber geliehen.
Gestern vormittag saß ich in meinem Büro, als mir einer unserer Angestellten eine Karte hereinbrachte. Ich war sehr verblüfft, als ich den Namen las; denn es war kein anderer als ... Aber vielleicht ist es besser, wenn ich selbst Ihnen nur sage, daß der Name in der ganzen Welt bekannt ist – einer der angesehensten Namen in England. Überwältigt von der Ehre, wollte ich beim Eintritt des Herrn meinen Gefühlen Ausdruck verleihen; aber er brachte sofort sein geschäftliches Anliegen vor, als läge ihm daran, mit einer unangenehmen Aufgabe möglichst schnell fertig zu werden.
›Mr. Holder‹, sagte er, ›ich hörte, daß es bei Ihnen üblich ist, Darlehen zu gewähren.‹
›Das tut die Firma, wenn Sicherheiten vorhanden sind‹, antwortete ich.
›Es ist für mich sehr wichtig‹, sagte er, ›auf der Stelle fünfzigtausend Pfund zu bekommen. Natürlich könnte ich mir eine so geringfügige Summe jederzeit von meinen Freunden leihen; aber ich ziehe es vor, die Sache geschäftlich aufzuziehen. Sie werden begreifen, daß es unklug wäre, wenn ich mich in meiner Stellung auf private Verbindlichkeiten einließe.‹
›Für wie lange brauchen Sie diese Summe, wenn ich fragen darf?‹
›Nächsten Montag wird ein großer Betrag fällig, und dann werde ich das Darlehen ganz sicher zurückzahlen, samt den Zinsen, die Sie dafür berechnen. Hauptsache ist für mich, daß ich das Geld sofort erhalte.‹
›Es wäre mir ein Vergnügen, Ihnen die Summe ohne weiteres aus meiner eigenen Tasche zu leihen‹, sagte ich, ›wenn ich mir das leisten könnte. Tue ich es aber im Namen der Firma, so muß ich mit Rücksicht auf meinen

Partner auf Beachtung aller geschäftlichen Vorsichtsmaßnahmen bestehen.‹
›So ist es mir auch viel lieber‹, erwiderte er und nahm ein viereckiges schwarzes Saffianetui zur Hand, das er neben seinen Stuhl gelegt hatte. ›Sie haben sicher schon von dem Beryll-Diadem gehört?‹
›Das ist eins der kostbarsten unserer Reichskleinodien‹, sagte ich.
›Ganz recht.‹ Er öffnete das Etui, und darin lag auf weichem rosa Samt das prachtvolle Schmuckstück. ›Es sind neununddreißig Berylle von außerordentlicher Größe‹, erklärte er, ›und der Wert der Goldfassung ist unschätzbar. Ich bin bereit, Ihnen das Diadem als Pfand zu überlassen.‹
Ich nahm das kostbare Etui in die Hand und betrachtete es mit einiger Verwirrung.
›Bezweifeln Sie den Wert?‹ fragte er.
›Keineswegs. Ich bezweifle nur...‹
›Meine Befugnis, es zu verpfänden? Darüber kann ich Sie beruhigen. Es würde mir nicht im Traum einfallen, so etwas zu tun, wenn ich nicht ganz sicher wäre, daß ich es in vier Tagen einlösen kann. Es ist eine reine Formsache. Genügt die Sicherheit?‹
›Reichlich.‹
›Sie verstehen, Mr. Holder, ich gebe Ihnen einen starken Beweis meines Vertrauens, das sich auf alles, was ich von Ihnen gehört habe, gründet. Ich verlasse mich darauf, daß Sie nicht nur schweigen, sondern dieses Diadem auch unter allen denkbaren Vorsichtsmaßregeln aufbewahren werden. Ich brauche wohl nicht zu sagen, daß es einen öffentlichen Skandal gäbe, wenn es irgendwie beschädigt würde. Es gibt auf der ganzen Welt keine solchen Berylle mehr, und es wäre unmöglich, sie zu ersetzen. Trotzdem überlasse ich Ihnen das Diadem mit dem größten Vertrauen und werde es Montag vormittag persönlich abholen.‹

Da ich merkte, daß es meinem Klienten darum zu tun war fortzukommen, sagte ich nichts mehr, sondern wies meinen Kassierer an, ihm fünfzig Tausendpfundnoten auszuhändigen. Doch als ich dann allein war und das kostbare Etui vor mir auf dem Tisch lag, dachte ich mit Unbehagen an die ungeheure Verantwortung, die ich da auf mich geladen hatte. Da das Diadem zum Reichsschatz gehörte, mußte das geringste Mißgeschick unfehlbar einen fürchterlichen Skandal hervorrufen. Ich bedauerte schon, daß ich eingewilligt hatte, es in Verwahrung zu nehmen. Doch jetzt war nichts mehr zu ändern; so schloß ich es denn in meinem Privatsafe ein und nahm meine Arbeit wieder auf.

Als es Abend wurde, schien es mir unklug zu sein, ein so kostbares Stück in der Bank zu lassen. Bankeinbrüche kommen öfters vor, und manch ein Safe ist schon erbrochen worden. Darum beschloß ich, das Etui in den nächsten Tagen immer bei mir zu tragen, so daß es in meiner Reichweite blieb. Mit dieser Absicht fuhr ich in einer Droschke zu meinem Hause in Streatham; das Etui hatte ich eingesteckt. Ich atmete erst wieder frei, als ich es in meinem Ankleidezimmer in ein Pult geschlossen hatte.

Und nun ein Wort über mein Hauswesen, Mr. Holmes, denn ich möchte Ihnen einen gründlichen Einblick in die Sachlage verschaffen. Mein Stallbursche und mein Hausknecht schlafen nicht im Haus und können außer Betracht bleiben. Ich habe drei Dienstmädchen, die seit vielen Jahren bei mir tätig sind und deren unbedingte Zuverlässigkeit über jeden Zweifel erhaben ist. Dann ist noch ein zweites Kammermädchen da, Lucy Parr, die erst seit ein paar Monaten bei mir angestellt ist. Sie brachte ein ausgezeichnetes Zeugnis mit, und ich war mit ihr stets zufrieden. Sie ist sehr hübsch und hat Verehrer, die sich gelegentlich bei uns herumgetrieben haben. Das ist der einzige Nachteil, den wir an ihr fanden; aber wir halten sie für ein durch und durch

anständiges Mädchen.
Soweit die Dienstboten. Meine Familie ist so klein, daß sie schnell beschrieben ist. Ich bin Witwer und habe einen einzigen Sohn, der Arthur heißt. Er war eine Enttäuschung für mich, Mr. Holmes, eine schmerzliche Enttäuschung. Ich bestreite nicht, daß es meine eigene Schuld ist. Man hat mir schon oft gesagt, ich hätte ihn zu sehr verwöhnt. Als meine Frau starb, übertrug ich all meine Liebe auf ihn. Vielleicht wäre es für uns beide besser gewesen, wenn ich ihn strenger behandelt hätte; aber ich meinte es bloß gut.
Ich wollte ihm natürlich zu meinem Nachfolger im Geschäft machen; aber er zeigte dazu keinerlei Neigung. Er war wild und launisch, und ich hätte ihm, die Wahrheit zu sagen, keine größere Geldsumme anvertrauen mögen. Schon in früher Jugend trat er in einen vornehmen Club ein, und da er ein sehr liebenswürdiges Wesen hat, freundete er sich bald mit einer Reihe von Leuten an, die volle Börsen und kostspielige Gewohnheiten hatten. Er lernte durch sie, beim Kartenspiel und auf dem Rennplatz Geld zu vergeuden, so daß er immer wieder zu mir kommen und um Vorschuß auf sein Taschengeld bitten mußte, um seine Ehrenschulden begleichen zu können. Mehr als einmal versuchte er, sich von dieser gefährlichen Gesellschaft zu lösen; aber jedesmal genügte der Einfluß seines Freundes Sir George Burnwell, ihn wieder in den Kreis zurückzuziehen.
Er brachte Sir George öfters zu uns ins Haus, und ich stellte selbst fest, daß ich dem Zauber seines Wesens kaum zu widerstehen vermochte. Er ist älter als Arthur, ein Weltmann bis in die Fingerspitzen, einer, der überall gewesen ist und alles gesehen hat, ein glänzender Redner und auffallend gut aussehend. Doch scheint er mir eine Persönlichkeit zu sein, der man mißtrauen sollte. Das ist meine Ansicht, und diese Ansicht teilt

auch meine kleine Mary, die über erhebliche Menschenkenntnis verfügt.

Mary ist meine Nichte. Als mein Bruder vor fünf Jahren starb und sie allein in der Welt zurückließ, nahm ich sie an Kindes Statt an, und seither betrachte ich sie als meine Tochter. Sie ist eine tüchtige Haushälterin, dabei zartfühlend und ruhig und sanft, wie eine Frau nur sein kann. Sie ist meine rechte Hand. Ich weiß nicht, was ich ohne sie tun würde. Nur in einem Punkt hat sie sich meinen Wünschen entgegengestellt. Zweimal hat mein Sohn um ihre Hand angehalten; aber jedesmal hat sie ihm einen Korb gegeben. Ich glaube, wenn jemand ihn auf den richtigen Weg hätte bringen können, so wäre sie es gewesen.

Nun kennen Sie alle, Mr. Holmes, die mit mir unter einem Dach leben, und ich will meinen traurigen Bericht fortsetzen.

Als wir an diesem Abend nach dem Essen im Wohnzimmer Kaffee tranken, schilderte ich Arthur und Mary mein Erlebnis und erzählte ihnen von dem kostbaren Schatz, den wir im Hause hatten; allerdings verschwieg ich den Namen meines Klienten. Lucy Parr, die den Kaffee hereingebracht hatte, war nicht mehr im Zimmer, das weiß ich sicher; aber ich kann nicht beschwören, daß die Türe geschlossen war. Mary und Arthur waren sehr neugierig und wollten das berühmte Diadem sehen; doch ich hielt es für besser, es an seinem Platz zu lassen.

›Wo hast du es verwahrt?‹ erkundigte sich Arthur.

›In meinem Schreibtisch.‹

›Ich will nur hoffen, daß heute nacht nicht bei uns eingebrochen wird‹, sagte er.

›Der Schreibtisch ist verschlossen‹, erwiderte ich.

›Oh, zu dem paßt jeder alte Schlüssel. Als Kind habe ich ihn selbst mit dem Schlüssel geöffnet, der zu dem Schrank in der Abstellkammer gehört.‹

Er führte oft kecke Reden, so daß ich seine Bemerkung nicht weiter beachtete. Aber an diesem Abend kam er mit sehr ernstem Gesicht zu mir ins Zimmer.
›Sag einmal, Papa, kannst du mir zweihundert Pfund geben?‹ fragte er mit niedergeschlagenen Augen.
›Nein, das geht nicht!‹ entgegnete ich scharf. »Ich war in Gelddingen schon viel zu nachsichtig dir gegenüber.‹
›Du warst sehr gütig‹, sagte er, ›aber ich muß das Geld haben, sonst kann ich mich nie mehr im Club blicken lassen.‹
›Und das wäre nur gut!‹ rief ich.
›Ja, aber du wirst doch nicht wollen, daß ich mit Schimpf und Schande abziehe‹, gab er zurück. ›Ich könnte die Schmach nicht ertragen. Ich muß das Geld irgendwie auftreiben, und wenn du es mir nicht gibst, muß ich andere Mittel und Wege suchen.‹
Ich war sehr ungehalten; denn das war die dritte Geldforderung in einem Monat. ›Du bekommst keinen Penny von mir‹, rief ich, worauf er das Zimmer wortlos verließ.
Als er fort war, schloß ich den Schreibtisch auf, überzeugte mich, daß mein Schatz unversehrt darin lag, und schloß wieder ab. Dann machte ich die Runde durchs Haus, um nachzusehen, ob alles gesichert war. Als ich die Treppe hinunterging, sah ich Mary am Seitenfenster der Halle, das sie zumachte und verriegelte, als ich mich näherte.
Mit einer Miene, die mir ein wenig verstört erschien, fragte sie: ›Hast du Lucy erlaubt, heute abend auszugehen?‹
›Gewiß nicht.‹
›Sie kam soeben durch die Hintertür herein. Ich bezweifle zwar nicht, daß sie nur am hinteren Gartentor war, um irgend jemanden zu treffen, aber ich halte es doch für gefährlich, und es sollte ihr verboten werden.‹
›Du mußt morgen früh mit ihr sprechen, oder ich werde

es tun, wenn dir das lieber ist. Hast du dich vergewissert, daß alles verriegelt ist?‹
›Ja.‹
›Dann gute Nacht.‹ Ich gab ihr einen Kuß, ging in mein Schlafzimmer hinauf und schlief bald ein.
Ich komme nun zu einem Teil meiner Geschichte, an dem mir besonders viel liegt. Die Sorge, die mich bewegte, trug wohl dazu bei, daß mein Schlaf noch leichter war als gewöhnlich. Gegen zwei Uhr nachts erwachte ich durch ein Geräusch im Hause. Es hatte aufgehört, ehe ich ganz wach war; aber ich hatte den Eindruck, als wäre irgendwo leise ein Fenster geschlossen worden. Ich lauschte mit gespitzten Ohren. Plötzlich vernahm ich zu meinem Schrecken deutlich leise Schritte im Nebenzimmer. Bebend vor Angst schlüpfte ich aus dem Bett und spähte durch den Türspalt in mein Ankleidezimmer.
›Arthur!‹ schrie ich auf. ›Du Elender! Du Dieb! Wie kannst du dich unterstehen, das Diadem anzurühren?‹
Das Gas war noch halb angedreht, wie ich es gelassen hatte, und mein unseliger Sohn stand, nur mit Hemd und Hose bekleidet, neben dem Licht und hielt das Kleinod in der Hand. Er schien mit aller Kraft daran zu ziehen oder es zu verbiegen. Auf meinen Ruf hin ließ er es fallen und wurde totenblaß. Ich hob es schnell auf und besah es. Eine der goldenen Zacken, in die drei Berylle gefaßt waren, fehlte.
›Lump!‹ rief ich außer mir vor Zorn. ›Du hast es zerbrochen! Du hast mich in ewige Schande gestürzt! Wo sind die Steine, die du gestohlen hast?‹
›Es fehlt keiner. Es kann keiner fehlen‹, sagte er.
›Es fehlen drei. Und du weißt, wo sie sind. Muß ich dich auch noch einen Lügner nennen? Habe ich nicht selbst gesehen, wie du noch ein Stück abbrechen wolltest?‹
›Du hast mich genügend beschimpft‹, versetzte er. ›Ich lasse mir das nicht länger gefallen. Ich werde kein Wort

mehr über diese Angelegenheit sagen. Ich verlasse dein Haus morgen früh und schlage mich allein durch.‹

›Du wirst als Gefangener fortgehen!‹ rief ich, halb wahnsinnig vor Kummer und Wut. ›Ich werde diese Sache bis auf den Grund untersuchen lassen.‹

›Von mir wirst du nichts erfahren‹, erwiderte er mit einer Leidenschaft, die ich ihm nicht zugetraut hätte. ›Wenn du die Polizei rufst, soll sie sehen, was sie herausfinden kann.‹

Inzwischen war das ganze Haus wach geworden. Mary kam als erste in mein Zimmer gelaufen, und als die das Diadem und Arthurs Gesicht sah, erriet sie alles und fiel mit einem Aufschrei ohnmächtig zu Boden. Ich schickte das Hausmädchen zur Polizei, um die Nachforschungen ohne Verzug in die Hände der Behörde zu legen. Als der Inspektor und ein Polizist das Haus betraten, fragte mich Arthur, der die ganze Zeit mit verschränkten Armen dagestanden hatte, ob ich wirklich die Absicht hätte, ihn des Diebstahls zu bezichtigen. Ich antwortete, es sei keine Privatangelegenheit mehr, sondern es handle sich um einen Fall, der die Allgemeinheit angehe, da das beschädigte Diadem Nationaleigentum sei.

›Laß mich wenigstens nicht sofort verhaften‹, bat er. ›Es wäre zu deinem wie zu meinem Vorteil, wenn ich fünf Minuten aus dem Hause gehen dürfte.‹

›Damit du fliehen oder das gestohlene Gut verstecken kannst‹, sagte ich. Hierauf machte ich ihm klar, in welch schreckliche Lage er mich gebracht hatte, und beschwor ihn, doch zu bedenken, daß nicht nur meine Ehre, sondern auch die einer viel höherstehenden Persönlichkeit auf dem Spiel stünde und daß ein Skandal drohe, der die ganze Nation erschüttern werde. Das alles könne er verhindern, wenn er mir nur sagen würde, was er mit den drei fehlenden Steinen angefangen hätte.

Ich sah jedoch, daß er sich in seinem Trotz durch keinerlei Worte beeinflussen ließ. Es blieb kein anderer

Ausweg mehr. Ich rief den Inspektor herein und übergab ihm Arthur. Unverzüglich wurde eine Durchsuchung vorgenommen, nicht nur an seiner Person, sondern auch in seinem Zimmer und überall sonst im Hause, wo er die Steine versteckt haben konnte. Aber es fand sich keine Spur von ihnen, und trotz all unseren Vorhaltungen und Drohungen war der mißratene Junge nicht dazu zu bringen, den Mund aufzumachen. Heute morgen wurde er in Gewahrsam genommen, und nach Erledigung aller polizeilichen Formalitäten machte ich mich sofort auf den Weg zu Ihnen, um Sie zu bitten, Ihren ganzen Scharfsinn zur Aufklärung dieser Angelegenheit einzusetzen.«

Sherlock Holmes saß eine Weile schweigend da; er runzelte die Stirn und blickte ins Feuer.

»Haben Sie oft Gäste?« fragte er.

»Keinen Menschen außer meinem Partner mit seiner Familie und gelegentlich Freunde von Arthur. Sir George Burnwell war in letzter Zeit öfters da. Sonst niemand, glaube ich.«

»Gehen Sie oft in Gesellschaft?«

»Nur Arthur. Mary und ich bleiben immer zu Hause. Wir machen uns beide nichts daraus.«

»Das ist ungewöhnlich bei einem jungen Mädchen.«

»Sie ist eine stille Natur. Außerdem ist sie nicht mehr so jung. Sie ist vierundzwanzig.«

»Nach dem, was Sie sagten, scheint sie der Vorfall schwer getroffen zu haben.«

»Und wie! Sogar noch mehr als mich.«

»Sie zweifeln beide nicht im geringsten an der Schuld Ihres Sohnes?«

»Wie könnten wir, da ich ihn mit eigenen Augen mit dem Diadem in der Hand sah?«

»Das möchte ich nicht als schlüssigen Beweis betrachten. War das Diadem sonst beschädigt?«

»Ja, es war verbogen.«

»Glauben Sie nicht, daß Ihr Sohn es vielleicht zurechtbiegen wollte?«
»Gott lohne es Ihnen! Sie tun für ihn und mich, was Sie können; aber die Aufgabe ist allzu schwierig. Was hatte er dort überhaupt zu suchen? Warum sagte er es nicht, wenn er unschuldige Absichten hatte?«
»Ganz recht. Und warum erfand er keine Lüge, wenn er schuldig war? Sein Schweigen scheint mir beide Wege abzuschneiden. Der Fall weist mehrere eigentümliche Punkte auf. Was sagt die Polizei zu dem Geräusch, durch das Sie geweckt wurden?«
»Man meint, Arthur habe es vielleicht hervorgerufen, als er meine Schlafzimmertür schloß.«
»Sehr glaubhaft! Als ob ein Mensch, der ein Verbrechen vorhat, die Tür so zuknallt, daß das ganze Haus aufwacht. Und was hält die Polizei von dem Verschwinden der Steine?«
»Man untersucht immer noch Dielen und Möbel, weil man hofft, sie zu finden.«
»Hat man daran gedacht, auch außerhalb des Hauses zu suchen?«
»Ja, die Polizei geht mit außerordentlicher Tatkraft vor. Der ganze Garten ist schon aufs genaueste abgesucht worden.«
»Nun, Sir«, sagte Holmes, »Ihnen kam der Fall einfach vor; ich finde ihn sehr verwickelt. Bedenken Sie einmal, was Ihre Vermutung alles einschließt. Sie nehmen an, daß Ihr Sohn aus seinem Schlafzimmer herunterkam, unter großer Gefahr in Ihr Ankleidezimmer ging, den Schreibtisch öffnete, das Diadem herausnahm, gewaltsam ein Stück davon abbrach, woanders hinging, drei Steine von den neununddreißig so geschickt versteckte, daß niemand sie zu finden vermag, und dann mit den übrigen sechsunddreißig in das Zimmer zurückkehrte, wo er sich der größten Gefahr aussetzte, entdeckt zu werden. Nun frage ich Sie: Ist eine solche Vermutung

haltbar?«
»Aber was soll man sonst annehmen?« rief der Bankier mit einer Gebärde der Verzweiflung. »Warum sagt er es denn nicht, wenn er keine böswilligen Absichten hatte?«
»Es ist unsere Aufgabe, das herauszufinden«, antwortete Holmes. »Wenn es Ihnen recht ist, Mr. Holder, wollen wir jetzt zusammen nach Streatham fahren und die Einzelheiten etwas näher betrachten.«
Mein Freund bestand darauf, daß ich mitkam, wozu ich sehr gern bereit war; denn die Geschichte von dem Beryll-Diadem hatte meine Neugier und Anteilnahme erregt. Ich gestehe, daß die Schuld des jungen Mannes für mich ebenso feststand wie für seinen unglücklichen Vater; gleichwohl hatte ich solches Vertrauen zu Holmes' Urteilskraft, daß ich fand, es müsse noch Hoffnung geben, solange er sich mit der vorliegenden Erklärung nicht zufriedengab. Auf dem Weg zu der südlichen Vorstadt äußerte er kaum ein Wort, sondern saß gesenkten Hauptes, den Hut in die Stirn gedrückt, in tiefe Gedanken versunken. Unser Klient schien angesichts des kleinen Hoffnungsschimmers neuen Mut gefaßt zu haben. Eine kurze Eisenbahnfahrt und eine noch kürzere Fußwanderung brachten uns nach Fairbank, seinem bescheidenen Wohnsitz.
Fairbank lag ein Stück weit von der Straße zurück. Eine doppelte Auffahrt mit schneebedecktem Rasenplatz erstreckte sich vorn zu den beiden großen Eisentoren hinunter, die den Zugang versperrten. Rechter Hand war ein kleines Gehölz, durch das man zu einem schmalen Weg zwischen zwei sauberen Hecken gelangte. Dieser Weg führte von der Straße zur Küchentür und bildete den Eingang für die Lieferanten. Links verlief ein Pfad zu den Ställen; er gehörte nicht zu dem Anwesen, sondern war ein öffentlicher, wenn auch wenig benutzter Durchgang. Holmes ließ uns an der Tür

stehen und ging langsam ums Haus herum, an der Fassade vorbei, den Lieferantenweg entlang, dann hinten herum durch den Garten zu dem Pfad. Das dauerte so lange, daß Mr. Holder und ich uns inzwischen ins Eßzimmer begaben, wo wir beim Kaminfeuer auf ihn warteten. Dort saßen wir schweigend, als sich die Tür öffnete und eine junge Dame hereinkam. Sie war ziemlich groß, schlank, hatte dunkle Haare und Augen, die im Gegensatz zu der auffallenden Blässe ihrer Haut besonders dunkel wirkten. Ihre Lippen waren blutleer, ihre Augen vom Weinen gerötet. Als sie stumm ins Zimmer schlüpfte, machte sie mir einen kummervolleren Eindruck als der Bankier am Morgen. Dieser Eindruck war besonders nachhaltig, da sie offenbar eine starke Persönlichkeit war und über ungeheure Selbstbeherrschung verfügte. Ohne mich zu beachten, ging sie geradewegs auf ihren Onkel zu und strich ihm liebevoll über den Kopf.

»Du hast Weisung gegeben, daß Arthur freigelassen wird, nicht wahr?« fragte sie.

»Nein, nein, mein Kind; die Sache muß gründlich untersucht werden.«

»Aber ich bin sicher, daß er unschuldig ist. Du kennst doch den Instinkt der Frauen. Ich weiß, er hat nichts Unrechtes begangen, und du wirst es bereuen, daß du so hart mit ihm verfahren bist.«

»Wieso spricht er denn nicht, wenn er unschuldig ist?«

»Wer kann das wissen? Vielleicht aus Zorn, daß du ihn verdächtigt hast.«

»Konnte ich denn anders als ihn verdächtigen, als ich ihn mit dem Diadem in der Hand sah?«

»Er hatte es ja nur genommen, um es anzusehen. Glaub mir doch, daß er unschuldig ist! Laß die Sache auf sich beruhen, und sprich nicht mehr davon. Wie schrecklich, sich unsern lieben Arthur im Gefängnis vorzustellen!«

»Ich lasse die Sache nicht ruhen, bis sich die Steine

wiedergefunden haben, Mary! Ich habe einen Herrn aus London mitgebracht, der sich noch eingehender damit befassen soll.«

»Diesen Herrn?« fragte sie und drehte sich zu mir um.

»Nein, seinen Freund. Er wollte allein gelassen werden. Er ist jetzt auf dem Weg zu den Ställen.«

»Auf dem Weg zu den Ställen?« Sie zog die dunklen Brauen hoch. »Was hofft er denn dort zu finden? Oh, das ist er wohl. Ich vertraue darauf, Sir«, sagte sie zu Holmes, der hereingekommen war, »daß es Ihnen gelingen wird, die Unschuld meines Vetters Arthur zu beweisen, von der ich überzeugt bin.«

»Ich bin ganz Ihrer Meinung, und ich glaube auch, daß wir den Beweis erbringen können«, antwortete Holmes und ging zur Fußmatte zurück, um den Schnee von seinen Schuhen abzuklopfen. »Ich habe wohl die Ehre, mit Miss Mary Holder zu sprechen. Darf ich Ihnen ein paar Fragen stellen?«

»Bitte, tun Sie das, Sir, wenn es zur Aufklärung dieses schrecklichen Rätsels dient.«

»Hörten Sie vorige Nacht nichts?«

»Nichts, bis mein Onkel laut zu reden anfing. Das hörte ich, und daraufhin kam ich herunter.«

»Sie schlossen am Abend die Fenster und Türen. Haben Sie alle Fenster zugemacht?«

»Ja.«

»Und waren alle heute morgen noch fest verschlossen?«

»Ja.«

»Eins Ihrer Mädchen hat einen Freund, nicht wahr? Soviel ich weiß, sagten Sie gestern abend zu Ihrem Onkel, sie wäre draußen gewesen, um ihn zu treffen?«

»Ja, und sie brachte uns den Kaffee ins Wohnzimmer. Dabei hörte sie vielleicht die Bemerkungen meines Onkels über das Diadem.«

»Aha. Sie folgern, daß sie möglicherweise hinausgegangen ist, um es ihrem Freund zu erzählen, und daß die

beiden den Diebstahl geplant haben könnten.«
»Was für einen Zweck haben all diese Vermutungen?« rief der Bankier ungeduldig dazwischen. »Wenn ich Ihnen doch sage, daß ich Arthur mit dem Diadem in der Hand sah!«
»Gedulden Sie sich noch ein wenig, Mr. Holder. Wir werden darauf zurückkommen. Was dieses Mädchen betrifft, Miss Holder, Sie sahen es zur Küchentür hereinkommen, nicht wahr?«
»Ja. Als ich nachschauen ging, ob die Tür für die Nacht versperrt war, schlüpfte sie gerade herein. Ich sah auch den Mann im Halbdunkel.«
»Kennen Sie ihn?«
»O ja, er bringt uns immer das Gemüse. Er heißt Francis Prosper.«
»Er stand links von der Tür, das heißt, weiter entfernt als notwendig ist, um zu der Tür zu gelangen?«
»Ja.«
»Und er hat ein Holzbein?«
Etwas wie Angst war in den ausdrucksvollen dunklen Augen des Mädchens zu lesen. »Oh, Sie sind ja ein wahrer Hexenmeister«, sagte sie. »Woher wissen Sie das?«
»Ich möchte nun gern in den oberen Stock hinaufgehen«, sagte Holmes. »Nachher werde ich mich wahrscheinlich noch einmal draußen umsehen müssen. Vielleicht ist es besser, wenn ich mir erst noch die Fenster hier unten anschaue.«
Bei dem großen Fenster, das von der Halle auf den Stallweg hinausblickte, blieb er länger stehen. Er machte es auf und untersuchte mit seinem starken Vergrößerungsglas sehr sorgfältig das Sims. »Nun wollen wir hinaufgehen«, sagte er schließlich.
Das Ankleidezimmer des Bankiers war ein einfach ausgestatteter kleiner Raum mit einem grauen Teppich, einem großen Schreibtisch und einem hohen Spiegel.

Holmes trat zunächst zu dem Schreibtisch und sah sich das Schloß genau an.
»Mit welchem Schlüssel ist der Schreibtisch geöffnet worden?« erkundigte er sich.
»Mit dem Schlüssel, von dem mein Sohn selbst sprach – der zu dem Schrank in der Abstellkammer gehört.«
»Haben Sie ihn hier?«
»Er liegt dort vor dem Spiegel.«
Sherlock Holmes nahm den Schlüssel und schloß den Schreibtisch auf.
»Ein geräuschloses Schloß«, bemerkte er. »Kein Wunder, daß Sie dadurch nicht geweckt wurden. Dieses Etui hier enthält wohl das Diadem.« Er öffnete das Etui, nahm das Diadem heraus und legte es auf den Tisch. Auf der einen Seite war eine Ecke abgebrochen; es fehlte eine Zacke mit drei Steinen.
»Nun, Mr. Holder«, sagte Holmes, »dies hier ist die Zacke, die der leider verlorenen entspricht. Darf ich Sie bitten, sie abzubrechen?«
Der Bankier wich entsetzt zurück. »So etwas würde mir nicht im Traum einfallen«, wehrte er ab.
»Dann will ich es tun.« Holmes wandte seine ganze Kraft auf, jedoch vergeblich. »Ich fühle, daß es ein wenig nachgibt«, sagte er. »Aber obwohl ich außerordentlich kräftige Hände habe, würde ich wohl mein Leben lang umsonst versuchen, die Zacke abzubrechen. Ein gewöhnlicher Mensch ist dazu nicht imstande.
Hatte Ihr Sohn Pantoffeln an oder Schuhe, als Sie ihn sahen, Mr. Holder?«
»Nichts außer Hose und Hemd.«
»Danke. Wir haben bei dieser Nachforschung entschieden Glück gehabt, und es ist lediglich unsere Schuld, wenn es uns nicht gelingt, die Sache aufzuklären. Wenn Sie gestatten, Mr. Holder, werde ich meine Untersuchungen nun draußen fortsetzen.«
Auf seine ausdrückliche Bitte hin ließen wir ihn allein

gehen; denn er setzte uns auseinander, daß unnötige Fußspuren seine Aufgabe nur erschweren würden. Etwa eine Stunde blieb er weg; als er endlich zurückkehrte, brachte er viel Schnee an den Schuhen mit, und seine Miene war undurchdringlich wie immer.
»Ich glaube, ich habe jetzt alles gesehen, was es zu sehen gibt, Mr. Holder«, sagte er. »Ich kann Ihnen am besten dienen, wenn ich heimgehe.«
»Aber die Steine, Mr. Holmes – wo sind sie?«
»Das weiß ich nicht.«
Der Bankier rang die Hände. »Ich werde sie nie wiedersehen!« rief er. »Und mein Sohn? Geben Sie mir Hoffnung?«
»Meine Ansicht hat sich keineswegs geändert. Wenn Sie mich morgen vormittag zwischen neun und zehn in meiner Wohnung aufsuchen wollen, werde ich gern alles tun, was in meinen Kräften steht, um Klarheit zu schaffen. Ich setze voraus, daß Sie mir unbeschränkte Freiheit lassen, für Sie zu handeln, und für die Unkosten keine Grenze ziehen, falls ich die Steine wiederbeschaffe.«
»Ich würde mein ganzes Vermögen dafür hergeben!«
»Sehr schön. Ich werde mich bemühen. Auf Wiedersehen. Es ist übrigens möglich, daß ich vor dem Abend noch einmal herkomme.«
Es lag für mich klar zutage, daß mein Freund sich nunmehr eine Ansicht über den Fall gebildet hatte, wenn ich auch nicht ahnte, zu welchen Schlußfolgerungen er gelangt war. Auf der Heimfahrt machte ich mehrmals den Versuch, ihn darüber auszuholen; aber er wich immer aus und sprach von etwas anderem, bis ich es schließlich aufgab. Es war noch nicht drei, als wir uns wieder zu Hause befanden. Er eilte in sein Schlafzimmer und erschien ein paar Minuten später in der Verkleidung eines Trödlers.
»Ich glaube, so wird es gehen«, sagte er, während er sich

im Spiegel über dem Kamin betrachtete. »Ich wünschte nur, du könntest mitkommen, Watson; doch das ist leider nicht möglich. Bald werde ich wissen, ob ich auf der richtigen Spur bin oder einem Irrlicht folge. Ich hoffe, in ein paar Stunden wieder hier zu sein.« Er schnitt sich eine Scheibe von dem Rindsbraten auf der Anrichte ab, legte sie zwischen zwei Brotschnitten, stopfte dieses kärgliche Mahl in die Tasche und machte sich auf den Weg.

Ich hatte gerade mein Abendbrot zu mir genommen, als er zurückkehrte, offensichtlich in vortrefflicher Laune. Er schwang einen alten Stiefel in der Hand, den er in einen Winkel warf. Dann goß er sich eine Tasse Tee ein.

»Ich muß gleich weiter«, sagte er. »Es kann einige Zeit dauern, bis ich wieder da bin. Warte nicht auf mich, falls es spät wird.«

»Wie geht es denn?«

»Ach, soso. Ich war noch einmal in Streatham, aber ohne im Hause vorzusprechen. Es ist ein reizendes kleines Rätsel, das ich um nichts hätte versäumen mögen. Aber ich darf mich hier nicht verplaudern, sondern muß aus diesen Kleidern heraus und mich wieder in mein achtbares Ich verwandeln.«

Ich erkannte an seinem Verhalten, daß er mehr Grund zur Zufriedenheit hatte, als seine Worte allein verraten hätten. Er zwinkerte mit den Augen, und auf seinen blassen Wangen zeigte sich sogar ein Anflug von Farbe. Er ging rasch hinauf, und ein paar Minuten später hörte ich die Haustür zuschlagen.

Ich wartete bis Mitternacht; aber da noch immer nichts auf seine Rückkehr hindeutete, zog ich mich in mein Zimmer zurück. Es kam öfters vor, daß er tage- und nächtelang ausblieb, wenn er eine Spur verfolgte. Ich weiß nicht, wann er heimkam; doch als ich am Morgen zum Frühstück hinunterging, saß er schon mit einer Kaffeetasse in der einen Hand und der Zeitung in der

andern so frisch und gepflegt wie nur möglich am Tisch.
»Entschuldige, daß ich nicht auf dich gewartet habe, Watson«, sagte er, »aber du weißt ja, daß unser Klient heute früh kommen wird.«
»Ich glaube, es hat geläutet«, antwortete ich. »Ich würde mich nicht wundern, wenn er das wäre. Es ist ja schon nach neun.«
Es war wirklich unser Freund, der Bankier. Ich war ganz betroffen von der Veränderung, die mit ihm vorgegangen war; sein von Natur breites, massiges Gesicht war jetzt schmal und verhärmt, und sein Haar kam mir um einen Ton weißer vor. Er trat mit einer Müdigkeit und Gleichgültigkeit ein, die einen noch stärker berührten als seine gestrige Aufgeregtheit, und er ließ sich schwer in den Lehnstuhl fallen, den ich ihm hinschob.
»Ich weiß nicht, womit ich diese harte Prüfung verdient habe«, begann er. »Noch vor zwei Tagen war ich ein glücklicher und wohlhabender Mann, ohne die geringsten Sorgen. Nun steht mir ein einsamer, ehrloser Lebensabend bevor. Ein Schlag folgt dem anderen. Meine Nichte Mary hat mich verlassen.«
»Sie verlassen?«
»Ja. Ihr Bett war heute morgen unberührt, ihr Zimmer leer, und auf dem Tisch in der Halle lag ein Brief an mich. Gestern abend hatte ich zu ihr gesagt – aber nur aus Betrübnis, nicht im bösen –, wenn sie meinen Jungen geheiratet hätte, wäre vielleicht mit ihm alles gut geworden. Es war wohl unbedacht, so etwas zu äußern. ›Liebster Onkel‹, schreibt sie, ›ich sehe ein, daß ich Dich betrübt habe und daß dieses schreckliche Unglück niemals geschehen wäre, wenn ich anders gehandelt hätte. Mit dieser Vorstellung kann ich in Deinem Hause nie mehr froh werden, und deshalb muß ich Dich für immer verlassen. Sorg Dich nicht wegen meiner Zukunft; denn sie ist gesichert. Vor allem such mich nicht, es wäre vergebliche Mühe, und Du würdest mir damit

einen schlechten Dienst erweisen. Im Leben wie im Tode verbleibe ich stets Deine Dich liebende Mary.‹ Was kann der Brief zu bedeuten haben, Mr. Holmes? Glauben Sie, daß er auf Selbstmord hinweist?«

»Nein, nein, nichts dergleichen. Es ist vielleicht die denkbar beste Lösung. Ich bin überzeugt, Mr. Holder, daß Ihre Kümmernisse bald beendet sein werden.«

»Ha! Das sagen Sie! Haben Sie etwas gehört, Mr. Holmes, etwas erfahren? Wo sind die Steine?«

»Würden Sie tausend Pfund für das Stück zuviel finden?«

»Ich würde das Zehnfache zahlen.«

»Das ist unnötig. Dreitausend genügen. Und eine kleine Belohnung käme wohl dazu. Haben Sie Ihr Scheckbuch dabei? Hier ist eine Feder. Am besten stellen Sie einen Scheck auf viertausend Pfund aus.«

Mit verdutzter Miene tat der Bankier das Verlangte. Holmes ging zu seinem Schreibtisch hinüber, entnahm ihm ein kleines dreieckiges Stück Gold, in das drei Steine gefaßt waren, und warf es auf den Tisch.

Mit einem Freudenschrei griff unser Klient danach. »Sie haben sie!« stieß er hervor. »Ich bin gerettet! Ich bin gerettet!«

Der Ausbruch seiner Freude war ebenso leidenschaftlich wie vorher sein Kummer, und er drückte die wiedergewonnenen Steine liebevoll an die Brust.

»Sie haben noch eine Schuld zu tilgen, Mr. Holder«, sagte Holmes ziemlich ernst.

»Noch eine Schuld?« Der Bankier nahm die Feder zur Hand. »Nennen Sie die Summe, und ich werde sie bezahlen.«

»Nein, nicht ich bin Ihr Gläubiger. Sie schulden Ihrem Sohn Abbitte, der sich bei dieser Sache so wunderbar gehalten hat.«

»Dann hat Arthur die Steine also nicht genommen?«

»Nein. Ich sagte es Ihnen schon gestern, und ich wieder-

hole es heute.«
»Dann lassen Sie uns gleich zu ihm gehen, um ihm zu sagen, daß die Wahrheit ans Licht gekommen ist.«
»Er weiß es bereits. Nachdem ich alles aufgeklärt hatte, sprach ich mit ihm. Als ich feststellte, daß er mir den Hergang nicht erzählen wollte, berichtete ich ihn ihm, worauf er einräumen mußte, daß ich recht hatte. Er fügte dann noch ein paar Einzelheiten hinzu.«
»Enthüllen Sie mir doch um Himmels willen dieses Geheimnis!«
»Das will ich, und ich werde Ihnen auch zeigen, wie ich zu der Lösung gelangt bin. Lassen Sie mich Ihnen als erstes berichten, was für mich am schwersten zu sagen und für Sie am schwersten zu hören ist. Sir George Burnwell war mit Ihrer Nichte Mary liiert. Sie sind miteinander geflohen.«
»Meine Mary! Unmöglich!«
»Leider ist es mehr als möglich; es ist gewiß. Weder Sie noch Ihr Sohn kannten den wahren Charakter dieses Mannes, als Sie ihn in Ihren Familienkreis aufnahmen. Er gehört zu der schlimmsten Sorte in England – ein heruntergekommener Spieler, ein ganz hoffnungsloser Schurke, ein Mensch ohne Herz und Gewissen. Als er Ihrer Nichte seine Liebesschwüre zuflüsterte, wie schon hundert anderen vor ihr, schmeichelte sie sich, die einzige zu sein. Schließlich wurde sie sein Werkzeug und traf ihn fast jeden Abend.«
»Ich kann und will es nicht glauben!« rief der Bankier mit aschgrauem Gesicht.
»Dann will ich Ihnen erzählen, was vorletzte Nacht in Ihrem Hause vorging. Als Ihre Nichte annahm, daß Sie sich in Ihr Zimmer zurückgezogen hätten, schlüpfte sie hinunter und unterhielt sich mit ihrem Liebhaber durch das Fenster, das auf den Weg zu den Ställen hinausgeht. Seine Fußstapfen haben sich ganz tief in den Schnee eingedrückt, so lange hat er dort gestanden. Sie erzählte

ihm von dem Diadem. Diese Neuigkeit entflammte seine Gier nach Gold, und sie beugte sich seinem Willen. Ich zweifle nicht daran, daß sie an Ihnen sehr hing; aber es gibt Frauen, in denen die Liebe zu einem Mann alle anderen Gefühle auslöscht, und ich glaube, sie gehört zu ihnen. Sie hatte kaum die nötigen Anweisungen von ihm erhalten, da sah sie Sie die Treppe herunterkommen, worauf sie schnell das Fenster schloß und Ihnen von dem Dienstmädchen erzählte, das sich zu seinem Liebhaber hinausgeschlichen hatte, was an sich durchaus der Wahrheit entsprach.

Ihr Sohn Arthur ging nach der Unterredung mit Ihnen zu Bett, konnte aber vor Sorgen wegen seiner Schulden im Club nicht schlafen. Mitten in der Nacht hörte er leise Schritte an seiner Tür vorbeigehen. Er stand auf, schaute hinaus und sah mit größter Verwunderung seine Kusine verstohlen durch den Gang huschen und in Ihrem Ankleidezimmer verschwinden. Zuerst war er wie versteinert. Dann zog er schnell Hemd und Hose an und wartete im Dunkeln auf die weitere Entwicklung dieses sonderbaren Geschehens. Endlich tauchte sie wieder aus dem Zimmer auf, und im Schein der Flurlampe sah ihr Sohn, daß sie das kostbare Diadem in der Hand hatte. Sie ging die Treppe hinunter, und er eilte, zitternd vor Schreck, durch den Gang und versteckte sich hinter dem Vorhang bei Ihrer Tür, von wo er beobachten konnte, was unten in der Halle geschah. Er sah, wie sie verstohlen das Fenster aufmachte, das Diadem jemandem draußen reichte, das Fenster wieder schloß und in ihr Zimmer zurücklief, wobei sie ganz nahe an seinem Versteck vorbeikam.

Solange sie sich auf dem Schauplatz befand, konnte er nichts unternehmen, ohne das Mädchen, das er liebte, aufs furchtbarste bloßzustellen. Doch sowie sie verschwunden war, wurde ihm klar, was für ein niederschmetterndes Unglück dies für Sie bedeutete und wie wichtig es war, die Sache rückgängig zu machen. Wie er ging und stand, barfuß, rannte er hinunter, riß das Fenster auf, sprang in den Schnee hinaus und lief den Pfad entlang, wo er im Mondschein eine dunkle Gestalt wahrnehmen konnte. Sir George Burnwell versuchte zu entrinnen; aber Arthur holte ihn ein und rang mit ihm, wobei beide an dem Diadem zerrten, Ihr Sohn am einen Ende, sein Gegner am andern. In dem Handgemenge schlug Ihr Sohn nach Sir George und traf ihn über dem Auge. Dann knackte plötzlich etwas, und als Ihr Sohn merkte, daß er das Diadem in den Händen hatte, rannte er zurück, schloß das Fenster hinter sich und ging in Ihr Ankleidezimmer hinauf. Gerade als er entdeckte, daß das Diadem bei dem Handgemenge verbogen worden war, und sich bemühte, es wieder zurechtzubiegen, erschienen Sie auf dem Schauplatz.«

»Ist es möglich?« stieß der Bankier hervor.

»Sie brachten ihn in Wut, weil Sie ihn ausgerechnet in dem Augenblick beschimpften, in dem er seiner Ansicht nach wärmsten Dank verdient hätte. Den wahren Sachverhalt konnte er nicht enthüllen, ohne Ihre Nichte zu verraten.«

»Also darum ihr entsetzter Aufschrei und ihre Ohnmacht beim Anblick des Diadems!« rief Mr. Holder. »Oh, mein Gott, was für ein blinder Tor ich war! Und seine Bitte, für fünf Minuten hinauszugehen! Der liebe Junge wollte nachsehen, ob das fehlende Stück vielleicht auf dem Kampfplatz lag. Wie grausam von mir, ihn so zu verkennen!«

»Gleich nach meiner Ankunft«, fuhr Holmes fort, »ging ich sehr sorgfältig ums Haus herum, um nach Spuren im Schnee zu suchen, die mir einen Fingerzeig geben konnten. Ich wußte, daß seit dem vorigen Abend kein Schnee mehr gefallen war und daß strenger Frost geherrscht hatte, so daß die Eindrücke geblieben waren. Ich schritt den Lieferantenweg ab; aber dort war alles zertrampelt und nichts zu unterscheiden. Dahinter aber, an der Küchentür, hatte eine Frau gestanden und mit einem Mann gesprochen, der, nach dem Abdruck seines einen Fußes zu schließen, ein Holzbein haben mußte. Ich konnte sogar erkennen, daß sie gestört worden waren; denn die Frau war rasch zur Tür zurückgelaufen, wie die tiefen Eindrücke der Schuhspitzen und die leichten der Absätze bewiesen. Ich ging durch den Garten, ohne etwas anderes als ziellose Spuren zu entdecken, die ich den Polizeibeamten zuschrieb; doch als ich zu dem Pfad kam, der zu den Ställen führt, war eine sehr lange und verwickelte Geschichte in den Schnee vor meinen Augen geschrieben.

Da war eine Doppelspur von männlichen Stiefeln und eine zweite Doppelspur, die, wie ich zu meiner Freude sah, von den bloßen Füßen eines Mannes herrührte. Nach Ihrem Bericht war ich sogleich überzeugt, daß diese Spur von Ihrem Sohn stammte. Der erste war ruhigen Schrittes hin- und zurückgegangen, der andere hingegen gerannt, und da sein Abdruck an manchen Stellen über dem der Stiefel lag, war es klar, daß er den Weg als zweiter zurückgelegt hatte. Ich folgte den Spuren und stellte fest, daß sie zu dem Hallenfenster führten, wo der Gestiefelte so lange gestanden hatte, daß der Schnee ganz zusammengepreßt war. Dann ging ich ihnen zum andern Ende nach, etwa hundert Meter den Pfad entlang. Ich sah eine Stelle, wo der Gestiefelte sich umgedreht hatte, wo der Schnee zerwühlt war, als ob ein Kampf stattgefunden hätte, und schließlich ein paar Blutstropfen, die mir bewiesen, daß ich mich nicht geirrt hatte. Der Gestiefelte war dann weitergelaufen, und eine zweite kleine Blutspur zeigte an, daß er der Verletzte war. Auf der Landstraße weiter oben ließ sich die Spur nicht mehr verfolgen, da das Pflaster inzwischen gekehrt worden war.

Nach meiner Rückkehr ins Haus untersuchte ich, wie

Sie sich wohl erinnern, Sims und Rahmen des Hallenfensters mit meinem Vergrößerungsglas, und ich sah sofort, daß hier jemand hinausgeklettert war. Ich konnte auch die Umrisse eines nackten Fußes erkennen, den jemand beim Hereinsteigen aufgesetzt hatte. Da war ich allmählich imstande, mir ein Bild von den Vorgängen zu machen. Ein Mann hatte draußen vor dem Fenster gewartet, und jemand hatte ihm das Diadem hinausgereicht. Ihr Sohn hatte die Tat mit angesehen, den Dieb verfolgt und mit ihm gerungen, wobei sie beide an dem Diadem zerrten und es mit vereinter Kraft auf eine Weise beschädigten, wie es keinem allein möglich gewesen wäre. Ihr Sohn war mit der Siegesbeute zurückgekehrt, hatte aber ein Bruchstück in den Händen seines Gegners zurückgelassen. Soweit war alles klar. Nun erhob sich die Frage, wer war dieser Gegner, und wer hatte ihm das Diadem gebracht?

Es ist ein alter Grundsatz von mir, daß das, was nach Ausschließung des Unmöglichen übrigbleibt, die Wahrheit sein muß, mag es auch noch so unwahrscheinlich erscheinen. Ich wußte ja, daß Sie das Diadem nicht hinuntergebracht hatten; also blieben nur Ihre Nichte und die Dienstmädchen. Aber wenn es die Mädchen waren, warum hatte sich dann Ihr Sohn an ihrer Stelle beschuldigen lassen? Dafür gab es keinen vernünftigen Grund. Doch da er seine Kusine liebte, bot sich eine plausible Erklärung für sein Bestreben, ihr Geheimnis zu wahren, zumal es ein entehrendes Geheimnis war. Als ich bedachte, daß sie Sie an dem betreffenden Fenster gesehen hatte und daß sie beim Anblick des Diadems in Ohnmacht gefallen war, wurde meine Vermutung zur Gewißheit.

Wer aber konnte ihr Verbündeter sein? Offenbar ein Geliebter, denn wer sonst hätte es vermocht, über die Liebe und Dankbarkeit, die sie für Sie empfinden mußte, zu siegen? Ich wußte ja, daß Sie wenig ausgingen und daß Ihr Freundeskreis beschränkt war. Zu diesem aber gehörte Sir George Burnwell. Ich hatte schon früher gehört, daß er einen schlechten Ruf als Schürzenjäger hatte. Von ihm mußten die Stiefelspuren herrühren, in seinem Besitz mußten die fehlenden Steine sein. Obwohl er von Arthur entdeckt worden war, hielt er sich wohl für außer Gefahr; denn Arthur konnte kein Wort sagen, ohne seine eigene Familie bloßzustellen.

Nun, Ihr gesunder Menschenverstand wird Ihnen vielleicht eingeben, was für Maßnahmen ich als nächstes ergriff. Ich begab mich, als Trödler verkleidet, zu Sir Georges Wohnung, wo es mir gelang, mit dem Diener eine Bekanntschaft anzuknüpfen. Ich erfuhr, daß sich sein Herr am vergangenen Abend am Kopf verletzt hatte, und durch die Ausgabe von sechs Shilling vergewisserte ich mich ganz und gar, indem ich ein Paar seiner abgelegten Stiefel kaufte. Damit fuhr ich nämlich nach Streatham und überzeugte mich, daß sie genau in die Fußspuren paßten.«

»Ich sah gestern abend einen Strolch in abgerissener Kleidung auf dem Pfad«, warf Mr. Holder ein.

»Ganz recht, das war ich. Nachdem ich meinen Mann gefunden hatte, kehrte ich nach Hause zurück und zog mich um. Nun hatte ich eine heikle Aufgabe vor mir; denn ich sah ein, daß eine strafrechtliche Verfolgung vermieden werden mußte, um einen Skandal zu verhindern, und ich sagte mir, ein so abgefeimter Schurke würde erkennen, daß uns die Hände gebunden waren. Ich suchte ihn also auf. Zuerst leugnete er natürlich alles. Doch als ich ihm den ganzen Tatbestand vorhielt, wollte er gewalttätig werden und nahm einen Totschläger von der Wand. Aber ich drückte ihm eine Pistole an die Stirn, ehe er zuschlagen konnte. Daraufhin wurde er etwas vernünftiger. Ich sagte ihm, wir wären bereit, ihm die Steine abzukaufen – tausend Pfund für das Stück.

Diese Eröffnung entlockte ihm zum erstenmal ein Zeichen der Reue. ›Verwünscht!‹ rief er. ›Ich habe sie ja alle für sechshundert Pfund losgeschlagen!‹ Durch die Zusage, daß es zu keiner Strafanzeige kommen würde, gelang es mir, die Adresse des Käufers zu erhalten. Auf der Stelle ging ich dorthin, und nach langem Feilschen bekam ich unsere Steine für je tausend Pfund. Dann suchte ich Ihren Sohn auf, teilte ihm mit, daß alles in Ordnung sei, und ging endlich nach einem Tagewerk, das ich wohl als schwer bezeichnen darf, gegen zwei Uhr zu Bett.«

»Nach einem Tagewerk, durch das Sie England vor einem großen öffentlichen Skandal bewahrt haben«, sagte der Bankier und erhob sich. »Sir, ich finde keine Worte, um Ihnen zu danken; aber Sie werden noch sehen, daß ich das, was Sie getan haben, zu schätzen weiß. Ihr Scharfsinn übersteigt tatsächlich alles, was ich davon gehört habe. Nun aber muß ich zu meinem lieben Jungen eilen, um ihm Abbitte zu leisten. Was die arme Mary betrifft, so ist wohl nicht einmal Ihr Scharfsinn imstande, Auskunft über ihren Aufenthaltsort zu geben.«

»Ich glaube, wir können mit Gewißheit behaupten«, erwiderte Holmes, »daß sie dort ist, wo sich Sir George Burnwell befindet. Und für ihre Sünden wird sie bestimmt bald eine mehr als genügende Strafe erhalten.«

Das Landhaus in Hampshire

»Der Mensch, der die Kunst um ihrer selbst willen liebt«, bemerkte Sherlock Holmes, indem er den Inseratenteil des *Daily Telegraph* beiseite warf, »findet häufig in ihren unbedeutendsten und geringfügigsten Kundgebungen den höchsten Genuß. Wie ich mit Vergnügen sehe, Watson, hast du diese Wahrheit so weit erfaßt, daß du bei den Aufzeichnungen unserer Fälle weniger die vielen *causes célèbres* und sensationellen Prozesse, in denen ich eine Rolle gespielt habe, in den Vordergrund gestellt hast als vielmehr die kleinen Fälle, die an sich alltäglich sein mögen, mir aber Gelegenheit zu den Folgerungen und logischen Synthesen gaben, die ich zu meinem eigentlichen Gebiet gemacht habe.«

Ich antwortete lächelnd: »Dennoch kann ich mich von dem Vorwurf der Sensationsgier, der gegen meine Berichte erhoben worden ist, selbst nicht ganz freisprechen.«

»Du hast vielleicht den Fehler gemacht«, erwiderte er, während er mit der Zange eine glühende Kohle aufhob und damit die lange Weichselholzpfeife anzündete, die er anstelle der Tonpfeife zu benutzen pflegte, wenn er eher in streitbarer als in beschaulicher Stimmung war, »du hast vielleicht den Fehler gemacht, allen deinen Schilderungen Farbe und Lebendigkeit zu verleihen, anstatt dich auf die Darstellung der ernsten Überlegungen von Ursache und Wirkung zu beschränken, die in Wahrheit das einzig Bemerkenswerte an der ganzen Sache sind.«

»Ich finde, ich habe dir volle Gerechtigkeit widerfahren lassen«, gab ich mit einiger Kälte zurück; denn mir war das Selbstgefühl zuwider, das, wie ich schon mehr als einmal bemerkt hatte, einen starken Wesenszug meines Freundes ausmachte.

»Nein, es ist nicht Selbstsucht oder Eitelkeit bei mir«, sagte er, nach seiner Gewohnheit mehr meine Gedanken als meine Äußerungen beantwortend. »Wenn ich volle Gerechtigkeit für meine Kunst beanspruche, so deshalb, weil es sich dabei um etwas Unpersönliches handelt, um etwas, das über mein Ich hinausgeht. Verbrechen sind üblich. Logik ist selten. Darum solltest du mehr bei der Logik als bei den Verbrechen verweilen. Statt belehrender Vorträge hast du lauter Geschichten geschaffen.«

Es war ein kalter Morgen zu Frühlingsanfang, und wir saßen nach dem Frühstück bei einem munter flackernden Feuer in dem alten Zimmer an der Baker Street. Dichter Nebel wallte zwischen den dunklen Häuserreihen, und die Fenster gegenüber dräuten wie schwärzliche, formlose Flecken durch die dicken gelben Schwaden. Unsere Gaslampe brannte und warf ihren Schein auf das weiße Tischtuch, das schimmernde Porzellan und Silber unseres noch nicht abgeräumten Frühstückstisches. Sherlock Holmes war den ganzen Morgen schweigsam gewesen und hatte sich in den Anzeigenteil eines Zeitungsstapels vertieft, bis er schließlich seine Suche aufgegeben und mir in nicht sehr rosiger Laune einen Vortrag über meine literarischen Mängel gehalten hatte.

Nach einer Pause, während der er seine lange Pfeife paffte und ins Feuer blickte, sagte er: »Sensationsgier kann man dir übrigens kaum vorwerfen; denn bei vielen Fällen, für die du dich freundlicherweise interessiert hast, handelt es sich ja gar nicht um Verbrechen nach juristischen Begriffen. Eher bist du in dem Bestreben, dem Sensationellen aus dem Wege zu gehen, ins Alltägliche verfallen.«

»Das Ende mag so sein«, erwiderte ich, »aber die Methoden, an die ich mich halte, sind neuartig und interessant.«

»Was kümmert sich das Publikum, das große, oberflächliche Publikum, das keine Beobachtungsgabe hat, um die feineren Schattierungen der Analyse und Schlußfolgerung! Aber wahrhaftig, wenn du ins Alltägliche abgleitest, so kannst du nichts dafür; denn die Zeit der großen Fälle ist vorbei. Der Mensch oder zumindest der Verbrecher hat alle Kühnheit und Originalität verloren. Meine eigene kleine Praxis scheint zu einem Fundbüro und einer Auskunftsstelle für Erzieherinnen herabzusinken. Mit dieser Zuschrift, die ich heute morgen erhielt, bin ich wohl beim Nullpunkt angelangt. Da, lies!« Er warf mir einen zerknitterten Brief zu.

Er war am vorigen Abend am Montague Place abgestempelt worden, und der Inhalt lautete:

›Sehr geehrter Herr Holmes, ich möchte Sie unbedingt um Rat bitten, ob ich eine mir angebotene Stelle als Erzieherin annehmen soll oder nicht. Wenn ich Sie nicht störe, werde ich morgen vormittag um halb elf Uhr bei Ihnen vorsprechen. Mit vorzüglicher Hochachtung Ihre ergebene Violet Hunter.‹

»Kennst du die junge Dame?« erkundigte ich mich.

»Nein.«

»Jetzt ist es gerade halb elf.«

»Ja, und ich zweifle nicht daran, daß sie es ist, die soeben läutet.«

Wenig später wurde auch schon die Tür geöffnet, und eine junge Dame trat ein. Sie war einfach, aber adrett gekleidet, hatte ein aufgewecktes Gesicht, mit Sommersprossen übersät wie ein gesprenkeltes Regenpfeiferei, und ihr entschiedenes Auftreten verriet, daß sie sich allein hatte durchschlagen müssen.

»Entschuldigen Sie bitte, daß ich Sie belästige«, sagte sie, als mein Freund aufstand, um sie zu begrüßen, »aber ich habe etwas sehr Sonderbares erlebt, und da ich keine Eltern oder sonstigen Angehörigen habe, die ich um Rat fragen könnte, dachte ich, Sie wären vielleicht so gütig, mir zu sagen, was ich tun soll.«

»Nehmen Sie bitte Platz, Miss Hunter. Ich stehe Ihnen mit Vergnügen zu Diensten.«

Ich merkte, daß Holmes von dem Wesen und der Sprechweise seiner neuen Klientin einen günstigen Eindruck hatte. Er musterte sie auf seine prüfende Art und ließ sich dann mit gesenkten Lidern und aneinandergelegten Fingerspitzen nieder, um ihrem Bericht zu lauschen.

»Ich war fünf Jahre lang Erzieherin bei der Familie des Obersten Spence Munro«, begann sie, »aber vor zwei Monaten wurde der Oberst nach Halifax in Neuschottland versetzt und nahm seine Kinder nach Amerika mit, so daß ich meine Stelle verlor. Ich gab Anzeigen auf und schrieb auf Inserate, jedoch ohne Erfolg. Schließlich gingen meine Ersparnisse zur Neige, und ich wußte nicht, was ich machen sollte.

Im Westend gibt es eine bekannte Stellenvermittlung, das Büro Westaway, und dorthin ging ich jede Woche einmal, um nachzufragen. Westaway heißt der Gründer des Büros; aber es wird von Miss Stoper geleitet. Sie sitzt in einem kleinen Arbeitszimmer, und die Stellensuchenden warten in einem Vorraum.

Als ich vorige Woche wieder dort war, wurde ich wie üblich in das kleine Büro gerufen; aber diesmal war Miss Stoper nicht allein. Neben ihr saß ein dicker Mann. Er hatte eine Brille auf der Nase, durch die er die eintretenden Damen sehr ernst betrachtete.

Als ich hereinkam, schnellte er förmlich von seinem

Stuhl hoch und sagte rasch zu Miss Stoper: ›Das ist die Richtige. Etwas Besseres könnte ich gar nicht verlangen. Großartig! Großartig!‹ Er schien ganz begeistert zu sein und rieb sich hocherfreut die Hände.

›Sie suchen eine Stelle, Miss?‹ fragte er.

›Jawohl, Sir.‹

›Als Erzieherin?‹

›Jawohl, Sir.‹

›Und was verlangen Sie als Gehalt?‹

›In meiner letzten Stelle, bei Oberst Spence Munro, hatte ich vier Pfund monatlich.‹

›Eine Schinderei – solch ein Hungerlohn!‹ rief er und fuchtelte mit den Händen in der Luft herum wie ein Mensch, der vor Leidenschaft kocht. ›Wie kann man einer Dame mit solchen Eigenschaften und Leistungen eine so erbärmliche Summe bieten?‹

›Meine Leistungen sind vielleicht geringer, als Sie sich vorstellen, Sir‹, entgegnete ich. ›Etwas Französisch, etwas Deutsch, Musik und Zeichnen ...‹

›Der springende Punkt ist, haben Sie Haltung und Benehmen einer Dame? Wenn nicht, so eignen Sie sich nicht zur Erziehung eines Kindes, das eines Tages vielleicht eine wichtige Rolle in der Geschichte des Landes spielen wird. Wenn es aber zutrifft, wie könnte Ihnen dann ein Ehrenmann zumuten, sich mit weniger als hundert Pfund zu begnügen? Bei mir würde Ihr Anfangsgehalt hundert Pfund jährlich betragen.‹

Sie können sich vorstellen, Mr. Holmes, daß mir in meiner bedrängten Lage ein solches Angebot beinahe zu schön erschien, um wahr zu sein. Der Herr jedoch, der wahrscheinlich den ungläubigen Ausdruck auf meinem Gesicht bemerkte, zückte die Brieftasche und entnahm ihr eine Banknote.

›Außerdem ist es meine Gewohnheit‹, erklärte er und lächelte so freundlich, daß seine Augen nur noch zwei glitzernde Schlitze in den weißen Fettmassen waren,

›meinen jungen Damen die Hälfte ihres Gehalts im voraus zu bezahlen, damit sie gegen alle kleinen Auslagen für die Reise und für ihre Garderobe gewappnet sind.‹

Mir schien, einen so bezaubernden und rücksichtsvollen Menschen hätte ich noch nie kennengelernt. Da ich bereits bei meinen Lieferanten Schulden hatte, kam mir der Vorschuß sehr gelegen; dennoch wollte ich Näheres erfahren, ehe ich mich band.

›Darf ich fragen, wo Sie wohnen?‹ erkundigte ich mich.

›In Hampshire. Villa ‚Blutbuchen', reizender Landsitz acht Kilometer hinter Winchester. Die hübscheste Gegend, mein liebes Fräulein, und das heimeligste Landhaus, das Sie sich denken können.‹

›Und meine Pflichten, Sir? Ich möchte gern wissen, was ich zu tun hätte.‹

›Ein einziges Kind – ein lieber kleiner Racker von genau sechs Jahren. Oh, Sie sollten einmal sehen, wie er Küchenschaben mit einem Pantoffel totschlägt! Klatsch, klatsch, klatsch! geht es, und drei sind im Nu hin.‹

›Meine einzige Aufgabe wäre also, für das Kind zu sorgen?‹ fragte ich.

›Nein, nein, nicht die einzige, mein liebes Fräulein!‹ rief er. ›Sie wären außerdem verpflichtet, was Sie gewiß als selbstverständlich betrachten, alle kleinen Anweisungen zu befolgen, die meine Frau Ihnen gibt, immer vorausgesetzt, daß es Anweisungen sind, die eine Dame befolgen kann. Dagegen haben Sie doch nichts einzuwenden, wie?‹

›Es wird mir ein Vergnügen sein, mich nützlich zu machen.‹

›Schön. In bezug auf die Kleidung zum Beispiel! Wir sind schrullige Leute, müssen Sie wissen – schrullig, aber gutmütig. Wenn Sie gebeten würden, ein Kleid zu tragen, das wir Ihnen geben, würden Sie sich wohl unserer kleinen Laune fügen, nicht?‹

›Ja‹, antwortete ich, ziemlich erstaunt über diese Worte.
›Oder sich dahin und dorthin zu setzen – daran würden Sie doch keinen Anstoß nehmen?‹
›O nein.‹
›Oder sich die Haare ganz kurz schneiden zu lassen, bevor Sie zu uns kommen?‹
Ich traute kaum meinen Ohren. Wie Sie sehen, Mr. Holmes, ist mein Haar ziemlich üppig, und es hat eine ganz besondere kastanienbraune Farbe, die schon von Künstlern bewundert wurde. Es fiel mir deshalb nicht ein, es kurzerhand zu opfern.
›Das ist leider ganz unmöglich‹, erwiderte ich.
Er hatte mich aus seinen kleinen Augen gespannt angesehen, ich merkte, daß sich seine Miene nun verdüsterte. ›Leider ist dieser Punkt ganz wesentlich‹, sagte er. ›Das ist eine kleine Grille meiner Frau, und Sie wissen ja, auf die Grillen der Frauen muß man Rücksicht nehmen. Sie wollen sich also das Haar nicht abschneiden lassen?‹
›Nein, Sir, das könnte ich wirklich nicht.‹
›Oh, dann ist die Sache erledigt. Schade. In diesem Falle, Miss Stoper, möchte ich mir gern noch ein paar andere junge Damen ansehen.‹
Miss Stoper hatte sich die ganze Zeit eifrig mit ihren Papieren zu schaffen gemacht und zu keinem von uns ein Wort gesagt. Der zornige Blick, den sie mir jetzt zuwarf, ließ mich vermuten, daß ich sie durch meine Weigerung um eine schöne Vermittlungsgebühr gebracht hatte.
›Wünschen Sie noch weiter auf der Liste geführt zu werden?‹ fragte sie mich.
›Ich bitte darum, Miss Stoper.‹
›Na, das wird wohl nicht viel Sinn haben, wenn Sie die besten Angebote ausschlagen‹, bemerkte sie schneidend. ›Sie können kaum von uns erwarten, daß wir uns sehr bemühen werden, Ihnen noch einmal eine solche

Gelegenheit zu verschaffen. Guten Tag, Miss Hunter.‹ Sie klingelte dem Bürojungen, und ich wurde hinausgeführt.
Als ich zu Hause eine ziemlich leere Speisekammer und auf dem Tisch zwei, drei Rechnungen vorfand, begann ich mich zu fragen, ob ich nicht sehr dumm gehandelt hatte. Sehr wenige Erzieherinnen verdienen in England hundert Pfund im Jahr. Außerdem, was nützten mir meine Haare? Vielen steht es gut, sie kurz geschnitten zu tragen, und vielleicht gehöre ich dazu. Am folgenden Tag neigte ich zu der Ansicht, einen Fehler gemacht zu haben, und am übernächsten war ich davon überzeugt. Ich hatte meinen Stolz schon beinahe so weit überwunden, daß ich zu der Agentur gehen und nachfragen wollte, ob die Stelle noch frei wäre, als ich von dem Herrn selbst einen Brief erhielt. Ich habe ihn hier, und ich will ihn Ihnen vorlesen:

›Villa ‚Blutbuchen‘ bei Winchester.

Sehr geehrte Miss Hunter,
Miss Stoper war so freundlich, mir Ihre Adresse zu geben, und ich schreibe Ihnen von hier aus, um Sie zu fragen, ob Sie sich Ihren Entschluß noch einmal überlegt haben. Meine Frau wünscht sehr, daß Sie zu uns kommen; denn sie ist ganz entzückt von der Schilderung, die ich von Ihnen gegeben habe. Wir sind bereit, vierteljährlich dreißig Pfund, also hundertzwanzig Pfund im Jahr, zu zahlen, um Sie für alle kleinen Unannehmlichkeiten, die Ihnen aus unseren Launen erwachsen, zu entschädigen. Im Grunde haben sie nicht viel zu bedeuten. Meine Frau hat eine Vorliebe für ein bestimmtes leuchtendes Blau und wünscht deshalb, daß Sie vormittags im Haus ein Kleid von dieser Farbe tragen. Sie brauchen sich deswegen jedoch nicht in Unkosten zu stürzen, da wir selbst eines besitzen, das meiner lieben Tochter

Alice (jetzt in Philadelphia) gehört hat und das Ihnen vermutlich sehr gut passen wird. Unsere besonderen Wünsche bezüglich Ihres Sitzplatzes oder der Art, wie Sie sich die Zeit vertreiben sollen, werden Ihnen keinerlei Unannehmlichkeiten verursachen. Was Ihr Haar betrifft, so ist es sicher schade darum, zumal ich nicht umhin konnte, während unserer kurzen Unterredung seine Schönheit zu bewundern; aber leider muß ich auf diesem Punkt unwiderruflich beharren, und ich kann nur hoffen, daß die Erhöhung des Gehalts Sie für den Verlust entschädigen wird. Ihre Arbeit ist, soweit sie das Kind anbelangt, nicht schwer. Wollen Sie also bitte kommen! Ich werde Sie in Winchester mit dem Wagen abholen. Lassen Sie mich wissen, mit welchem Zug Sie eintreffen. Mit freundlichen Grüßen Ihr

Jephro Rucastle.‹

Das ist der Brief, den ich gestern erhielt, Mr. Holmes, und ich habe beschlossen, die Stelle anzunehmen. Doch bevor ich den entscheidenden Schritt tue, wollte ich die Angelegenheit Ihnen unterbreiten. Was steckt wohl hinter all dem, Mr. Holmes?«

»Oh, keine Ahnung. Aber vielleicht haben Sie sich selbst eine Ansicht gebildet?«

»Ich finde nur eine einzige Erklärung. Mr. Rucastle machte einen sehr freundlichen, gutmütigen Eindruck. Wäre es nicht möglich, daß seine Frau verrückt ist und daß er es geheimhalten will, damit sie nicht in eine Anstalt kommt?«

»Wie die Dinge liegen, ist diese Erklärung am wahrscheinlichsten. Auf jeden Fall scheint es für eine junge Dame keine angenehme Umgebung zu sein.«

»Aber das Gehalt, Mr. Holmes, das Gehalt!«

»Nun ja, die Bezahlung ist gut – allzugut. Gerade das behagt mir nicht. Warum bezahlt man Ihnen hundertzwanzig Pfund im Jahr, wenn man eine Erzieherin für vierzig Pfund haben kann? Dahinter muß ein starker Beweggrund stecken.«

»Ich dachte mir, wenn ich Ihnen die Verhältnisse schildere, werden Sie alles besser verstehen, falls ich später einmal Ihre Hilfe brauche. Das Bewußtsein, Sie hinter mir zu haben, wird mir viel mehr Mut verleihen.«

»Dieses Bewußtsein dürfen Sie getrost mitnehmen. Ich versichere Ihnen, Ihr kleines Rätsel verspricht das interessanteste zu werden, das mir seit einigen Monaten vorgekommen ist. Manches daran ist vollkommen neu für mich. Wenn Sie im Zweifel sind oder in Gefahr ...«

»In Gefahr! Was für Gefahren sehen Sie denn voraus?«

Holmes schüttelte ernst den Kopf. »Es wäre keine Gefahr mehr, wenn wir es ergründen könnten«, antwortete er. »Aber zu jeder Tages- und Nachtzeit können Sie mich mit einem Telegramm zu Hilfe rufen.«

»Das genügt.« Sie erhob sich munter; alle Ängstlichkeit war aus ihrer Miene gewichen. »Nun gehe ich ganz leichten Herzens nach Hampshire. Ich werde Mr. Rucastle sofort schreiben, mein armes Haar heute abend opfern und morgen nach Winchester fahren.« Mit einigen Dankesworten verabschiedete sie sich und ging eiligst davon.

»Wenigstens scheint es«, sagte ich, als wir ihre raschen, festen Schritte auf der Treppe hörten, »daß die junge Dame durchaus imstande ist, sich selbst zu schützen.«

»Und das wird wohl auch nötig sein«, erwiderte Holmes ernst. »Ich müßte mich sehr irren, wenn wir nicht schon bald Nachricht von ihr erhalten.«

Es dauerte nicht sehr lange, bis sich die Voraussage meines Freundes verwirklichte. Das Telegramm, das wir erhielten, traf eines späten Abends ein, gerade als ich zu Bett gehen wollte und Holmes sich anschickte, die chemischen Untersuchungen anzustellen, die ihn oft die ganze Nacht festhielten. Er riß den gelben Umschlag

auf, las den Inhalt der Depesche und warf sie mir zu. »Sieh gleich die Züge im Kursbuch nach«, sagte er und wandte sich wieder seinen chemischen Studien zu.
Es war eine kurze und dringende Aufforderung: »Seien Sie bitte morgen mittag im ›Schwarzen Schwan‹ in Winchester. Kommen Sie bitte! Weiß nicht mehr aus noch ein. Hunter.«
»Willst du mich begleiten?« fragte Holmes und schaute auf.
»Ja, gern.«
»Dann sieh nur gleich nach.«
»Es geht ein Zug um halb zehn«, sagte ich, in meinem Kursbuch nachschlagend. »Er kommt elf Uhr dreißig in Winchester an.«
»Das paßt sehr gut. Dann will ich meine Azeton-Analyse lieber verschieben, da wir morgen frisch sein müssen.«
Am nächsten Vormittag befanden wir uns auf dem Weg zu der alten englischen Stadt. Holmes hatte sich die ganze Zeit in die Morgenblätter vergraben; doch als wir die Grafschaft Hampshire erreichten, warf er die Zeitungen beiseite und begann, die Landschaft zu bewundern. Es war ein wundervoller Frühlingstag; den lichtblauen Himmel tupften weiße Federwölkchen, die von Westen nach Osten zogen. Die Sonne schien strahlend, und in der Luft lag etwas Erfrischendes.
»Wie hübsch die Häuser aussehen!« rief ich mit der ganzen Begeisterung eines Menschen, der den Londoner Nebel hinter sich gelassen hat.
Aber Holmes schüttelte ernst den Kopf. »Weißt du, Watson«, sagte er, »das ist der Fluch meiner Geistesanlagen, daß ich alles im Hinblick auf den Fall betrachte, der mich gerade beschäftigt. Wenn du die zerstreuten Behausungen siehst, wirst du von ihrer Schönheit beeindruckt. Ich dagegen denke bei ihrem Anblick nur, wie einsam sie liegen und wie leicht sich hier ein

Verbrechen begehen läßt, ohne daß es entdeckt wird.«
»Gütiger Himmel!« rief ich. »Wie kann man diese trauten alten Heimstätten mit einem Verbrechen in Verbindung bringen!«
»Mich erfüllen sie immer mit einem gewissen Schrekken. Auf Grund meiner Erfahrungen glaube ich, daß die verrufensten Gassen von London nicht so viele Verbrechen verzeichnen wie diese schöne Landschaft.«
»Das klingt ja entsetzlich!«
»Die Begründung liegt auf der Hand. In der Stadt kann der Druck der öffentlichen Meinung leisten, was das Gesetz nicht vermag. Dort gibt es keine noch so elende Gasse, wo der Schmerzensschrei eines gequälten Kindes oder die rohe Gewalttat eines Trunkenboldes nicht Mitleid und Entrüstung bei den Nachbarn erwecken würde; auch ist der ganze Apparat der Justiz immer so nahe zur Hand, daß ein Wort der Beschwerde genügt, um ihn in Bewegung zu setzen, und es ist nur ein Schritt vom Verbrechen zum Gefängnis. Aber schau dir diese einsamen Häuser an, größtenteils bewohnt von armen, ungebildeten Leuten, die vom Gesetz wenig wissen. Stell dir die Untaten vor, die jahrein, jahraus an solchen Stätten begangen werden können, ohne daß eine Seele etwas davon ahnt. Wäre die junge Dame, die sich an uns um Hilfe gewandt hat, nach Winchester gezogen, so hätte ich mir keine Sorgen um sie gemacht. Die Gefahr liegt darin, daß sie acht Kilometer weiter draußen auf dem Lande lebt. Immerhin ist es klar, daß sie nicht persönlich bedroht ist.«
»Nein, wenn sie uns in Winchester treffen kann, darf sie sich ja frei bewegen.«
»Ganz recht.«
»Was mag nur los sein? Kannst du es dir erklären?«
»Ich habe mir sieben verschiedene Erklärungen ausgedacht, die sich alle mit den uns bekannten Tatsachen decken. Aber welche davon stimmt, läßt sich nur ent-

scheiden, wenn wir die Neuigkeiten kennen, die unser zweifellos harren. Oh, da ist ja schon der Turm der Kathedrale; wir werden also bald erfahren, was Miss Hunter uns mitzuteilen hat.«

Das Gasthaus »Zum Schwarzen Schwan« liegt unweit des Bahnhofs an der Hauptstraße. Dort wartete die junge Dame bereits auf uns. Sie hatte ein Zimmer für uns bestellt, und unser Mittagessen stand auf dem Tisch.

»Ich bin so froh, daß Sie gekommen sind«, sagte sie nachdrücklich. »Es ist sehr gütig von Ihnen beiden; aber ich weiß wirklich nicht, was ich tun soll. Ihr Rat wird von unschätzbarem Wert für mich sein.«

»Erzählen Sie uns bitte Ihre Erlebnisse.«

»Das will ich, und ich muß mich damit beeilen; denn ich habe Mr. Rucastle versprochen, um drei Uhr zurück zu sein. Er gab mir heute vormittag frei, so daß ich in die Stadt fahren konnte; natürlich wußte er nichts von meinem Vorhaben.«

Holmes streckte seine langen, dünnen Beine zum Feuer aus und machte sich's zum Zuhören bequem.

»Ich möchte vorausschicken, daß ich im großen und ganzen von Mr. und Mrs. Rucastle nicht schlecht behandelt wurde. Gerechterweise muß ich das betonen. Aber ich werde nicht klug aus ihnen, und sie beunruhigen mich.«

»Was ist Ihnen denn unverständlich?«

»Die Gründe für ihr Verhalten. Doch ich will Ihnen genau berichten, was sich zugetragen hat. Als ich herkam, holte mich Mr. Rucastle mit seinem Dogcart ab und brachte mich zur Villa ›Blutbuchen‹. Das Haus liegt in der Tat sehr schön, aber es selbst ist häßlich, ein großer, viereckiger Klotz von einem weißen Haus, stockfleckig und verwittert. Ringsherum ist ein Grundstück, auf drei Seiten erstreckt sich Wald, auf der vierten ein Feld, das zur Landstraße nach Southampton abfällt. Die Straße führt in etwa hundert Meter Entfernung in einem Bogen an der Einfahrt vorbei. Die Anlagen auf der Vorderseite gehören zum Haus, hingegen sind die Wälder ringsum Lord Southertons Privateigentum. Gerade vor dem Haupteingang steht eine Gruppe Blutbuchen, von denen die Villa ihren Namen hat.

Während der Fahrt war Mr. Rucastle, der selbst kutschierte, sehr liebenswürdig, und noch am gleichen Abend machte er mich mit seiner Frau und seinem Kind bekannt. Die Vermutung, die uns so naheliegend schien, als ich damals bei Ihnen war, Mr. Holmes, hat sich nicht bestätigt. Mrs. Rucastle ist nicht geistesgestört. Sie ist eine stille, blasse Frau, nicht älter als dreißig Jahre, also viel jünger als ihr Mann, der mindestens fünfundvierzig ist. Dem Gespräch der beiden entnahm ich, daß sie seit ungefähr sieben Jahren verheiratet sind, daß er Witwer war und aus erster Ehe die Tochter hat, die nach Philadelphia gezogen ist. Unter vier Augen teilte mir Mr. Rucastle mit, sie sei fortgegangen, weil sie eine ganz unvernünftige Abneigung gegen ihre Stiefmutter gehegt habe.

Mrs. Rucastle machte mir gar keinen Eindruck, weder im guten noch im schlechten. Sie ist eine Null. Ich merkte sofort, daß sie an ihrem Mann und ihrem Söhnchen mit leidenschaftlicher Liebe hängt. Unablässig gehen ihre hellgrauen Augen von dem einen zum andern, und nach Möglichkeit kommt sie den Wünschen der beiden sogar zuvor. Er ist auf seine plumpe, laute Art freundlich zu ihr, und im ganzen mußte ich sie für ein glückliches Paar halten. Dennoch verlor sich die Frau oft in tiefe Gedanken, und dann hatte sie den allertraurigsten Ausdruck. Mehr als einmal überraschte ich sie in Tränen. Ich dachte manchmal, die Charakteranlage ihres Kindes bedrückte sie; denn ein verdorbeneres, bösartigeres kleines Geschöpf habe ich noch nie kennengelernt. Edward ist klein für sein Alter, hat aber einen unverhältnismäßig großen Kopf. Sein ganzes Leben besteht aus einem Wechsel zwischen Ausbrüchen wilder Leidenschaft und finster brütendem Trotz. Sein einziges Vergnügen scheint es zu sein, kleinere Wesen zu quälen, und er hat eine auffallende Begabung, Mäuse, kleine Vögel und Insekten zu fangen. Doch ich will über diesen Jungen keine Worte mehr verlieren, Mr. Holmes, da er mit der Geschichte wenig zu tun hat.«

»Ich bin für alle Einzelheiten dankbar«, bemerkte mein Freund, »ganz gleich, ob sie Ihnen wichtig erscheinen oder nicht.«

»Ich will mir Mühe geben, nichts von Bedeutung auszuzulassen. Das einzig Unangenehme im Haus selbst war das Benehmen der Dienerschaft. Es ist nur ein Ehepaar. Toller, so heißt der Mann, ist ein rauher, ungehobelter Mensch mit grauem Haar und Bart; er riecht immerzu nach Alkohol. Seit ich dort bin, war er schon zweimal völlig betrunken. Seine Frau ist eine große, starke Person mit mürrischem Gesicht, ebenso schweigsam wie Mrs. Rucastle, jedoch viel weniger liebenswürdig. Die beiden sind ein höchst unangenehmes Paar; aber zum Glück verbringe ich die meiste Zeit in der Kinderstube und in meinem eigenen Zimmer, die nebeneinander auf der einen Seite des Hauses liegen.

Die ersten beiden Tage nach meiner Ankunft verliefen sehr ruhig; am dritten kam Mrs. Rucastle gleich nach dem Frühstück herunter und flüsterte ihrem Mann etwas ins Ohr.

›Richtig, ja‹, sagte er und wandte sich an mich. ›Wir sind Ihnen sehr verbunden, Miss Hunter, daß Sie auf unsern Wunsch eingegangen sind, sich die Haare schneiden zu lassen. Ich versichere Ihnen, Ihr Äußeres hat daduch nicht die geringste Einbuße erlitten. Wir wollen nun sehen, wie Ihnen das blaue Kleid steht. Es liegt in Ihrem Zimmer auf dem Bett, und wenn Sie es anziehen wollten, wären wir Ihnen außerordentlich

dankbar.‹
Das Kleid, das für mich bereitlag, hatte eine ganz eigenartige blaue Farbe. Der Stoff war ausgezeichnet, eine Art Wolle; doch verrieten unverkennbare Spuren, daß es schon getragen war. Es paßte mir wie angegossen. Als Mr. und Mrs. Rucastle mich darin sahen, legten beide ein Entzücken an den Tag, das mir ziemlich übertrieben vorkam. Sie warteten auf mich im Wohnzimmer, einem sehr großen Raum, der sich über die ganze Länge des Hauses erstreckt, mit drei großen Fenstern, die bis zum Boden reichen. Am Mittelfenster stand ein Stuhl, und zwar mit der Lehne dagegen. Auf diesen Stuhl mußte ich mich setzen, und dann erzählte Mr. Rucastle, während er vor mir im Zimmer auf und ab ging, die komischsten Anekdoten, die ich jemals gehört habe. Sie können sich nicht vorstellen, wie drollig er war, und ich lachte, bis ich nicht mehr konnte. Mrs. Rucastle hingegen, die offenbar keinen Sinn für Humor hat, lächelte nicht einmal, sondern saß, die Hände im Schoß, mit traurigem, gespanntem Gesicht da. Nach ungefähr einer Stunde sagte Mr. Rucastle plötzlich, es sei nun an der Zeit, ans Tagewerk zu gehen, ich solle mich umziehen und mich zu dem kleinen Edward ins Kinderzimmer begeben.
Zwei Tage später wiederholte sich dieser Vorgang unter genau den gleichen Umständen. Wieder mußte ich das blaue Kleid anziehen, wieder saß ich am Fenster, und wieder lachte ich aus vollem Halse über Mr. Rucastles tolle Geschichten; sein Vorrat ist unerschöpflich, und er erzählte sie auf unnachahmliche Weise. Dann gab er mir ein gelb eingebundenes Buch, rückte meinen Stuhl etwas seitwärts, damit mein eigener Schatten nicht auf die Seiten fiel, und bat mich, ihm daraus vorzulesen. Ich las etwa zehn Minuten, fing mitten in einem Kapitel an, und plötzlich, mitten in einem Satz, befahl er mir, aufzuhören und mich wieder umzuziehen.

Sie können sich vorstellen, Mr. Holmes, wie groß meine Neugier war, die Bedeutung dieser merkwürdigen Komödie zu erfahren. Beide waren immer sehr darauf bedacht, daß mein Gesicht vom Fenster abgewandt war; deshalb wollte ich unbedingt sehen, was hinter meinem Rücken vorging. Zuerst schien das unmöglich zu sein; doch dann kam mir der glückliche Einfall, eine Scherbe meines zerbrochenen Handspiegels in meinem Taschentuch zu verbergen. Das nächstemal hielt ich mir das Taschentuch beim Lachen vor die Augen, und mit einiger Geschicklichkeit konnte ich so alles hinter mir sehen. Ich muß gestehen, daß ich enttäuscht war; denn es war überhaupt nichts vorhanden.

Wenigstens war das mein erster Eindruck. Beim zweiten Blick sah ich einen Mann auf der Landstraße stehen, einen kleinen, bärtigen, graugekleideten Mann, der zu mir herüberzuschauen schien. Da es eine Hauptverkehrsstraße ist, sind dort gewöhnlich Leute. Dieser Mann aber lehnte an dem Zaun, der unser Grundstück abgrenzt, und schaute angespannt herüber. Ich ließ das Taschentuch sinken und warf einen Blick auf Mrs. Rucastle, die mich forschend betrachtete. Sie sagte nichts; aber meiner Überzeugung nach hatte sie erraten, daß ich einen Spiegel in der Hand hielt und gesehen hatte, was hinter mir war. Sie stand unvermittelt auf.

›Jephro‹, sagte sie, ›auf der Straße steht ein unverschämter Kerl, der zu Miss Hunter heraufstarrt.‹

›Ein Bekannter von Ihnen, Miss Hunter?‹ fragte er.

›Nein, ich kenne ja niemanden hier in der Gegend.‹

›Du meine Güte, was für eine Frechheit! Drehen Sie sich bitte um und bedeuten Sie ihm, sich fortzuscheren.‹

›Wäre es nicht besser, ihn gar nicht zu beachten?‹

›Nein, nein, er würde sonst immer hier herumlungern. Drehen Sie sich bitte um.‹

Ich tat es, und im selben Augenblick ließ Mr. Rucastle die Jalousie herunter. Das war vor einer Woche, und seither mußte ich nicht mehr am Fenster sitzen und auch das blaue Kleid nicht mehr anziehen. Den Mann auf der Straße habe ich nicht wiedergesehen.«

»Fahren Sie bitte fort«, sagte Holmes. »Ihr Bericht verspricht sehr interessant zu werden.«

»Er wird wohl leider recht unzusammenhängend sein, und vielleicht werden Sie zwischen den verschiedenen Vorfällen, die nun kommen, keine Verbindung finden. Gleich am ersten Tag meines Aufenthalts in der Villa ›Blutbuchen‹ führte mich Mr. Rucastle zu einer Hütte neben dem Kücheneingang. Als wir uns näherten, hörte ich eine Kette klirren und ein Geräusch wie von einem großen Tier, das sich darin bewegte.

›Da schauen Sie hinein!‹ sagte Mr. Rucastle und zeigte mir eine Ritze zwischen zwei Planken. ›Ist das nicht ein Prachtexemplar?‹

Ich spähte hindurch und gewahrte zwei glühende Augen und eine unbestimmte Gestalt in der Dunkelheit.

›Haben Sie keine Angst‹, sagte mein Arbeitgeber und lachte über meinen Schrecken. ›Das ist nur Carlo, mein großer Kettenhund. Er gehört mir; aber Toller, mein Diener, ist der einzige, der mit ihm fertig wird. Er bekommt nur einmal am Tag zu fressen, und zwar nicht allzuviel, so daß er immer scharf bleibt. Toller läßt ihn jeden Abend los, und Gott sei dem Eindringling gnädig, der ihm zwischen die Zähne gerät. Setzen Sie um Gottes willen niemals unter irgendeinem Vorwand den Fuß über die Schwelle, wenn Ihnen Ihr Leben lieb ist.‹

Diese Warnung war sehr angebracht; denn in der übernächsten Nacht schaute ich gegen zwei Uhr aus meinem Schlafzimmerfenster. Es war eine schöne Mondnacht, und der Rasen vor dem Haus war fast taghell beleuchtet. Gebannt von der friedlichen Schönheit des Bildes stand ich da, als ich auf einmal merkte, daß sich im Schatten der Blutbuchen etwas regte. Als es in den Mondschein geriet, sah ich, was es war: Ein riesiger Hund, so groß wie ein Kalb, braungelb, mit Hängebacken und schwarzer Schnauze. Er ging langsam über den Rasen und verschwand auf der andern Seite im Schatten. Ich glaube, kein Einbrecher hätte mir einen so eisigen Schrekken einjagen können wie dieser furchtbare, stumme Wächter.

Und nun habe ich Ihnen noch ein sehr sonderbares Erlebnis zu schildern. Ich hatte mir ja, wie Sie wissen, in London die Haare abschneiden lassen, und ich verwahrte den Zopf zuunterst in meinem Koffer. Eines Abends begann ich zum Zeitvertreib, nachdem ich das Kind zu Bett gebracht hatte, die Möbel in meinem Zimmer zu untersuchen, und ich packte meine Siebensachen um. In meinem Zimmer steht eine alte Kommode; die beiden obersten Schubfächer waren offen; hingegen fand ich das unterste verschlossen. Nachdem ich die beiden obersten mit meiner Wäsche gefüllt hatte, war noch vieles unterzubringen, und so verdroß es mich natürlich, daß ich die dritte Schublade nicht auch zur Verfügung hatte. Ich dachte, man hätte sie vielleicht nur aus Versehen verschlossen; deshalb holte ich meinen Schlüsselbund hervor und versuchte, sie zu öffnen. Schon der erste Schlüssel paßte, und ich zog die Schublade auf. Es lag nur ein einziger Gegenstand darin; aber sicher würden Sie niemals erraten, was es war. Es war ein Zopf.

Die Haare hatten genau dieselbe eigenartige Farbe wie meine und waren auch ebenso dick. Mit zitternden Händen öffnete ich meinen Koffer, räumte ihn aus und fand zuunterst meinen Zopf. Ich legte die beiden Zöpfe nebeneinander, und ich versichere Ihnen, sie waren vollkommen gleich. War das nicht merkwürdig? So sehr ich mir auch den Kopf zerbrach, ich vermochte die Lösung des Rätsels nicht zu finden. Ich legte den fremden Zopf wieder in die Schublade. Den Rucastles gegenüber erwähnte ich nichts von der Sache, weil ich fühlte, daß

es nicht recht von mir gewesen war, eine Schublade zu öffnen, die sie verschlossen hatten.
Ich bin von Natur aus eine gute Beobachterin, wie sie vielleicht schon bemerkt haben, Mr. Holmes, und ich hatte bald einen genauen Plan des Hauses im Kopf. Ein Flügel des Gebäudes schien überhaupt nicht bewohnt zu sein. Eine Tür, die dem Eingang zur Wohnung des Ehepaars Toller gegenüberlag, führte zu diesem Flügel; aber sie war stets verschlossen. Eines Tages aber traf ich, als ich die Treppe hinunterging, Mr. Rucastle, der mit seinen Schlüsseln in der Hand aus der Tür kam, und zwar mit einem Gesichtsausdruck, der aus dem behäbigen, gemütlichen Mann, den ich kannte, einen ganz anderen Menschen machte. Seine Wangen waren gerötet, er runzelte zornig die Brauen, und die Schläfenadern traten ihm in der Erregung hervor. Er schloß die Tür ab und eilte wortlos und ohne einen Blick an mir vorbei. Dies erregte meine Neugier, und deshalb richtete ich meinen nächsten Spaziergang mit meinem Schützling so ein, daß ich zu der Seite gelangte, von der aus die Fenster dieses Flügels zu sehen waren. Es waren vier in einer Reihe, drei davon ganz schmutzig, vor dem vierten war der Laden vorgelegt. Offenbar waren alle Räume verlassen. Während ich auf und ab schlenderte und gelegentlich einen Blick hinaufwarf, kam Mr. Rucastle zu mir heraus; er hatte seinen üblichen gutmütigen Ausdruck.
›Oh, Sie dürfen mich nicht für ungezogen halten, meine liebe Miss Hunter‹, sagte er, ›weil ich ohne ein Wort an Ihnen vorbeigelaufen bin. Ich hatte geschäftliche Dinge im Kopf.‹
Ich versicherte ihm, ich sei nicht beleidigt. ›Übrigens‹, sagte ich, ›Sie scheinen da oben eine ganze Reihe leerer Zimmer zu haben, und an einem ist der Laden geschlossen.‹
›Zu meinen Liebhabereien gehört das Fotografie-

ren‹, antwortete er. ›Da oben habe ich meine Dunkelkammer eingerichtet. Aber du meine Güte, an was für eine Beobachterin wir geraten sind! Wer hätte das gedacht!‹ Er sprach in scherzhaftem Ton; aber in seinen Augen war keine Heiterkeit, als er mich ansah. Ich las darin Argwohn und Ärger.

Nun, Mr. Holmes, von dem Moment an, wo mir klar wurde, daß es mit diesen Zimmern etwas auf sich hatte, wovon ich nichts wissen sollte, brannte ich vor Verlangen, sie zu besichtigen. Es war nicht nur reine Neugier. Es war eher eine Art Pflichtgefühl – die Empfindung, daß es zum Guten dienen könnte, wenn ich mir in die Räume Eingang verschaffte.

Erst gestern fand sich die Gelegenheit dazu. Außer Mr. Rucastle haben Toller und seine Frau in diesen verlassenen Zimmern zu tun; einmal sah ich Toller einen großen schwarzen Leinensack durch die Tür tragen. In letzter Zeit hat er viel getrunken, und gestern abend war er völlig betrunken. Als ich die Treppe hinaufkam, steckte der Schlüssel in der Tür. Ich zweifle nicht daran, daß er ihn steckenließ, Mr. und Mrs. Rucastle waren mit dem Kind unten, so daß sich mir eine wunderbare Gelegenheit bot. Sachte drehte ich den Schlüssel im Schloß herum, öffnete die Tür und schlüpfte hindurch.

Vor mir lag ein kurzer Gang, ohne Teppich und ohne Tapeten, der am Ende rechtwinklig abbog. Um die Ecke fand ich drei Türen in einer Reihe; die erste und die dritte standen offen. Beide führten in leere, staubige, freudlose Zimmer; das eine hatte zwei Fenster, das andere nur eins, alle so schmutzig, daß die abendliche Helle nur trüb hindurchschimmerte. Die Mitteltür war geschlossen und mit einer dicken eisernen Querstange verrammelt, die am einen Ende mit einem Vorlegeschloß an einem Ring in der Wand befestigt war, am anderen mit einem starken Strick. Ein Schlüssel war nicht vorhanden. Diese verrammelte Tür gehörte offenbar zu demselben Zimmer wie das Fenster mit dem vorgelegten Laden; dennoch verriet mir ein heller Streifen unten, daß es drinnen nicht dunkel war. Offenbar drang durch ein Oberlicht Helligkeit herein. Während ich in dem Gang stand und die unheimliche Tür betrachtete, vernahm ich drinnen plötzlich Schritte und sah vor dem Licht, das unter der Tür hervordrang, einen Schatten hin und her gehen. Jähes Entsetzen erfaßte mich. Meine überreizten Nerven versagten plötzlich, ich machte kehrt und rannte durch den Gang und zu der Tür hinaus – geradewegs Mr. Rucastle in die Arme, der draußen wartete.

›So‹, sagte er lächelnd. ›Sie waren es also. Ich dachte es mir schon, als ich die Tür offenstehen sah.‹

›Ich bin so erschrocken!‹ stieß ich hervor.

›Worüber sind Sie denn erschrocken, mein liebes Fräulein?‹

Seine Stimme klang etwas zu schmeichelnd. Er übertrieb, und deshalb war ich vor ihm auf der Hut.

›Ich war so töricht, den unbewohnten Flügel zu betreten‹, antwortete ich. ›Aber dort ist es so einsam und gespenstisch bei der trüben Beleuchtung, daß ich Angst bekam und eilends umkehrte. Oh, es ist so schauerlich still dort drinnen!‹

›Das war alles?‹ fragte er und sah mich scharf an.

›Wieso, was meinen Sie?‹ fragte ich zurück.

›Wozu, glauben Sie wohl, verschließe ich diese Tür?‹

›Das weiß ich wirklich nicht.‹

›Um alle fernzuhalten, die dort nichts zu suchen haben. Verstehen Sie?‹ Er lächelte immer noch auf die liebenswürdigste Weise.

›Ganz sicher, wenn ich das gewußt hätte...‹

›Nun, jetzt wissen Sie es also. Und wenn Sie jemals wieder den Fuß über die Schwelle setzen‹ – dabei verwandelte sich sein Lächeln mit einem Schlag in ein wuterfülltes Grinsen, und er starrte mich mit einem teuflischen Ausdruck an –, ›so werfe ich Sie dem Hund vor.‹

Ich war so entsetzt, daß ich überhaupt nicht mehr weiß, was ich tat. Wahrscheinlich bin ich an ihm vorbei in mein Zimmer gelaufen. Ich erinnere mich nur, daß ich danach zitternd auf meinem Bett lag. Dann fielen Sie mir ein, Mr. Holmes. Natürlich hätte ich fliehen können; aber meine Neugier war fast ebenso stark wie meine Angst. Bald war mein Entschluß gefaßt: Ich wollte Ihnen telegraphieren. Ich nahm Hut und Mantel, ging zur Post, die etwa einen Kilometer vom Haus entfernt liegt, und als ich zurückkehrte, war mir schon leichter ums Herz. Vor dem Tor kam mir der schreckliche Gedanke, der Hund könnte am Ende losgelassen sein; doch dann fiel mir ein, daß Toller sich an diesem Abend bis zur Sinnlosigkeit betrunken hatte, und er war ja der einzige, der sich dem gefährlichen Tier nähern durfte. Ungehindert schlüpfte ich hinein, und die Freude, daß Sie bald da sein würden, ließ mich die halbe Nacht nicht schlafen. Ich hatte nicht die geringsten Schwierigkeiten, heute früh Urlaub für die Stadt zu erhalten; aber ich muß um drei Uhr zu Hause sein, weil Mr. und Mrs. Rucastle einen Besuch machen wollen und den ganzen Abend fortbleiben werden, so daß ich für das Kind sorgen muß. Nun habe ich Ihnen alle meine Erlebnisse erzählt, Mr. Holmes, und ich wäre sehr froh, wenn Sie mir sagen könnten, was all das zu bedeuten hat – und vor allem, was ich tun soll.«

Wir hatten diesen merkwürdigen Bericht mit größter Spannung angehört. Mein Freund erhob sich und schritt auf und ab, die Hände in den Taschen, mit tiefernstem Gesicht.

»Ist Toller noch immer betrunken?« erkundigte er sich.

»Ja. Ich hörte seine Frau zu Mrs. Rucastle sagen, sie könne nichts mit ihm anfangen.«

»Das ist gut. Und Rucastles gehen heute abend aus?«

»Ja.«
»Ist ein Keller mit gutem, festem Schloß vorhanden?«
»Ja, der Weinkeller.«
»Wir werden gegen sieben Uhr da sein, mein Freund und ich. Die Rucastles sind dann wohl fort, und Toller wird hoffentlich noch nicht zu sich gekommen sein. Es bleibt bloß Mrs. Toller, die Lärm schlagen könnte. Wenn Sie sie unter irgendeinem Vorwand in den Keller schikken und hinter ihr absperren würden, wäre unsere Aufgabe sehr erleichtert.«
»Ich bin dazu bereit.«
»Vortrefflich! Nun wollen wir die Angelegenheit einmal gründlich betrachten. Selbstverständlich gibt es nur eine einzige einleuchtende Erklärung. Sie sind dort angestellt worden, um eine andere Person darzustellen, und diese Person wird in dem verrammelten Zimmer gefangengehalten. Das liegt auf der Hand. Ich zweifle auch nicht daran, daß die Gefangene Miss Alice Rucastle ist, die Tochter, die sich angeblich in Amerika befindet. Jedenfalls wurden Sie ausgewählt, weil Sie dieselbe Größe, Figur und Haarfarbe haben. Ihr hatte man wahrscheinlich wegen irgendeiner Krankheit die Haare abgeschnitten, und deshalb mußten Sie Ihre Haare ebenfalls opfern. Durch Zufall fiel Ihnen der Zopf in die Hände. Der Mann auf der Straße war fraglos ein Freund von ihr, möglicherweise ihr Verlobter. Da Sie das Kleid des jungen Mädchens trugen und ihr so glichen, mußte er aus Ihrer Heiterkeit schließen, daß Miss Rucastle durchaus glücklich sei und daß sie seine Aufmerksamkeiten nicht mehr wünsche. Der Hund wird nachts losgelassen, damit der Mann sich nicht mit ihr in Verbindung setzen kann. Soweit ist alles klar. Den ernstesten Punkt bildet der Charakter des Kindes.«
»Was in aller Welt hat denn das mit der Sache zu tun?« rief ich.
»Mein lieber Watson, du als Arzt verschaffst dir über die

Neigungen eines Kindes immer Aufschluß, indem du die Eltern aufs Korn nimmst. Siehst du nicht, daß das umgekehrte Verfahren ebensogut anwendbar ist? Ich habe meine erste wirkliche Einsicht in den Charakter bestimmter Leute gewonnen, indem ich ihre Kinder beobachtete. Dieses Kind hat einen abnormen Hang zur Grausamkeit, rein um der Grausamkeit willen, und ob er nun von seinem lächelnden Vater herrührt, wie ich vermute, oder von seiner Mutter, jedenfalls bedeutet er nichts Gutes für das arme Mädchen, das sich in der Gewalt der Rucastles befindet.«
»Sie haben bestimmt recht, Mr. Holmes«, rief unsere Klientin. »Es fallen mir jetzt viele Dinge ein, die mir beweisen, daß Sie das Richtige getroffen haben. Oh, wir wollen keinen Augenblick verlieren, dem armen Geschöpf zu Hilfe zu kommen.«
»Wir müssen vorsichtig zu Werke gehen; denn wir haben es mit einem ganz geriebenen Kerl zu tun. Vor sieben Uhr können wir nichts tun. Dann werden wir bei Ihnen eintreffen, und es wird nicht lange dauern, bis das Rätsel gelöst ist.«

Es war genau sieben Uhr, als wir zur Villa »Blutbuchen« gelangten, nachdem wir unseren Wagen in einem Wirtshaus an der Straße eingestellt hatten. Die Bäume, deren dunkles Laub im Licht der untergehenden Sonne wie glänzendes Metall schimmerten, hätten genügt, uns das Haus erkennen zu lassen, auch wenn Miss Hunter nicht lächelnd in der Türe gestanden hätte.
»Ist es Ihnen gelungen?« fragte Holmes.
Ein lautes Pochen drang von unten herauf. »Das ist Mrs. Toller im Keller«, sagte sie. »Ihr Mann liegt schnarchend auf der Küchenbank. Hier sind seine Schlüssel.«
»Sie haben Ihre Sache wirklich gut gemacht!« rief Holmes begeistert. »Gehen Sie nun voran, und wir werden dieser dunklen Geschichte bald auf den Grund

kommen.«
Wir stiegen die Treppe hinauf, schlossen die Tür auf und folgten dem Gang, bis wir vor der verrammelten Tür standen, die Miss Hunter beschrieben hatte. Holmes schnitt den Strick durch und nahm die vorgelegte Eisenstange weg. Dann probierte er die verschiedenen Schlüssel, aber vergebens. Kein Laut kam von drinnen, und Holmes' Gesicht bewölkte sich.
»Ich will nicht hoffen, daß wir zu spät kommen«, sagte er. »Wir wollen lieber ohne Sie hineingehen, Miss Hunter. Los, Watson, stemm die Schulter dagegen, dann werden wir ja sehen, was sich ausrichten läßt.«
Es war eine alte, baufällige Tür, die unserem vereinten Druck sofort nachgab. Zusammen drangen wir in das Zimmer ein. Es war leer. Ein schmales Feldbett, ein kleiner Tisch und ein Korb mit Wäsche bildeten die ganze Einrichtung. Das Oberlicht stand offen, und die Gefangene war fort.
»Hier ist eine Schurkerei vorgegangen«, sagte Holmes. »Der saubere Herr hat Miss Hunters Absichten erraten und sein Opfer fortgebracht.«
»Aber wie?«
»Durch das Oberlicht. Wir werden gleich sehen, wie er das bewerkstelligt hat.« Damit schwang er sich auf das Dach hinauf. »O ja«, rief er, »hier ragt das Ende einer langen Leiter über die Dachrinne heraus. So hat er es gemacht.«
»Das ist ja gar nicht möglich«, wandte Miss Hunter ein. »Die Leiter war nicht da, als die Rucastles fortgingen.«
»Dann ist er eben zu diesem Zweck zurückgekommen. Ich sage Ihnen, er ist ein schlauer, gefährlicher Mensch. Ich würde mich nicht wundern, wenn das seine Schritte wären, die ich da auf der Treppe höre. Ich glaube, Watson, du wirst gut daran tun, deine Pistole zu zücken.«
Kaum hatte er diese Worte gesprochen, da erschien auch

schon ein sehr dicker Mann mit einem schweren Stock in der Hand unter der Tür. Miss Hunter schrie bei seinem Anblick auf und wich zur Wand zurück; aber Sherlock Holmes sprang vor und trat ihm entgegen.
»Sie Schuft«, rief er, »wo ist Ihre Tochter?«
Der dicke Mann blickte in die Runde und dann zu dem Oberlicht hinauf.
»Das frage ich euch, ihr Spitzbuben und Diebe!« schrie er. »Ich habe euch geschnappt. Ihr seid in meiner Gewalt. Ich will es euch eintrichtern!« Er machte kehrt und eilte die Treppe hinunter, so schnell er konnte.
»Er holt den Hund!« rief Miss Hunter.
»Ich habe meine Pistole«, sagte ich.
»Wir wollen lieber die Haustür schließen«, rief Holmes, worauf wir alle die Treppe hinunterstürmten. Wir hatten kaum die Halle erreicht, als wir auch schon das Bellen eines Hundes vernahmen und dann einen Schmerzensschrei, der sich grauenhaft anhörte. Ein älterer Mann mit rotem Gesicht taumelte schlotternd aus einer Seitentür hervor.
»Mein Gott!« schrie er. »Jemand hat den Hund losgelassen. Seit zwei Tagen hat er nichts zu fressen bekommen. Schnell, schnell, sonst ist es zu spät!«
Holmes und ich stürzten hinaus, dann um die Hausecke herum, Toller hinter uns her. Da war das riesige, ausgehungerte Tier; die schwarze Schnauze hatte sich in Rucastles Kehle verbissen, und der Mann wälzte sich stöhnend am Boden. Ich lief hinzu und jagte dem Hund eine Kugel durch den Kopf. Er sank zusammen; aber seine scharfen weißen Zähne steckten noch in den Fettmassen des Halses. Mit großer Mühe brachten wir die beiden auseinander und trugen den dicken Mann zwar lebend, aber schauerlich zugerichtet ins Haus. Wir legten ihn im Wohnzimmer aufs Sofa, und nachdem wir den ernüchterten Toller fortgeschickt hatten, Mrs. Rucastle von dem Vorfall in Kenntnis zu setzen, tat ich,

was ich konnte, um die Qualen des Verletzten zu lindern. Wir standen alle um ihn herum, als die Tür sich öffnete und eine große, hagere Frau hereinkam.

»Mrs. Toller!« rief Miss Hunter.

»Ja, Miss Hunter. Mr. Rucastle ließ mich heraus, bevor er zu Ihnen hinaufging. Ach, Miss, es ist jammerschade, daß Sie mich nicht wissen ließen, was Sie vorhatten; denn ich hätte Ihnen gesagt, daß Sie sich vergeblich bemühten.«

»Aha«, sagte Holmes und musterte sie scharf, »offenbar weiß Mrs. Toller mehr von den Vorgängen hier als sonst jemand.«

»Jawohl, Sir, und ich teile Ihnen gern mit, was ich weiß.«

»Dann setzen Sie sich bitte, und lassen Sie uns hören. Ich muß nämlich gestehen, daß mir einige Punkte noch nicht klar sind.«

»Sie sollen gleich alles wissen«, sagte sie. »Ich hätte Ihnen längst alles erklärt, wenn ich nur aus dem Keller hinausgekonnt hätte. Wenn die Sache vor Gericht kommt, vergessen Sie bitte nicht, daß ich nur Gutes gewollt und es auch mit Miss Alice gut gemeint habe. Seit der Wiederverheiratung ihres Vaters war Miss Alice zu Hause nicht mehr glücklich. Sie wurde zurückgesetzt und hatte nichts zu sagen; aber wirklich schlimm erging es ihr erst, als sie sich mit Mr. Fowler verlobte, den sie bei Freunden kennengelernt hatte. Soviel ich weiß, verfügte Miss Alice nach dem Testament ihrer Mutter über ein eigenes Vermögen; aber sie war viel zu sanft und bescheiden, um ihre Ansprüche geltend zu machen, und sie ließ alles in Mr. Rucastles Händen. Er wußte, daß er mit ihr umspringen konnte, wie er wollte; doch als sich die Möglichkeit ergab, daß ein Ehemann kam, der alles verlangte, was ihm von Gesetzes wegen zustand, fand ihr Vater es an der Zeit, einen Riegel vorzuschieben. Er wollte, daß sie ein Schriftstück unterzeichnete, wonach er über ihr Vermögen bestimmen konnte, ob sie heiratete oder nicht. Als sie sich weigerte, quälte er sie so lange, bis sie ein Nervenfieber bekam, so daß sie sechs Wochen lang zwischen Leben und Tod schwebte. Dann erholte sie sich endlich; aber sie war zu einem Schatten abgezehrt, und man hatte ihr das schöne Haar abgeschnitten. Doch das machte ihrem Verlobten alles nichts aus, und er hielt weiterhin treu zu ihr.«

»Aha«, sagte Holmes, »durch ihre freundliche Mitteilung ist nun alles so weit geklärt, daß ich mir alles übrige zusammenreimen kann. Nicht wahr, Mr. Rucastle ging darauf zu diesem Einsperrungssystem über?«

»Ja, Sir.«

»Und holte Miss Hunter aus London, um den unliebsamen und hartnäckigen Mr. Fowler loszuwerden?«

»So ist es, Sir.«

»Aber da Mr. Fowler ein zäher Mensch ist, wie es sich für einen guten Seemann gehört, belagerte er das Haus, und nachdem er Ihre Bekanntschaft gemacht hatte, gelang es ihm, Sie durch klingende oder andere Beweismittel zu überzeugen, daß Sie die gleichen Interessen hätten wie er.«

»Mr. Fowler ist ein sehr freundlicher, freigebiger Herr«, erwiderte Mrs. Toller gelassen.

»Und auf diese Weise sorgte er dafür, daß Ihr guter Mann stets reichlich zu trinken bekam und daß eine Leiter bereitstand, so wie Ihr Herr das Haus verlassen hatte.«

»Sie haben es getroffen, Sir, genauso ging es vor sich.«

»Wir müssen uns wirklich bei Ihnen entschuldigen, Mrs. Toller«, sagte Holmes, »denn Sie haben alles, was noch ungeklärt war, ins rechte Licht gerückt. Hier kommt nun der Bezirksarzt mit Mrs. Rucastle. Ich denke, es ist am besten, Watson, wenn wir Miss Hunter nach Winchester zurückbringen, da es mir fraglich erscheint, ob unser Bleiben in diesem Haus noch einen Zweck hat.«

So löste sich das Geheimnis des finsteren Hauses mit den Blutbuchen am Tor. Mr. Rucastle kam mit dem Leben davon, blieb aber ein gebrochener Mann, der sein Dasein lediglich der aufopfernden Pflege seiner Frau verdankte. Sie wohnen immer noch mit ihren alten Dienstboten zusammen, die wahrscheinlich allzuviel von Rucastles Vergangenheit wissen, so daß es ihm schwerfällt, sich von ihnen zu trennen. Mr. Fowler und Miss Alice Rucastle wurden am Tage nach ihrer Flucht mit einer Sondergenehmigung in Southampton getraut, und er hat jetzt einen Beamtenposten auf der Insel Mauritius. Was Miss Violet Hunter betrifft, so legte mein Freund Holmes zu meiner Enttäuschung kein Interesse mehr für sie an den Tag, nachdem sie nicht mehr Mittelpunkt eines Rätsels war; sie ist zur Zeit Vorsteherin einer Privatschule in Walsall, wo sie, glaube ich, bemerkenswerte Erfolge erzielt.

Villa Wisteria

In meinem Notizbuch steht verzeichnet, daß es ein unfreundlicher, windiger Tag gegen Ende März des Jahres 1892 war. Sherlock Holmes hatte, während wir beim Mittagessen saßen, eine Depesche erhalten und eine Antwort gekritzelt. Er machte keine Bemerkung darüber; aber die Angelegenheit beschäftigte ihn; denn er stand später mit nachdenklicher Miene vor dem Feuer, seine Pfeife rauchend, und warf ab und zu einen Blick auf die Nachricht. Unvermittelt wandte er sich mit einem boshaften Glitzern in den Augen mir zu.

»Du bist doch Schriftsteller, Watson«, sagte er. »Wie erklärst du das Wort ›grotesk‹?«

»Wunderlich, befremdend, toll, verschroben«, antwortete ich.

Er schüttelte den Kopf. »Es besagt entschieden mehr«, meinte er. »Es hat einen Unterton von etwas Tragischem und Schauerlichem.«

Er las mir den Inhalt der Depesche vor: »Habe soeben etwas ganz Unglaubliches und Groteskes erlebt. Darf ich Sie konsultieren? Scott Eccles, Postamt Charing Cross.«

»Ein Mann oder eine Frau?«

»Oh, natürlich ein Mann. Eine Frau würde niemals eine Depesche mit bezahlter Rückantwort senden. Sie würde einfach kommen.«

»Wirst du ihn empfangen?«

»Mein lieber Watson, du weißt doch, wie sehr ich mich langweile, seit wir Oberst Carruthers hinter Schloß und

Riegel gebracht haben. Mein Gehirn ist wie eine rasende Maschine, die sich aufreibt, weil sie nicht mit dem Räderwerk verbunden ist, für das sie geschaffen wurde. Das Leben ist alltäglich, die Zeitungen sind hohl; Kühnheit und Romantik scheinen für immer aus der Verbrecherwelt verschwunden zu sein. Und da fragst du mich noch, ob ich bereit bin, mich mit einem neuen Problem zu befassen, mag es sich auch als ganz gewöhnlich erweisen? Aber hier kommt unser Klient, wenn ich mich nicht irre.«

Ein gemessener Schritt erklang auf der Treppe, und kurz darauf wurde ein breiter, großer und würdig-ernster Mann mit grauem Bart ins Zimmer geführt. Seine Lebensgeschichte stand in seinen gewichtigen Zügen und seinem feierlichen Auftreten geschrieben. Von den Gamaschen bis zur goldgeränderten Brille war er ein Konservativer, ein Mitglied der Staatskirche, ein guter Bürger, orthodox und konventionell bis zum höchsten Grade. Aber irgendein außergewöhnlicher Umstand hatte seine eingefleischte Fassung ins Wanken gebracht und in seinem struppigen Haar, seinen zornig geröteten Wangen und seinen aufgeregten Bewegungen Spuren hinterlassen. Er kam sofort zur Sache.

»Ich habe etwas höchst Eigenartiges und Unangenehmes erlebt, Mr. Holmes«, begann er. »Nie in meinem Leben bin ich in eine solche Lage geraten. Es ist ganz und gar unerhört. Ich muß eine Erklärung haben.« Er platzte beinahe vor Zorn.

»Setzen Sie sich bitte, Mr. Scott Eccles«, sagte Holmes in beschwichtigendem Tone. »Darf ich zuerst einmal fragen, wieso Sie überhaupt zu mir gekommen sind?«

»Je nun, Sir, es schien mir, daß die Angelegenheit die Polizei nichts anging, und doch, wenn Sie die Tatsachen gehört haben, werden Sie zugeben müssen, daß ich sie nicht einfach auf sich beruhen lassen durfte. Privatdetektive sind eine Klasse, für die ich nicht das geringste übrig habe; aber nichtsdestoweniger, da ich von Ihnen gehört habe ...«

»Recht so. Zweitens: Warum sind Sie nicht sofort gekommen?«

»Wie meinen Sie das?«

Holmes blickte auf seine Uhr. »Es ist jetzt Viertel nach zwei. Ihre Depesche wurde um eins aufgegeben. Aber wenn man Sie betrachtet, sieht man sofort, daß Sie schon seit dem Erwachen am Morgen Sorgen haben.«

Unser Klient glättete sein ungebürstetes Haar und betastete sein unrasiertes Kinn. »Sie haben recht, Mr. Holmes. Ich verschwendete auf mein Aussehen keinen Gedanken. Ich war bloß froh, aus solch einem Hause wegzukommen. Ich lief herum, um Nachforschungen anzustellen, bevor ich zu Ihnen kam. Ich ging nämlich zu dem Hausbesitzer, und dort sagte man mir, Mr. Garcia hätte die Miete bezahlt, und mit der Villa Wisteria wäre alles in Ordnung.«

»Na, na, Sir«, lachte Holmes, »Sie sind wie mein Freund Doktor Watson, der auch die schlechte Angewohnheit hat, seine Geschichten am verkehrten Ende anzufangen. Ordnen Sie bitte Ihre Gedanken, und lassen Sie mich in der richtigen Reihenfolge wissen, welche Ereignisse bewirkt haben, daß Sie ungekämmt und unrasiert, mit falsch geknöpfter Weste und Abendschuhen auf die Suche nach Rat und Hilfe gegangen sind.«

Unser Klient schaute mit schuldbewußter Miene an seiner ungepflegten Erscheinung herab. »Ich will Ihnen die ganze sonderbare Sache erzählen, und dann werden Sie sicher einräumen, daß ich zu entschuldigen bin.«

Sein Bericht wurde jedoch im Keim erstickt. Draußen gab es Lärm, und Mrs. Hudson öffnete die Tür, um zwei kräftige Amtspersonen einzulassen. Der eine Mann war der uns wohlbekannte Inspektor Gregson von Scotland Yard, ein tatkräftiger, braver und innerhalb seiner Grenzen tüchtiger Beamter. Er drückte Holmes die

Hand und stellte seinen Begleiter als Inspektor Baynes von der Polizei in Surrey vor.
»Wir sind gemeinsam auf der Suche, Mr. Holmes, und unsere Fährte führte hierher.« Er richtete seine Bulldoggenaugen auf unseren Besucher. »Sind Sie Mr. Scott Eccles, Popham House, Lee?«
»Jawohl.«
»Wir suchen Sie schon den ganzen Vormittag.«
»Sie haben ihn zweifellos durch die Depesche aufgespürt«, sagte Holmes.
»Ganz recht, Mr. Holmes. Wir nahmen die Spur im Postamt Charing Cross auf und kamen so hierher.«
»Aber warum suchen Sie mich? Was wünschen Sie von mir?«
»Wir wünschen eine Aussage, Mr. Scott Eccles, und zwar über die Ereignisse, die dazu geführt haben, daß Mr. Aloysius Garcia gestern abend gestorben ist.«
Unser Klient war mit stierem Blick aufgefahren; alle Farbe wich aus seinem erstaunten Gesicht. »Gestorben? Soll das heißen, daß er tot ist?«
»Jawohl, Sir, er ist tot.«
»Woran ist er denn gestorben? Ein Unfall?«
»Mord, wenn es jemals einen auf Erden gegeben hat.«
»Mein Gott! Das ist ja entsetzlich! Sie meinen doch nicht... Sie meinen doch nicht, daß man mich verdächtigt?«
»In der Tasche des Toten wurde ein Brief von Ihnen gefunden, und dadurch wissen wir, daß Sie ihn gestern abend aufsuchen wollten.«
»Ich war auch bei ihm.«
»Oh, Sie waren bei ihm?«
Das amtliche Notizbuch wurde gezückt.
»Langsam, Gregson«, fiel Sherlock Holmes ein. »Sie wünschen doch nur eine klare Aussage, nicht wahr?«
»Und es ist meine Pflicht, Mr. Scott Eccles darauf aufmerksam zu machen, daß alle seine Worte gegen ihn

verwendet werden können.«
»Mr. Eccles war gerade im Begriff, uns alles zu erzählen, als Sie hereinkamen. Ich glaube, Watson, ein verdünnter Kognak würde ihm nicht schaden. Also, Sir, ich schlage vor, lassen Sie sich durch diesen Zuwachs Ihrer Zuhörerschaft nicht beirren, und erstatten Sie genauso Bericht, wie Sie es getan hätten, wenn Sie nicht unterbrochen worden wären.«
Nachdem unser Besucher den Kognak getrunken hatte, kehrte die Farbe in sein Gesicht zurück. Mit einem zweifelnden Blick auf das Notizbuch des Inspektors begann er ohne Umschweife seinen außergewöhnlichen Bericht.
»Ich bin nicht verheiratet«, fing er an, »und da ich ein geselliger Mensch bin, habe ich einen großen Freundeskreis. Dazu gehört die Familie eines ehemaligen Bierbrauers, der Melville heißt und in Albemarle Mansion in Kensington wohnt. In seinem Hause lernte ich vor einigen Wochen einen jungen Mann namens Garcia kennen. Soviel ich weiß, war er Spanier und hatte irgend etwas mit der Gesandtschaft zu tun. Er sprach fließend Englisch, hatte sehr angenehme Umgangsformen und war der bestaussehende Mann, der mir jemals begegnet ist.
In gewisser Weise schlossen wir Freundschaft, dieser junge Mensch und ich. Er schien von Anfang an eine Vorliebe für mich zu fassen, und zwei Tage nach unserem Bekanntwerden besuchte er mich in Lee. Eins führte zum andern, und es endete damit, daß er mich für ein paar Tage in sein Haus einlud, Villa Wisteria zwischen Esher und Oxshott. Gestern abend fuhr ich hin. Er hatte mir sein Hauswesen vorher beschrieben. Er lebte mit einem treuen Diener zusammen, einem Landsmann, der Englisch konnte und alle Hausarbeit erledigte. Dann wäre noch ein Koch da, hatte er mir gesagt, ein Halbblut, das er auf einer Reise aufgelesen

hatte.
Ich fuhr zu dem Haus – etwa drei Kilometer südlich von Esher. Es war ziemlich groß und hatte eine gewundene Auffahrt, die mit hohen immergrünen Sträuchern gesäumt war. Es war ein altes, verfallenes Gebäude, das einer Instandsetzung bedurft hätte. Als der Wagen auf dem grasbewachsenen Auffahrtsweg vor der verwitterten Haustür hielt, hegte ich Zweifel, ob es klug von mir gewesen war, einen Mann zu besuchen, den ich nur so flüchtig kannte. Er öffnete mir aber selbst die Tür und begrüßte mich sehr herzlich. Ich wurde dem Diener übergeben, einem schwermütigen, dunklen Mann, der meinen Koffer nahm und mich in mein Zimmer führte. Das ganze Haus wirkte bedrückend. Beim Abendessen waren wir allein, und obwohl mein Gastgeber sich alle Mühe gab, mich zu unterhalten, schienen seine Gedanken fortwährend abzuschweifen, und er sprach so unbestimmt und wirr, daß ich ihn kaum zu verstehen vermochte. Er trommelte immerzu mit den Fingern auf den Tisch, knabberte an den Nägeln und verriet noch durch andere Zeichen nervöse Ungeduld. Das Essen war keineswegs gut, und die Anwesenheit des düsteren, schweigsamen Dieners trug nicht gerade zu unserer Belebung bei.
Gegen Ende der Mahlzeit überbrachte der Diener einen Brief. Ich bemerkte, daß mein Gastgeber noch zerstreuter und seltsamer wurde, nachdem er den Brief gelesen hatte. Er gab es ganz auf, den Anschein eines Gespräches aufrechtzuerhalten, verlor sich in Gedanken, rauchte eine Zigarette nach der andern, machte aber keine Bemerkung über den Brief. Ich war froh, gegen elf zu Bett gehen zu können. Einige Zeit später schaute Garcia bei mir herein – das Licht hatte ich schon gelöscht – und fragte, ob ich geläutet hätte. Ich verneinte. Er entschuldigte sich wegen der späten Störung und sagte, es gehe schon auf ein Uhr. Danach schlummerte

ich ein und schlief die ganze Nacht fest.
Und nun komme ich zu dem sonderbaren Teil meiner Geschichte. Als ich aufwachte, war es heller Tag. Ich blickte auf meine Uhr, es war kurz vor neun. Dabei hatte ich ausdrücklich gebeten, mich um acht zu wecken. Ich sprang aus dem Bett und klingelte nach dem Diener. Er kam nicht. Ich klingelte wieder und wieder – immer vergebens. Schließlich nahm ich an, die Klingel sei nicht in Ordnung. Ich zog mich in aller Eile an und ging in sehr schlechter Laune hinunter. Sie können sich meine Verwunderung vorstellen, als kein Mensch da war. Alle Räume waren verlassen. Mein Gastgeber hatte mir am Abend vorher sein Schlafzimmer gezeigt; so klopfte ich dort an. Keine Antwort. Ich drückte auf die Klinke und ging hinein. Das Zimmer war leer, das Bett unberührt. Er war mitsamt seinen Angestellten fort. So endete mein Besuch in der Villa Wisteria.«
Sherlock Holmes rieb sich schmunzelnd die Hände. »Ihr Erlebnis ist wirklich einzigartig«, sagte er. »Darf ich fragen, Sir, was Sie dann taten?«
»Ich war wütend. Zuerst hielt ich mich für das Opfer eines albernen Streiches. Ich packte meine Sachen, knallte die Haustür hinter mir zu und ging mit meinem Koffer in der Hand nach Esher. Dort sprach ich bei den Brüdern Allan vor, der Maklerfirma im Dorf, und erfuhr, daß die Villa von dieser Firma gemietet worden war. Da nahm ich an, daß der ganze Vorgang kaum dem Zweck dienen könnte, mich zum Narren zu halten, sondern daß die Makler um die Miete geprellt werden sollten. Diese Vermutung traf jedoch nicht zu. Der Makler dankte mir für die Warnung, erklärte aber, die Miete sei schon im voraus bezahlt worden. Hierauf fuhr ich nach London und ging zur spanischen Botschaft. Der Mann war dort unbekannt. Als nächstes begab ich mich zu Melville, bei dem ich Garcia kennengelernt hatte, der aber eigentlich noch weniger von dem Spanier wußte

als ich. Schließlich wandte ich mich an Sie, da Sie, wie ich hörte, in schwierigen Fällen Rat erteilen. Aber nach dem, was Sie, Herr Inspektor, vorhin sagten, nehme ich an, daß Sie die Geschichte weitererzählen können, da sich offenbar eine Tragödie ereignet hat. Ich versichere Ihnen, daß jedes meiner Worte der Wahrheit entspricht und daß ich sonst von diesem Mann und seinem Schicksal nicht das geringste weiß. Mein einziger Wunsch ist, dem Gesetz auf jede mögliche Weise zu helfen.«

»Davon bin ich überzeugt, Mr. Scott Eccles«, antwortete Inspektor Gregson liebenswürdig. »Ich muß sagen, daß Ihr Bericht mit den uns bekannten Tatsachen so ziemlich übereinstimmt. Da haben wir zum Beispiel den Brief, der während des Abendessens eintraf. Haben Sie zufällig bemerkt, was daraus geworden ist?«

»O ja. Garcia rollte ihn zusammen und warf ihn ins Feuer.«

»Was sagen Sie dazu, Mr. Baynes?«

Der Angesprochene war ein kräftiger Mann, dessen rotes Gesicht nur deshalb nicht grob wirkte, weil in den Fettmassen außerordentlich helle, kluge Augen saßen. Mit gemächlichem Lächeln zog er ein zusammengefaltetes, verfärbtes Papier aus der Tasche.

»Es war ein Kamin mit Metallstütze, Mr. Holmes, und er hatte ihn zu voll gestopft. Ich holte den unversehrten Brief hervor.«

Holmes lächelte beifällig. »Sie müssen das Haus sehr sorgfältig durchsucht haben, daß Sie diesen Fetzen finden konnten.«

»Gewiß, Mr. Holmes. Das ist meine Art. Soll ich den Brief vorlesen, Mr. Gregson?«

Gregson nickte.

»Es ist gewöhnliches weißes Papier ohne Wasserzeichen, ein Viertelbogen. Das Stück ist mit einer kurzen Schere in zwei Schnitten abgetrennt worden. Es wurde dreimal gefaltet und mit rotem Wachs versiegelt, das man eilig daraufgetropft und mit einem flachen, ovalen Gegenstand zusammengedrückt hat. Die Adresse lautet: ›Mr. Garcia, Villa Wisteria.‹ Nun der Inhalt: ›Unsere Farben sind Grün und Weiß. Grün offen, Weiß geschlossen. Haupttreppe, erster Gang, siebente Tür rechts, grün gestrichen. Alles Gute. D.‹ Es ist die Handschrift einer Frau, die eine spitze Feder benutzt hat; aber die Adresse ist entweder mit einer andern Feder oder von einer andern Person geschrieben worden. Sie ist dicker und kühner, wie Sie sehen.«

»Ein sehr merkwürdiger Brief«, sagte Holmes und betrachtete ihn. »Ich muß Ihnen mein Kompliment machen, Mr. Baynes, wie aufmerksam Sie die Einzelheiten untersucht haben. Ein paar Kleinigkeiten könnten noch hinzugefügt werden. Das ovale Siegel ist zweifellos ein einfacher Manschettenknopf – was sonst hat eine solche Form? Bei der Schere muß es sich um eine Nagelschere handeln. Obwohl die Schnitte kurz sind, sieht man bei jedem deutlich die kleine Biegung.«

Mr. Scott Eccles war währenddessen unruhig auf seinem Stuhl hin und her gerutscht. Er sagte: »Ich bin froh, daß Sie den Brief gefunden haben, da er meine Aussage bestätigt. Aber ich möchte darauf hinweisen, daß ich noch nicht gehört habe, was Mr. Garcia zugestoßen ist und was aus seinen Angestellten geworden ist.«

»Was Garcia betrifft, so ist die Auskunft leicht gegeben«, antwortete Gregson. »Er wurde heute morgen auf der Gemeindeweide von Oxshott tot aufgefunden, ungefähr anderthalb Kilometer von seinem Haus entfernt. Sein Kopf war durch schwere Schläge mit einem Sandsack oder einem ähnlichen Instrument zermalmt. Es ist ein einsamer Winkel dort, weit und breit kein Haus. Anscheinend wurde er zuerst von hinten niedergeschlagen; aber sein Angreifer hat noch auf ihn eingedroschen, als er schon tot war. Fußspuren oder sonstige Hinweise waren nicht zu entdecken.«

»Ausgeraubt?«
»Nein, um einen Raubüberfall handelt es sich nicht.«
»Das ist furchtbar«, klagte Mr. Scott Eccles, »aber für mich wirklich bitter. Ich habe nichts damit zu tun, daß mein Gastgeber einen nächtlichen Ausflug unternommen und so ein trauriges Ende gefunden hat. Wieso bin ich in den Fall verwickelt?«
»Sehr einfach, Sir«, versetzte Inspektor Baynes. »Das einzige Dokument, das der Ermordete in der Tasche hatte, war ein Brief von Ihnen, in dem stand, daß Sie am Abend zu ihm kommen würden. Durch den Umschlag erfuhren wir Namen und Adresse des Toten. Nach neun Uhr gelangten wir zu seinem Haus, wo wir weder Sie noch sonst einen Menschen vorfanden. Ich telegraphierte Mr. Gregson, er möge Sie in London suchen, während ich mir die Villa Wisteria ansah. Dann kam ich in die Stadt, traf Mr. Gregson, und hier sind wir nun.«
»Mir scheint«, sagte Gregson und stand auf, »wir sollten der Sache amtliche Form geben. Kommen Sie mit uns auf die Wache, Mr. Scott Eccles, damit wir Ihre Aussage schriftlich niederlegen.«
»Gewiß, ich komme sofort mit. Aber, Mr. Holmes, ich bitte Sie, keine Kosten und Mühen zu sparen, um die Wahrheit zu ergründen.«
Mein Freund wandte sich an Baynes: »Sie haben wohl nichts dagegen einzuwenden, wenn ich mit Ihnen zusammenarbeite?«
»Ich fühle mich sehr geehrt, Sir.«
»Sie sind offenbar bei allem, was Sie unternommen haben, sehr schnell und fachmännisch vorgegangen. Darf ich fragen, ob irgendein Hinweis auf die genaue Todesstunde vorlag?«
»Er lag dort seit ein Uhr. Um diese Zeit hat es geregnet, und der Tod ist bestimmt vor dem Regen eingetreten.«
»Aber das ist ja ganz unmöglich, Mr. Baynes!« rief unser Klient. »Seine Stimme war unverkennbar. Ich könnte

schwören, daß er um diese Stunde mit mir in meinem Schlafzimmer sprach.«

»Merkwürdig, aber keineswegs unmöglich«, entgegnete Holmes lächelnd.

»Haben Sie einen Hinweis?« erkundigte sich Gregson.

»Ich müßte noch mehr Tatsachen wissen, bevor ich eine endgültige Ansicht äußern könnte. Übrigens, Mr. Baynes, haben Sie bei der Haussuchung außer dem Brief noch etwas Besonderes gefunden?«

Der Detektiv sah meinen Freund mit einem eigentümlichen Ausdruck an. »Es gab dort ein paar sehr merkwürdige Dinge«, antwortete er. »Vielleicht kommen Sie mit und sagen mir, was Sie davon halten, wenn ich auf der Wache fertig bin.«

»Ich stehe ganz zu Ihrer Verfügung«, sagte Sherlock Holmes und läutete. »Begleiten Sie die Herren bitte hinaus, Mrs. Hudson, und schicken Sie den Jungen mit dieser Depesche fort.«

Wir saßen eine Weile schweigend, nachdem unsere Besucher gegangen waren. Holmes rauchte heftig; er hielt den Blick gesenkt und streckte den Kopf vor, ein Zeichen, daß er angestrengt nachdachte.

»Nun, Watson, was hältst du davon?« fragte er unvermittelt.

»Ich kann mit Scott Eccles' geheimnisvoller Geschichte nichts anfangen.«

»Aber mit dem Verbrechen?«

»In Anbetracht der Tatsache, daß die Hausgenossen des Mannes verschwunden sind, würde ich annehmen, daß sie auf irgendeine Weise an dem Mord beteiligt und vor der Gerechtigkeit geflohen sind.«

»Dieser Standpunkt hat entschieden etwas für sich. Wie die Dinge stehen, mußt du aber zugeben, daß es befremdlich wäre, wenn sich die Diener, falls sie sich gegen Garcia verschworen hatten, gerade die Nacht ausgesucht hätten, in der ein Gast im Hause war.«

»Warum sind sie dann geflohen?«
»Ganz recht: Warum sind sie geflohen? Da haben wir eine schwerwiegende Tatsache. Eine andere schwerwiegende Tatsache ist das eigenartige Erlebnis unseres Klienten. Liegt es nun außerhalb der Grenzen des menschlichen Scharfsinns, mein lieber Watson, eine Erklärung zu finden, die diesen beiden schwerwiegenden Tatsachen gerecht wird? Wenn sie außerdem noch den geheimnisvollen Brief mit seinen sonderbaren Sätzen einschlösse, oh, dann würde es sich wohl lohnen, sie vorläufig als Hypothese gelten zu lassen. Passen dann gar die Tatsachen hinein, die wir noch erfahren werden, so könnte unsere Vermutung allmählich zu einer Lösung werden.«
»Was ist denn unsere Vermutung?«
Holmes lehnte sich mit halbgeschlossenen Augen in seinem Sessel zurück. »Du mußt zugeben, mein lieber Watson, daß der Gedanke an einen dummen Streich abwegig ist. Es folgten ja ernste Ereignisse, die mit Scott Eccles' Einladung in die Villa Wisteria in Zusammenhang stehen.«
»In was für einem Zusammenhang?«
»Nehmen wir Glied für Glied vor. Erstens einmal hat die plötzliche Freundschaft zwischen dem jungen Spanier und Scott Eccles etwas Unnatürliches. Garcia hat das Tempo bestimmt. Zwei Tage nach der Bekanntschaft suchte er Scott Eccles am anderen Ende von London auf und erreicht schließlich, daß Eccles zu ihm nach Esher kam. Was wollte er eigentlich von ihm? Was hatte er von Eccles? Ich sehe keinen besonderen Reiz an dem Mann. Warum wurde er unter allen Leuten als besonders geeignet für Garcias Zwecke ausgesucht? Hat er irgendeine hervorstechende Eigenschaft? Ich sage, er hat eine. Er ist die Verkörperung der konventionellen britischen Ehrsamkeit und der richtige Zeuge, um einem andern Briten Eindruck zu machen. Du sahst ja selbst, daß

keiner der beiden Inspektoren auf den Gedanken kam, seine Aussage zu bezweifeln, so außergewöhnlich sie auch war.«

»Aber was sollte er denn bezeugen?«

»Nichts, wie die Dinge sich entwickelten, hingegen alles, wenn sie anders gelaufen wären.«

»Ich verstehe. Er hätte ein Alibi geben können.«

»Richtig, mein lieber Watson; er hätte ein Alibi geben können. Wir wollen einmal annehmen, daß die Angestellten in der Villa Wisteria bei irgendeinem Plan Verbündete sind. Dieser Plan, welcher Art er auch sein mag, soll vor ein Uhr ausgeführt werden. Es ist durchaus möglich, daß Scott Eccles infolge einer Manipulation an den Uhren früher zu Bett ging, als er dachte; jedenfalls ist es wahrscheinlich, daß es in Wirklichkeit nicht später als zwölf war, als Garcia ihm erklärte, es sei eins. Wenn Garcia seinen Plan ausführen und zu der genannten Stunde zurück sein konnte, hätte er jeder Anklage gegenüber eine beweiskräftige Antwort gehabt. Hier war dieser untadelige Engländer, der vor jedem Gericht beschworen hätte, daß der Angeklagte die ganze Zeit zu Hause gewesen war. Es war eine Rückversicherung gegen das Schlimmste.«

»Ja, ja, das sehe ich. Aber was ist mit dem Verschwinden der andern?«

»Ich kenne noch nicht alle Tatsachen; aber ich glaube nicht, daß unüberwindliche Schwierigkeiten vorliegen.«

»Und der Brief?«

»Was stand darin? ›Unsere Farben sind Grün und Weiß.‹ Das klingt nach einem Rennen. ›Grün offen, Weiß geschlossen.‹ Das ist bestimmt ein Signal. ›Haupttreppe, erster Gang, siebente Tür rechts, grün gestrichen. Alles Gute. D.‹ Das ist eine Verabredung. Vielleicht steckt hinter allem ein eifersüchtiger Ehemann. Es war sicher eine gefährliche Aufforderung. Sonst hätte sie nicht ›Alles Gute‹ geschrieben. Der Buchstabe D sollte für uns eine Richtschnur sein.«

»Der Mann war Spanier. Das D könnte gut Dolores bedeuten.«

»Gut, Watson, sehr gut – aber ganz unzulässig. Eine Spanierin würde einem Spanier spanisch schreiben. Die Frau, die diesen Brief geschrieben hat, ist bestimmt Engländerin. Nun, wir können uns nur in Geduld fassen, bis der tüchtige Inspektor zurückkommt.«

Bevor der Inspektor zurückkehrte, erhielt Holmes die Antwort auf seine Depesche. Holmes las sie und wollte sie gerade in seine Brieftasche stecken, als er mein erwartungsvolles Gesicht sah. Lachend warf er sie mir zu. »Wir bewegen uns in gehobenen Kreisen«, sagte er. Die Depesche enthielt eine Liste von Namen und Adressen: »Lord Harringby, The Dingle; Sir George Folliott, Oxshott Towers; Mr. Hynes Hynes, Friedensrichter, Purdey Place; Mr. James Baker Williams, Forton Old Hall; Mr. Henderson, High Gable; Pfarrer Joshua Stone, Nether Walsling.«

»Auf diese klar zutage liegende Weise ist unser Tätigkeitsfeld eingeengt«, sagte Holmes. »Zweifellos hat Baynes mit seinem methodischen Denken schon einen ähnlichen Plan geschmiedet.«

»Ich verstehe nicht ganz.«

»Nun, mein lieber Freund, wir sind doch bereits zu dem Schluß gelangt, daß der Brief, den Garcia beim Abendbrot erhielt, eine Verabredung oder ein Stelldichein betraf. Demnach muß man, um zu dem verabredeten Ort zu kommen, eine Haupttreppe hinaufsteigen und in einem Gang die siebente Tür suchen, und daraus ist klar zu ersehen, daß es sich um ein sehr großes Haus handelt. Außerdem steht fest, daß dieses Haus nicht weiter als zwei bis drei Kilometer von Oxshott entfernt sein kann, da Garcia in diese Richtung ging und, wenn ich die Tatsachen richtig deute, beizeiten in der Villa

Wisteria zurück sein wollte, um sich ein Alibi zu sichern. Da die Zahl der großen Häuser in der Nähe von Oxshott begrenzt ist, fragte ich bei der von Scott Eccles erwähnten Maklerfirma an und bestellte die Liste. Hier sind sie nun verzeichnet, und das andere Ende unseres verschlungenen Fadens muß in einem von ihnen liegen.«

Es war beinahe sechs Uhr, ehe wir mit Inspektor Baynes in dem hübschen Dorf Esher in Surrey eintrafen. Wir fanden im »Ochsen« eine angenehme Unterkunft. Endlich machten wir uns dann in Gesellschaft des Inspektors auf den Weg zur Villa Wisteria.

Nach einem Spaziergang von drei Kilometern kamen wir zu einem hohen Holztor, hinter dem eine düstere Kastanienallee lag. Der gewundene Zufahrtsweg endete bei einem niedrigen, dunklen Haus, das sich pechschwarz vom schieferfarbenen Himmel abhob. Aus dem vorderen Fenster links von der Haustür drang ein schwacher Lichtschimmer.

»Dort hat ein Polizist Posten bezogen«, erklärte Baynes. »Ich werde ans Fenster klopfen.« Er schritt über den Grasstreifen und pochte mit der Hand an die Scheibe. Durch das beschlagene Glas sah ich undeutlich einen Mann von einem Stuhl am Kamin aufspringen, und ich hörte von drinnen einen heftigen Aufschrei. Kurz darauf machte ein blasser, schwer atmender Polizist die Haustür auf; die Kerze flackerte in seiner zitternden Hand.

»Was gibt's, Walters?« fragte Baynes scharf.

Der Mann wischte sich mit seinem Taschentuch die Stirn ab und stieß einen tiefen Seufzer der Erleichterung aus. »Ich bin froh, daß Sie gekommen sind, Sir. Der Abend wurde mir lang, und ich glaube, meine Nerven sind weniger gut, als ich dachte. Als Sie ans Fenster klopften, dachte ich, er wäre wieder gekommen.«

»Wer wäre wieder gekommen?«

»Der Teufel, Sir, soviel ich weiß. Er war am Fenster.«
»Was war am Fenster und wann?«
»Vor etwa zwei Stunden. Das Tageslicht verblaßte gerade. Ich saß im Stuhl und las. Ich weiß nicht, weshalb ich aufblickte; aber da schaute durch die untere Scheibe ein Gesicht zu mir herein. Himmel, Sir, was für ein Gesicht! Es wird mich im Traum verfolgen.«
»Aber, aber, Walters! So redet ein Polizist nicht.«
»Ich weiß, Sir, ich weiß; aber es erschreckte mich, und es hat keinen Sinn, das zu leugnen. Es war nicht schwarz, Sir, es war auch nicht weiß; es war überhaupt von keiner Farbe, die ich kenne, sondern hatte einen sonderbaren Ton wie Lehm mit einem Schuß Milch. Und dann die Größe – es war doppelt so groß wie Ihr Gesicht, Sir. Und der Ausdruck – die großen, starrenden Glotzaugen und die Reihe weißer Zähne wie bei einem hungrigen Tier. Ich sage Ihnen, Sir, ich konnte keinen Finger rühren, konnte auch nicht atmen, bis es forthuschte und weg war. Ich rannte hinaus und durchs Gebüsch; doch gottlob war niemand da.«
»Ob das Ganze nicht eine Vision war, Walters?«
»Das läßt sich leicht feststellen«, mischte Holmes sich ein und zündete seine kleine Taschenlampe an. »Ja«, verkündete er nach kurzer Untersuchung des Grasstreifens, »Schuhnummer fünfzig, schätze ich. Wenn alle seine Maße den Füßen entsprechen, muß er wirklich ein Riese gewesen sein.«
»Wo ist er hin?«
»Er scheint durchs Gebüsch gebrochen und zur Straße gelaufen zu sein.«
»Wenn Sie gestatten, Mr. Holmes, zeige ich Ihnen nun das Haus«, sagte der Inspektor.
Die Durchsuchung der verschiedenen Schlaf- und Wohnzimmer hatte nichts ergeben. Anscheinend hatten die Mieter wenig oder gar nichts mitgebracht, und alle Möbel bis zu den geringsten Kleinigkeiten waren

zusammen mit dem Hause übernommen worden. Ziemlich viele Kleidungsstücke mit der eingenähten Firmenmarke »Marx & Co., High Holborn« waren zurückgeblieben.
Es waren bereits telegraphische Nachforschungen unternommen worden, wonach sich herausstellte, daß die Firma Marx von diesem Kunden nur wußte, daß er ein zuverlässiger Zahler war. Zum persönlichen Eigentum gehörten alle möglichen Dinge, darunter einige Pfeifen, ein paar Romane, zwei davon in spanischer Sprache, eine altmodische Pistole und eine Gitarre.
»Nichts dabei«, sagte Baynes, der mit der Kerze in der Hand von Zimmer zu Zimmer stapfte. »Aber jetzt, Mr. Holmes, kommt die Küche, auf die ich Ihre Aufmerksamkeit lenken möchte.«
Es war ein düsterer, hoher Raum im Hintergrund des Hauses, mit einem Strohlager im Winkel, das dem Koch offenbar als Bett gedient hatte. Auf dem Tisch häuften sich halbgeleerte Schüsseln und schmutzige Teller, die Überreste des gestrigen Abendessens.
»Schauen Sie sich das an«, sagte Baynes. »Was halten Sie davon?«
Er hielt die Kerze vor einem ungewöhnlichen Gegenstand in die Höhe, der hinter dem Schrank lehnte. Er war so verrunzelt und zusammengeschrumpft, daß sich schwer bestimmen ließ, was es gewesen sein mochte. Man konnte nur sagen, daß es schwarz und ledrig war und eine gewisse Ähnlichkeit mit einer menschlichen Zwergengestalt hatte. Zuerst hielt ich ihn für ein mumifiziertes Negerkind, und dann kam er mir wie ein ganz verzerrter, uralter Affe vor. Um die Mitte war eine doppelte weiße Muschelkette geschlungen.
»Sehr interessant, wirklich sehr interessant!« rief Holmes. »Noch etwas?«
Schweigend führte uns Baynes zum Ausguß. Überall lagen Glieder und Federn eines großen weißen Vogels

herum.
»Ein weißer Hahn«, sagte Holmes. »Höchst interessant! Es ist wirklich ein sehr sonderbarer Fall.«
Dann zog Baynes unter dem Ausguß einen Zinkeimer hervor, der eine Menge Blut enthielt. Er nahm vom Tisch eine große, flache Schüssel, die mit verkohlten kleinen Knochenstücken bedeckt war.
»Etwas ist getötet und verbrannt worden. All das haben wir aus dem Feuer hervorgescharrt. Heute vormittag war ein Arzt hier. Er sagt, es sind keine Menschenknochen.«
Holmes rieb sich lächelnd die Hände. »Ich muß Ihnen gratulieren, Herr Inspektor, wie gewissenhaft Sie vorgehen. Ihre Geistesgaben übertreffen die Gelegenheiten, wenn ich mich so ausdrücken darf.«
Inspektor Baynes' kleine Augen leuchteten vor Freude.
»Was halten Sie von diesen Knochen?«
»Ein Lamm, würde ich sagen, oder ein Kitz.«
»Und der weiße Hahn?«
»Seltsam, Mr. Baynes, sehr seltsam. Geradezu einzigartig.«
»Ja, Sir, es müssen sehr sonderbare Leute sein, die in diesem Haus ein sonderbares Leben geführt haben. Einer von ihnen ist tot. Sind die Mitbewohner ihm gefolgt, und haben sie ihn umgebracht? Wenn ja, werden wir sie bald haben; denn jeder Hafen wird überwacht. Aber ich sehe die Sache ganz anders an.«
»Sie haben also eine Vermutung?«
»Und ich will ihr selbst folgen, Mr. Holmes. Sie haben schon einen Namen; ich hingegen muß mir erst einen machen. Ich würde mich freuen, wenn ich zum Schluß sagen könnte, daß ich den Fall ohne Ihre Hilfe gelöst habe.«
Holmes lachte gutmütig. »Schön, schön, Herr Inspektor. Folgen Sie Ihrem Weg, und ich folge meinem. Ich stehe Ihnen mit meinen Ergebnissen gern zu Diensten, wenn

Sie sich an mich wenden wollen. Ich glaube, ich habe nun alles hier im Haus gesehen, und ich kann meine Zeit anderswo nutzbringender verwenden. Auf Wiedersehen und viel Glück!«

Ich konnte an zahlreichen kleinen Anzeichen, mit denen ein anderer nichts anzufangen gewußt hätte, erkennen, daß Holmes auf einer Spur war. Seiner Gewohnheit gemäß sagte er nichts, und ich stellte auch keine Fragen. Es genügte mir, an der Jagd teilzunehmen und beim Fang meine bescheidene Hilfe zur Verfügung zu stellen. Zu gegebener Zeit würde ich schon alles erfahren. Darum wartete ich ab – aber zu meiner immer tieferen Enttäuschung wartete ich vergebens. Ein Tag nach dem andern verstrich, und mein Freund machte keine Fortschritte. Einen Vormittag verbrachte er in der Stadt, und ich erfuhr aus einer beiläufigen Bemerkung, daß er im Britischen Museum gewesen war. Abgesehen davon vergingen die Tage mit langen und oft einsamen Spaziergängen, oder er plauderte mit einigen Dorfbewohnern, deren Bekanntschaft er pflegte.

»Wirklich, Watson, eine Woche auf dem Lande ist etwas Unschätzbares«, sagte er. »Es ist sehr erfreulich, das erste Grün an den Hecken und die Kätzchen an den Haselsträuchern wieder einmal zu sehen. Es sind äußerst lehrreiche Tage, wenn man sie mit einem Messer, einer Botanisiertrommel und einem Lehrbuch der Botanik verbringt.«

Manchmal trafen wir auf unseren Spaziergängen Inspektor Baynes. Sein dickes rotes Gesicht kräuselte sich in Lachfalten, und seine Äuglein funkelten, wenn er meinen Gefährten begrüßte. Er sprach wenig über den Fall; doch aus dem wenigen ersahen wir, daß er mit dem Verlauf der Dinge ebenfalls nicht zufrieden war. Um so erstaunter war ich, als ich fünf Tage nach dem Verbrechen die Morgenzeitung aufschlug und folgende Überschrift las:

DAS RÄTSEL VON OXSHOTT GELÖST?
VERHAFTUNG DES MUTMASSLICHEN MÖRDERS

Holmes sprang wie von der Tarantel gestochen auf. »Heißt das etwa, daß Baynes ihn geschnappt hat?« rief er.

»Anscheinend«, antwortete ich und las ihm den Artikel vor, der folgendermaßen lautete:

»Große Aufregung entstand in Esher und Umgebung, als gestern abend bekannt wurde, daß die Polizei in Zusammenhang mit dem Oxshotter Mord eine Verhaftung vorgenommen hat. Wie erinnerlich, wurde Mr. Garcia, der Bewohner der Villa Wisteria, auf der Gemeindewiese von Oxshott tot aufgefunden; die Leiche wies Spuren äußerster Gewalttätigkeit auf. Da sein Diener und sein Koch in der gleichen Nacht geflohen waren, nahm man an, daß sie an dem Verbrechen beteiligt waren. Es wurde vermutet, jedoch nicht bewiesen, daß der Ermordete Wertsachen im Hause gehabt hat und daß dies das Motiv des Verbrechens war. Inspektor Baynes, der den Fall bearbeitet, scheute keine Mühe, den Zufluchtsort der Flüchtlinge ausfindig zu machen, und er hatte gute Gründe für die Annahme, daß sie nicht weit waren, sondern sich in einem vorbereiteten Schlupfwinkel aufhielten. Es stand jedoch von Anfang an fest, daß sie schließlich aufgespürt werden würden, da der Koch nach Aussage einiger Warenlieferanten, die durchs Fenster einen Blick auf ihn erhascht haben, eine höchst auffallende Erscheinung ist – ein großer, häßlicher Mulatte mit gelbem Gesicht von ausgesprochen negroidem Typ. Dieser Mann wurde nach dem Verbrechen vom Polizisten Walters gesehen, da er die Kühnheit hatte, am gleichen Abend zur Villa Wisteria zurückzukehren. Inspektor Baynes vermutete, daß der Mulatte wahrscheinlich noch einmal wiederkommen würde. Er ließ deshalb das Haus räumen, legte aber seine Leute im Gebüsch auf die Lauer. Der Mulatte ging in die Falle und wurde gestern abend nach einem Kampf gefangen, bei dem der Polizist Downing von dem Wildling einen argen Biß davontrug. Der Mulatte befindet sich jetzt in Untersuchungshaft.«

»Wir müssen sofort mit Baynes sprechen«, rief Holmes und nahm seinen Hut. »Wir wollen ihn abfangen, bevor er fortgeht.«

Wir eilten durch die Dorfstraße und stellten wie erwartet fest, daß der Inspektor gerade seine Wohnung verlassen wollte.

»Haben Sie schon die Zeitung gelesen, Mr. Holmes?« fragte er und hielt uns ein Blatt hin.

»Ja, gewiß, Baynes. Bitte halten Sie mich nicht für zudringlich, wenn ich Ihnen eine freundschaftlich gemeinte Warnung gebe.«

»Eine Warnung?«

»Ich bin nicht davon überzeugt, daß Sie auf dem richtigen Wege sind. Ich möchte nicht, daß Sie sich zu weit vorwagen, wenn Sie nicht ganz sicher sind.«

»Sie sind sehr liebenswürdig, Mr. Holmes.«

»Ich versichere Ihnen, es ist zu Ihrem Besten.«

»Wir haben vereinbart, unsere eigenen Wege zu gehen, Mr. Holmes. Das tue ich.«

»Na gut«, sagte Holmes. »Aber machen Sie mir nachher keine Vorwürfe.«

»O nein, Sir; ich glaube, Sie meinen es gut mit mir. Doch wir haben alle unser eigenes System, Mr. Holmes. Sie haben Ihres, und vielleicht habe ich meins.«

»Reden wir nicht mehr darüber.«

»Ich teile Ihnen immer gern alle Neuigkeiten mit. Dieser Bursche ist ein richtiger Wilder, stark wie ein Karrengaul und leidenschaftlich wie der Teufel. Er hat Downing beinahe den Daumen abgebissen, bevor man ihn überwältigen konnte. Er spricht kaum ein Wort Englisch, und wir können nichts aus ihm herausholen außer

einem Gegrunze.«
»Und Sie glauben, Beweise zu haben, daß er seinen Herrn ermordet hat?«
»Das habe ich nicht behauptet, Mr. Holmes. Wir haben alle unsere kleinen Mittel. Versuchen Sie es mit Ihren, ich will es mit meinen versuchen. Das ist die Abmachung.«
Holmes zuckte die Schultern, als wir zusammen weggingen. »Ich verstehe den Mann nicht. Er scheint in sein Unglück rennen zu wollen. Na ja, wie er sagt, wir müssen unsern eigenen Weg verfolgen und schauen, was dabei herauskommt. Aber in Baynes' Augen ist etwas, das ich nicht zu deuten vermag.«
Als wir in unsere Zimmer im »Ochsen« zurückgekehrt waren, sagte Sherlock Holmes: »Setz dich in den Sessel dort, Watson. Ich möchte dir die Lage schildern, da ich heute abend vielleicht deine Hilfe brauche. Ich will dir die Entwicklung dieses Falles zeigen, soweit sie mir bis jetzt klar ist. So einfach er auch in den Hauptzügen ist, durch die Verhaftung sind Schwierigkeiten entstanden. In dieser Beziehung haben wir noch Lücken zu füllen. Wir wollen zu dem Brief zurückgehen, den Garcia am Abend vor seinem Tod erhalten hat. Den Gedanken, daß Garcias Angestellte in die Sache verwickelt sind, können wir fallenlassen. Beweis dafür ist die Tatsache, daß er selbst für Scott Eccles' Anwesenheit gesorgt hat, was er nur getan haben kann, um sich ein Alibi zu verschaffen. Garcia hatte also etwas vor, offenbar etwas Verbrecherisches, und bei der Ausführung dieses Vorhabens fand er den Tod. Wer aber hat ihm vermutlich nach dem Leben getrachtet? Doch wohl diejenige Person, gegen die das verbrecherische Vorhaben gerichtet war. Soweit befinden wir uns, scheint mir, auf sicherem Boden.
Wir können nun einen Grund für das Verschwinden der Angestellten erkennen. Sie waren alle als Mitverschworene an dem geplanten Unternehmen beteiligt. Im Falle

des Gelingens wäre Garcia zurückgekehrt, der Engländer hätte mit seiner Aussage jedweden möglichen Verdacht zerstreut, und alles wäre gut gewesen. Aber es handelte sich um ein gefährliches Vorhaben, und wenn Garcia *nicht* zu einer bestimmten Stunde zurückkehrte, dann bestand die Wahrscheinlichkeit, daß er ums Leben gekommen war. Darum war vereinbart worden, daß die beiden Untergebenen sich in diesem Fall an einen festgesetzten Ort begeben sollten, wo sie allen Nachforschungen entgehen konnten und die Möglichkeit hatten, später ihren Versuch zu wiederholen. Das würde die Tatsachen hinreichend erklären, nicht wahr?«

Das ganze unergründliche Gewirr nahm vor meinen Augen Form an. Wie stets wunderte ich mich, wieso es mir nicht schon vorher klargeworden war.

»Aber warum ist der eine Angestellte zurückgekehrt?«

»Es läßt sich denken, daß in der Verwirrung der Flucht etwas Kostbares vergessen worden ist, etwas, wovon er sich nicht trennen konnte. Das würde seine Hartnäckigkeit erklären, nicht wahr?«

»Ja. Und weiter?«

»Betrachten wir nun den Brief, den Garcia beim Abendessen erhielt. Er weist auf einen Mitverschworenen am andern Ende hin. Und wo liegt das andere Ende? Ich sagte dir schon, daß es sich nur in einem großen Hause befinden kann und daß die Zahl der großen Häuser begrenzt ist. In den ersten Tagen unseres Aufenthalts hier unternahm ich viele Spaziergänge, und zwischen meinen botanischen Untersuchungen erforschte ich alle großen Häuser und die Familiengeschichte der Bewohner. Ein Haus, bloß ein einziges, erregte meine Aufmerksamkeit. Es ist das berühmte alte Gutshaus High Gable, anderthalb Kilometer auf der andern Seite von Oxshott und knapp einen Kilometer vom Schauplatz der Tragödie entfernt.

Lauter absonderliche Menschen wohnen dort, Watson –

und Mr. Henderson, der Besitzer, ist der absonderlichste von allen. Es glückte mir, ihn unter einem einleuchtenden Grund aufzusuchen; aber mir schien, als könnte ich in seinen tiefliegenden, brütenden dunklen Augen lesen, daß er über mein wahres Anliegen genau im Bilde sei. Er ist fünfzig Jahre alt, kräftig, lebhaft, ein Mann mit eisengrauem Haar und buschigen schwarzen Brauen – ein temperamentvoller, herrischer Mann. Entweder ist er Ausländer, oder er hat lange in den Tropen gelebt; denn er ist gelbhäutig und ausgedörrt, aber zäh wie eine Peitschenschnur. Sein Freund und Sekretär, Mr. Lucas, ist zweifellos Ausländer, schokoladebraun, verschlagen, glatt und verbindlich, mit wohlabgewogener milder Sprechweise. Du siehst, Watson, da haben wir schon zwei Gruppen von Ausländern – eine in der Villa Wisteria und eine in High Gable, so daß sich unsere Lücken zu schließen beginnen.
Henderson und Lucas bilden den Mittelpunkt des Hauswesens; aber es ist eine weitere Person da, die für unseren unmittelbaren Zweck vielleicht noch wichtiger sein könnte. Henderson hat zwei Kinder – zwei Mädchen von elf und dreizehn Jahren. Ihre Erzieherin ist eine Miss Burnet, eine ungefähr vierzigjährige Engländerin. Außerdem gibt es noch einen vertrauten Diener. Diese kleine Gruppe bildet den engeren Kreis; sie reisen auch miteinander, und Henderson ist immerzu unterwegs. Kürzlich erst ist er zurückgekehrt, und zwar nach einjähriger Abwesenheit. Ich kann noch hinzufügen, daß er ungeheuer reich ist. Im übrigen ist das Haus voller Diener und Dienstmädchen, vollgestopft mit den üblichen überfütterten, wenig arbeitenden Angestellten eines großen englischen Landsitzes.
Das alles erfuhr ich teils durch den Dorfklatsch, teils durch eigene Beobachtungen. Es gibt keine besseren Auskunftspersonen als entlassene Angestellte, die einen Groll hegen, und ich hatte das Glück, einen zu

finden. Wie Baynes gesagt hat, wir haben alle unser System. Mein System ermöglichte es mir, John Warner zu finden, den früheren Gärtner von High Gable, der von seinem herrischen Arbeitgeber in einem Augenblick der Wut entlassen worden war. Er seinerseits hat Freunde unter den Hausangestellten, die in ihrer Furcht und Abneigung gegen ihren Herrn eine Einheit bilden. So hatte ich meinen Schlüssel zu den Geheimnissen des großen Hauswesens.

Ich gebe nicht vor, schon alles zu begreifen, aber jedenfalls sind es sehr sonderbare Leute. Das Haus besteht aus zwei Flügeln; die Dienerschaft bewohnt die eine Seite, die Familie die andere. Zwischen den beiden ist keine Verbindung außer Hendersons persönlichem Diener, der der Familie das Essen serviert. Alles wird durch eine bestimmte Tür getragen, die den einzigen Zugang bildet. Die Erzieherin und die Kinder gehen kaum aus, nur in den Garten. Henderson unternimmt nie einen Spaziergang allein. Sein dunkler Sekretär ist gleichsam sein Schatten. Unter der Dienerschaft geht das Gerücht um, daß er sich vor irgend etwas fürchtet. ›Er hat dem Teufel seine Seele gegen Geld verkauft‹, sagte mir Warner, ›und er erwartet, daß sein Gläubiger kommt und sein Eigentum fordert.‹ Zweimal hat Henderson Leute mit seiner Hundepeitsche geschlagen, und nur seine dicke Geldbörse hat ihn vor einem Prozeß bewahrt.

Also, Watson, nun wollen wir die Lage einmal mit diesem neuen Wissen betrachten. Wir können voraussetzen, daß der Brief aus diesem merkwürdigen Hause kam und Garcia aufforderte, ein bereits geplantes Vorhaben auszuführen. Wer schrieb den Brief? Da es eine Frau war, spricht alles für Miss Burnet, die Erzieherin. Jedenfalls können wir diese Hypothese aufstellen und sehen, was sich daraus ergibt.

Wenn sie den Brief schrieb, war sie vermutlich mit

Garcia befreundet und steckte mit ihm unter einer Decke. Was mußte man dann von ihr erwarten, als sie von seinem Tode hörte? Wenn er bei einem ruchlosen Unternehmen sein Leben einbüßte, blieben ihre Lippen versiegelt. Immerhin mußten in ihrem Herzen Bitterkeit und Haß gegen seinen Mörder schwelen. War es möglich, mit ihr zu sprechen und sie zu benutzen? Doch Miss Burnet ist seit der Mordnacht von keinem Menschen mehr gesehen worden. Sie ist seither wie vom Erdboden verschluckt. Lebt sie noch? Hat sie vielleicht in derselben Nacht wie der von ihr gerufene Freund ihr Ende gefunden? Oder wird sie nur gefangengehalten? Das ist der Punkt, den wir noch klären müssen.
Es ist niemand da, der bezichtigt werden könnte. Das Verschwinden der Frau zählt nicht, da in diesem sonderbaren Haus jeder Bewohner eine Woche lang unsichtbar bleiben kann. Und doch schwebt sie vielleicht in diesem Augenblick in Lebensgefahr. Ich vermag nichts anderes zu tun, als das Haus zu beobachten und meinen Gehilfen Warner als Wache am Tor einzusetzen. Wir dürfen eine solche Lage nicht zulassen. Wenn das Gesetz nicht eingreifen kann, müssen wir das Wagnis selbst auf uns nehmen.«
»Was schlägst du vor?«
»Ich kenne ihr Zimmer. Es ist vom Dach eines Anbaus aus zugänglich. Ich schlage vor, daß wir beide heute abend hingehen und sehen, ob wir mitten in das Geheimnis zielen können.«
Ich muß gestehen, ich fand das Ansinnen nicht sehr verlockend. Das alte Haus mit seiner Mordatmosphäre, die eigenartigen und abstoßenden Bewohner, die unbekannten Gefahren des Eindringens und die Tatsache, daß wir uns gesetzlich in eine mißliche Lage brachten, all das zusammen dämpfte meinen Eifer. Aber Holmes' eiskalte Überlegungen hatten etwas, das es unmöglich machte, vor einem Abenteuer, das er vorschlug, zurück-

zuschrecken. Man wußte, daß nur so eine Lösung gefunden werden konnte.

Es ging auf fünf Uhr, und die Dämmerung des Märzabends senkte sich herab, als ein aufgeregter Mann in unser Zimmer stürzte.

»Sie sind fort, Mr. Holmes! Sie haben den letzten Zug genommen. Die Dame entkam, und ich brachte sie in einer Droschke her.«

»Ausgezeichnet, Warner!« rief Holmes und sprang auf. In dem Wagen saß eine Frau, die vor nervöser Erschöpfung einem Zusammenbruch nahe war. Ihr schmales, abgezehrtes Gesicht trug die Spuren einer kürzlichen Tragödie. Sie ließ den Kopf schlaff auf die Brust hängen; doch als sie ihn hob und ihre stumpfen Augen uns zuwandte, sah ich, daß ihre Pupillen dunkle Punkte inmitten der großen grauen Iris waren. Sie war mit Opium betäubt.

»Ich wachte am Tor, wie Sie mir aufgetragen hatten, Mr. Holmes«, sagte unser Kundschafter, der entlassene Gärtner. »Als der Wagen herauskam, folgte ich ihm zum Bahnhof. Sie war wie eine Schlafwandlerin; aber als sie sie in den Zug setzen wollten, wurde sie lebendig und wehrte sich. Sie stießen sie ins Abteil, doch sie kämpfte sich hinaus. Ich verfrachtete sie in eine Droschke, und hier sind wir nun. Nie werde ich das Gesicht am Zugfenster vergessen, als ich sie wegführte. Ich hätte nur noch ein kurzes Leben, wenn er seinen Willen haben könnte – der schwarzäugige, grimmige gelbe Teufel.«

Wir trugen sie hinauf, legten sie auf ein Sofa, und zwei Tassen stärksten Kaffees klärten ihren Kopf bald von dem Nebel des Betäubungsmittels. Baynes war von Holmes herbeigerufen worden, und schnell wurde ihm die Lage auseinandergesetzt.

»Oh, Sir, da haben Sie mir ja gerade den Beweis beschafft, den ich brauche«, sagte der Inspektor erfreut

und drückte meinem Freund die Hand. »Ich war von Anfang an auf derselben Spur wie Sie.«
»Was! Sie waren hinter Henderson her?«
»O ja, Mr. Holmes, während Sie in High Gable im Gebüsch herumkrochen, saß ich in einem Baum und schaute Ihnen von oben zu. Es war nur die Frage, wer den Beweis zuerst fand.«
»Warum haben Sie denn dann den Mulatten verhaftet?«
Baynes schmunzelte. »Ich war sicher, daß Henderson, wie er sich nennt, sich verdächtigt fühlte und keinen Zug machen würde, solange er sich in Gefahr glaubte. Ich verhaftete den Falschen, um ihm vorzumachen, daß wir ihn nicht beachteten. Ich rechnete damit, daß er dann das Weite suchen würde, so daß wir eine Möglichkeit hätten, an Miss Burnet heranzukommen.«
Holmes legte ihm die Hand auf die Schulter. »Sie werden es in Ihrem Beruf noch weit bringen«, sagte er. »Sie haben Instinkt und Intuition.«
Baynes errötete vor Freude. »Ich hatte die ganze Woche einen Detektiv in Zivil am Bahnhof postiert. Wohin die Leute von High Gable auch fahren mögen, er wird sie im Auge behalten. Aber etwas muß schiefgelaufen sein, als Miss Burnet zu entfliehen versuchte. Na, Ihr Mann hat ihr ja geholfen, und so endet alles gut. Ohne ihre Aussage können wir keine Verhaftung vornehmen, das ist klar.«
»Mit jeder Minute geht es ihr besser«, sagte Holmes mit einem Blick auf die Erzieherin. »Aber erzählen Sie mir, Baynes, wer ist eigentlich dieser Henderson?«
Der Inspektor antwortete: »Henderson ist Don Murillo, einst bekannt als der Tiger von San Pedro.«
Der Tiger von San Pedro! Blitzartig fiel mir die ganze Geschichte des Mannes ein. Er hatte sich seinen Namen gemacht als der schlimmste und blutdürstigste Tyrann, der jemals ein angeblich zivilisiertes Land regiert hat. Stark, furchtlos und energisch, verfügte er über genü-

gend Macht, um zehn bis zwölf Jahre lang einem geduckten Volk seinen Willen aufzuzwingen. Sein Name war der Schrecken von ganz Mittelamerika. Am Ende dieser Zeit gab es einen allgemeinen Aufstand gegen ihn. Aber er war ebenso schlau wie grausam, und bei den ersten Gerüchten über einen bevorstehenden Aufruhr lud er heimlich seine Schätze auf ein Schiff, das mit seinen Anhängern bemannt war. Es war ein leerer Palast, der am folgenden Tage von den Aufständischen gestürmt wurde. Der Diktator, seine beiden Kinder und sein Sekretär waren ihnen entronnen. Von diesem Augenblick an war er wie aus der Welt verschwunden.

»Jawohl, Sir, Don Murillo, der Tiger von San Pedro«, wiederholte Baynes. »Wenn Sie nachschlagen, werden Sie feststellen, daß die Farben von San Pedro Grün und Weiß sind, wie es in dem Brief steht, Mr. Holmes. Henderson nannte er sich; aber ich verfolgte seine Spur zurück über Paris, Rom und Madrid nach Barcelona, wo sein Schiff 1886 anlegte. Die ganze Zeit hat man ihn gesucht, um sich an ihm zu rächen; doch erst jetzt hat man ihn gefunden.«

»Es wurde schon vor einem Jahr entdeckt«, sagte Miss Burnet, die sich aufgerichtet hatte und das Gespräch gespannt verfolgte. »Schon einmal verübte man ein Attentat auf ihn; aber ein böser Geist beschützte ihn. Auch jetzt mußte der edle, ritterliche Garcia fallen, während das Ungeheuer sich in Sicherheit brachte. Es wird jedoch noch einer kommen und noch einer, bis eines Tages der Gerechtigkeit Genüge getan ist; das ist so sicher, wie morgen die Sonne aufgeht.« Ihre kleinen Hände ballten sich, und ihr verhärmtes Gesicht war blaß von der Leidenschaft ihres Hasses.

»Was haben denn Sie mit der Sache zu tun, Miss Burnet?« fragte Holmes. »Wie kann eine Engländerin in eine so mörderische Angelegenheit geraten?«

»Ich bin hineingeraten, weil es keine andere Möglichkeit auf der Welt gibt, der Gerechtigkeit zum Sieg zu verhelfen. Was kümmert sich die englische Justiz um die Ströme von Blut, die vor Jahren in San Pedro geflossen sind, und um die Schiffsladung von Schätzen, die dieser Mann gestohlen hat? Für Sie sind das Verbrechen, die auf einem andern Planeten verübt worden sind. Wir aber wissen Bescheid. Wir haben die Wahrheit in Kummer und Leid erfahren. Für uns gibt es keinen teuflischeren Feind als Juan Murillo und keinen Frieden im Leben, solange seine Opfer immer noch nach Rache schreien.«

»Zweifellos war er so, wie Sie sagen«, nickte Holmes. »Ich hörte von seiner Abscheulichkeit. Aber inwiefern sind Sie beteiligt?«

»Ich will Ihnen alles erzählen. Die Politik dieses Bösewichts bestand darin, unter irgendeinem Vorwand jeden Menschen zu ermorden, von dem zu vermuten war, daß er eines Tages ein gefährlicher Rivale werden könnte. Mein Mann – ja, mein wirklicher Name ist Señora Victor Durando – war im Auftrag der Regierung von San Pedro in London. Dort lernte ich ihn kennen, und dort heirateten wir. Ein edlerer Mann hat nie auf Erden gelebt. Unglücklicherweise erfuhr Murillo von seiner Untadeligkeit, berief ihn unter einem Vorwand zurück und ließ ihn erschießen. Mein Mann hatte sein Schicksal vorausgeahnt und sich geweigert, mich mitzunehmen. Seine Besitztümer wurden beschlagnahmt, und ich blieb mit wenigen Mitteln und gebrochenem Herzen zurück.

Dann kam der Sturz des Tyrannen. Er entfloh, wie Sie es geschildert haben. Aber die vielen, die er zugrunde gerichtet hatte, deren Nächste und Liebste Qual und Tod von seinen Händen erlitten hatten, beließen es nicht dabei. Sie schlossen sich zu einer Vereinigung zusammen, die erst aufgelöst werden sollte, wenn das Werk getan war. Nachdem wir entdeckt hatten, daß der gestürzte Despot sich in Henderson verwandelt hatte, bestand meine Aufgabe darin, mich in sein Haus einzuschleichen und die andern über sein Tun und Treiben zu unterrichten. Das gelang mir, indem ich mir bei ihm die Stellung einer Erzieherin sicherte. Er ahnte nicht, daß die Frau, die ihm bei jeder Mahlzeit gegenübersaß, die Gattin eines Mannes war, den er von einer Stunde auf die andere in die Ewigkeit befördert hatte. Ich lächelte ihn an, tat meine Pflicht bei seinen Kindern und wartete. In Paris wurde ein Attentat begangen, das mißlang. Wir reisten kreuz und quer durch Europa, um die Verfolger abzuschütteln, und kehrten schließlich in dieses Haus zurück, das er gleich bei seiner Ankunft in England erworben hatte.

Garcia, der Sohn des früheren höchsten Würdenträgers in San Pedro, erwartete ihn hier zusammen mit zwei getreuen Gefährten. Tagsüber konnte Garcia wenig unternehmen; denn Murillo traf alle Vorsichtsmaßregeln und ging nie ohne seinen Gefolgsmann Lucas aus – Lopez hieß er in den Tagen vergangener Größe. Nachts aber schlief er allein, und da konnte ihn der Rächer heimsuchen. An einem vorher verabredeten bestimmten Abend schickte ich meinem Freund endgültige Anweisungen; denn Murillo war stets auf der Hut und wechselte fortwährend sein Schlafzimmer. Ich sollte darauf achten, daß die Türen offen waren, und ein grünes oder weißes Licht in ein Fenster stellen, das auf die Zufahrt hinausging, zum Zeichen, daß alles sicher wäre oder daß das Attentat besser verschoben würde. Aber alles ging schief. Auf irgendeine Weise hatte ich Lopez' Verdacht erregt. Er schlich sich von hinten an mich heran, als ich gerade den Brief geschrieben hatte. Er und sein Herr schleppten mich in mein Zimmer und hielten Gericht über mich als eine überführte Verräterin. Sie hätten mich wohl mit dem Messer erstochen, wenn sie gewußt hätten, wie sie den Folgen der Tat

entgehen könnten. Schließlich entschieden sie nach vielem Hin und Her, daß meine Ermordung zu gefährlich wäre. Aber sie beschlossen, Garcia für immer loszuwerden. Sie hatten mich geknebelt, und Murillo verdrehte mir den Arm, bis ich ihm die Adresse nannte. Ich schwöre, ich hätte mir den Arm abreißen lassen, wenn ich geahnt hätte, was es für Garcia bedeutete. Lopez adressierte den Brief, den ich geschrieben hatte, versiegelte ihn mit seinem Manschettenknopf und ließ ihn durch den Diener José überbringen. Wie sie Garcia töteten, weiß ich nicht, außer daß er von Murillos Hand gefallen sein muß; denn Lopez war zurückgeblieben, um mich zu bewachen. Ich glaube, er lauerte ihm hinter den Ginsterbüschen auf, durch die sich der Weg windet, und schlug ihn nieder, als er vorbeikam. Zuerst hegten sie den Plan, ihn das Haus betreten zu lassen und ihn als einen gefaßten Einbrecher zu töten; aber sie fanden dann doch, daß ihre Identität ans Licht kommen würde, wenn sie in eine polizeiliche Untersuchung verwickelt würden, und dann wären sie weiteren Angriffen ausgesetzt gewesen. Mit Garcias Tod konnten die Verfolgungen aufhören, da er andere abschrecken würde.
Alles wäre nun für sie gut gewesen, wenn ich nicht gewußt hätte, was sie getan hatten. Ich bezweifle nicht, daß mein Leben bisweilen an einem Faden hing. Ich wurde in mein Zimmer verbannt, mit den fürchterlichsten Drohungen geängstigt, grausam gequält, damit ich den Mut verlöre – da, schauen Sie den Stich an meiner Schulter an und die Quetschungen an meinen Armen von oben bis unten –, und man stopfte mir einen Knebel in den Mund, als ich einmal versuchte, vom Fenster aus um Hilfe zu rufen. Fünf Tage dauerte diese grauenvolle Gefangenschaft, in der ich kaum genügend Nahrung erhielt, um Leib und Seele zusammenzuhalten. Heute mittag wurde mir ein gutes Essen gebracht; aber sowie ich es zu mir genommen hatte, merkte ich, daß man

mich betäubt hatte. Wie an einen Traum erinnere ich mich, daß ich zu dem Wagen halb geführt, halb getragen und im gleichen Zustand in den Zug gesetzt wurde. Dann erst, als die Räder sich schon fast drehten, wurde mir plötzlich klar, daß die Freiheit in meinen eigenen Händen lag. Ich sprang hinaus; sie versuchten, mich zurückzuziehen, und wäre nicht dieser gute Mann gewesen, der mich zu der Droschke brachte, so hätte ich niemals fliehen können. Nun bin ich, gottlob, für immer ihrer Macht entkommen.«

Alle hatten diesem Bericht gespannt zugehört. Holmes brach die Stille.

»Die Schwierigkeiten sind noch nicht zu Ende«, sagte er kopfschüttelnd. »Die polizeiliche Arbeit ist abgeschlossen, aber die juristische beginnt.«

»Ganz recht«, antwortete ich. »Ein guter Rechtsanwalt könnte daraus einen Akt der Selbstverteidigung machen. Es mögen im Hintergrund hundert Verbrechen vorliegen, ein Prozeß kann nur wegen dieses einen angestrengt werden.«

»Na, na«, sagte Baynes fröhlich, »da denke ich von der Justiz doch besser. Selbstverteidigung ist eine Sache. Etwas anderes ist es, einen Menschen kaltblütig umzubringen, was für Gefahren man auch von ihm befürchten mag. Nein, nein, wir werden alle gerechtfertigt werden, wenn die Bewohner von High Gable vor dem Schwurgericht stehen.«

Tatsache ist jedoch, daß noch einige Zeit verging, bis der Tiger von San Pedro vom Schicksal ereilt wurde. Tollkühn und schlau schüttelten er und sein Gefährte die Verfolger ab, indem sie in der Edmonton Street ein Haus betraten und es durch die Hintertür verließen, die auf den Curzon Square führte. Von diesem Tage an wurden sie in England nicht mehr gesehen. Ein halbes Jahr später wurden der Marquis von Montalva und Signor Rulli, sein Sekretär, im Hotel Escurial in Madrid ermordet. Man schrieb das Verbrechen den Anarchisten zu, und die Mörder wurden nie verhaftet. Inspektor Baynes besuchte uns in der Baker Street und brachte uns eine gedruckte Schilderung des dunklen Gesichtes des Sekretärs und der herrischen Züge, der magnetischen schwarzen Augen und der buschigen Brauen des Marquis. Wir zweifelten nicht daran, daß die Gerechtigkeit, wenn auch verspätet, endlich den Sieg davongetragen hatte.

»Ein chaotischer Fall, mein lieber Watson«, sagte Holmes bei einer Abendpfeife. »Es wird dir nicht möglich sein, ihn in der kompakten Form darzustellen, die dir so am Herzen liegt. Er umfaßt zwei Kontinente, betrifft zwei Gruppen geheimnisvoller Menschen und wird außerdem durch die höchst ehrbare Gegenwart unseres Freundes Scott Eccles kompliziert, dessen Beteiligung zeigt, daß der verstorbene Garcia einen planmäßig arbeitenden Kopf und einen gutentwickelten Selbsterhaltungstrieb besaß. Bemerkenswert ist der Fall nur wegen der Tatsache, daß wir uns inmitten eines Labyrinths von Möglichkeiten samt unserem wertvollen Mitarbeiter, dem Inspektor, dem Wesentlichen genähert haben und so über einen verschlungenen Weg ans Ziel gelangten. Gibt es noch einen Punkt, der dir nicht klar ist?«

»Ja. Warum ist der Mulatte zurückgekehrt?«

»Ich glaube, daß das seltsame Ding in der Küche daran schuld war. Der Mann war ein primitiver Wilder aus den Wäldern von San Pedro, und das Ding war sein Fetisch. Als er mit seinem Gefährten zu einem vorherbestimmten Schlupfwinkel flüchtete – wo zweifellos schon ein Verbündeter saß –, ließ er sich von dem andern überreden, das verräterische Stück nicht mitzunehmen. Aber das Herz des Mulatten hing daran, und er wurde am nächsten Tag zurückgetrieben; doch als er durchs Fenster spähte, sah er, daß der Polizist Walters im Haus Posten gefaßt hatte. Er wartete noch drei Tage, und dann trieb ihn die Frömmigkeit oder sein Aberglaube, es nochmals zu versuchen. Inspektor Baynes, der den Vorfall mit seiner üblichen Verschmitztheit vor mir verkleinerte, hatte in Wirklichkeit seine Bedeutung vollauf erfaßte und eine Falle aufgestellt, in die der Mulatte ging. Noch etwas, Watson?«

»Der zerfetzte Vogel, der Eimer mit Blut, die verkohlten Knochen, das ganze Rätsel der unheimlichen Küche?«

Holmes lächelte und schlug sein Notizbuch auf. »Ich verbrachte einen Vormittag im Britischen Museum, wo ich einiges nachlas. Hier ist eine Stelle aus Eckermanns *Fetischismus und Negerreligionen*:

›Der echte Fetischist unternimmt nichts Wichtiges, ohne vorher ein Opfer zu bringen, das dazu dienen soll, seine Götter zu versöhnen. In extremen Fällen nehmen diese Riten die Form eines Menschenopfers an, gefolgt von Kannibalismus. Die gewöhnlicheren Opfer sind ein weißer Hahn, der lebendig in Stücke gerissen wird, oder eine schwarze Ziege, der die Kehle durchschnitten und die verbrannt wird.‹

Du siehst also, unser wilder Freund war sehr orthodox in seinem Ritual. Es ist grotesk, Watson«, fügte Holmes hinzu, indem er langsam sein Notizbuch schloß; »aber wie ich schon Gelegenheit hatte zu bemerken, es ist nur ein Schritt vom Grotesken zum Grauenvollen.«

Die Schachtel

Es war ein drückend heißer Tag im August. Die Baker Street war wie ein Backofen, und der blendende Sonnenschein auf dem gegenüberliegenden gelben Haus schmerzte in den Augen. Kaum zu glauben, daß dies dieselben Mauern waren, die jeweils so trübdunkel durch den Winternebel schimmerten. Unsere Jalousien waren halb heruntergelassen, und Holmes lag auf dem Sofa; er las immer wieder einen Brief, den er mit der Morgenpost erhalten hatte. Ich selbst litt seit meiner Dienstzeit in Indien weniger unter Hitze als unter Kälte; aber an diesem Tage wurde es sogar mir fast zuviel. Die Morgenzeitung langweilte mich. Die Parlamentssitzungen waren zu Ende; alle Welt hatte die Stadt verlassen, und ich sehnte mich nach Bergen und Wäldern oder nach dem Meeresstrand. Nur die Ebbe in meiner Kasse veranlaßte mich, die geplante Ferienreise zu verschieben. Was meinen Freund betrifft, so übte weder das Land noch das Meer den geringsten Reiz auf ihn aus. Er hielt sich am liebsten inmitten von fünf Millionen Menschen auf, streckte seine Fühler aus und hielt Umschau, wobei er auf jedes kleinste Gerücht und jeden Verdacht eines ungelösten Verbrechens reagierte. Seine einzige Abwechslung bestand darin, sich von den Übeltätern der Stadt abzuwenden und einen ihrer Genossen auf dem Land aufzuspüren.

Als ich sah, daß Holmes sich zu sehr in seinen Brief vertieft hatte, um mit mir zu plaudern, warf ich die langweilige Zeitung beiseite, lehnte mich in meinen

Sessel zurück und begann, mit offenen Augen zu träumen. Plötzlich schreckte mich die Stimme meines Gefährten auf.
»Du hast recht, Watson«, sagte er. »Es ist ganz widersinnig, eine Streitfrage auf solche Weise schlichten zu wollen.«
»Reine Torheit!« rief ich, und da wurde mir auf einmal klar, daß er meinen innersten Gedanken Ausdruck gegeben hatte. Ich richtete mich auf und starrte ihn fassungslos an. »Wie ist das möglich, Holmes? Das geht über meine Begriffe.«
Er lachte herzlich über meine Bestürzung. »Du erinnerst dich wohl«, sagte er, »daß ich dir kürzlich eine Stelle aus Poes Schriften vorlas, wo ein kluger Kopf den unausgesprochenen Gedanken seines Gefährten folgt? Du neigtest dazu, das für eine Erfindung des Verfassers zu halten, und wolltest mir nicht glauben, als ich behauptete, daß ich das auch immerzu tue.«
»O nein!«
»Du sagtest es vielleicht nicht mit Worten, mein lieber Watson, aber es stand dir auf der Stirn geschrieben. Als ich vorhin sah, wie du die Zeitung wegwarfst und in Nachdenken versankst, benutzte ich mit Freuden die Gelegenheit, deinem Gedankengang zu folgen und ihn schließlich zu unterbrechen, um dir einen Beweis unseres geistigen Zusammenhangs zu geben.«
Ich war damit keineswegs zufrieden. »In dem erwähnten Beispiel zog der kluge Kopf seine Schlüsse aus den Handlungen des Mannes, den er beobachtete. Wenn ich mich recht entsinne, stolperte er über einen Steinhaufen, schaute zu den Sternen empor und so weiter. Ich dagegen saß still in meinem Sessel, und was für Anhaltspunkte kann ich dir gegeben haben?«
»Du tust dir unrecht. Die Gesichtszüge sind dem Menschen als Mittel gegeben, seine Gemütsbewegungen auszudrücken, und deine Züge sind treue Diener.«

»Soll das heißen, daß du meine Gedanken von meinem Gesicht abgelesen hast?«
»O ja, vor allem von deinen Augen. Vielleicht weißt du selbst nicht mehr, womit deine Träumerei angefangen hat?«
»Nein, das weiß ich nicht mehr.«
»Dann will ich es dir sagen. Meine Aufmerksamkeit wurde dadurch erregt, daß du die Zeitung wegwarfst. Ich sah dich etwa eine halbe Minute mit ausdrucksloser Miene dasitzen. Dann richteten sich deine Augen auf dein neu gerahmtes Bild von General Gordon, und deine veränderte Miene verriet mir, daß ein Gedankengang angefangen hatte. Aber er führte nicht sehr weit. Deine Augen gingen schnell zu dem ungerahmten Bild von Henry Ward Beecher, das oben auf deinem Bücherregal steht. Dann schautest du auf die Wand, und natürlich war leicht zu erkennen, was du dachtest. Du dachtest, Beecher würde genau auf den leeren Fleck passen und ein gutes Gegenstück zu Gordon abgeben, wenn das Bild gerahmt wäre.«
»Du bist mir wunderbar gefolgt!« rief ich.
»Soweit war kaum ein Irrtum möglich. Nun aber kehrten deine Gedanken zu Beecher zurück; du sahst ihn scharf an, als ob du seinen Charakter erforschen wolltest. Dann waren deine Brauen nicht mehr gerunzelt; aber du betrachtetest ihn weiter, und dein Gesicht war nachdenklich. Du überdachtest seinen Lebenslauf. Ich merkte recht gut, daß du dabei an die Aufgabe denken mußtest, die er beim amerikanischen Bürgerkrieg für die Sache des Nordens übernommen hat; denn ich weiß noch, mit welcher Entrüstung du dich über den schlechten Empfang äußertest, den ihm das englische Volk bereitet hat. So sehr erregte dich das, daß es dir meiner Meinung nach unmöglich war, an Beecher zu denken, ohne auch daran zu denken. Als du gleich darauf von dem Bild fortsahst, vermutete ich, daß sich deine Ge-

danken nun mit dem Bürgerkrieg beschäftigten; und als ich bemerkte, daß du mit blitzenden Augen die Lippen zusammenpreßtest und die Hände balltest, war ich überzeugt, daß du an die tapferen Taten dachtest, die in dem grimmigen Kampf auf beiden Seiten vollbracht worden sind. Dann wurde dein Gesicht wieder trauriger; du schütteltest den Kopf. Du sannst über die Schmerzen, das Grauen und das nutzlose Blutvergießen nach. Deine Hand stahl sich zu deiner alten Wunde, und ein Lächeln spielte um deine Lippen, das mir verriet, wie lächerlich du es fandest, internationale Fragen auf diese Weise lösen zu wollen. In diesem Moment stimmte ich dir zu, daß es wahnsinnig ist, und zu meiner Freude konnte ich sehen, daß alle meine Schlußfolgerungen zutrafen.«

»Vollkommen!« antwortete ich. »Aber ich muß gestehen, daß ich trotz deiner Erklärung noch ebenso erstaunt bin wie vorher.«

»Es war nur ein kleiner Zeitvertreib, mein lieber Watson. Aber ich habe hier ein kleines Problem, dessen Lösung schwieriger ist. Ist dir in der Zeitung ein kurzer Artikel aufgefallen, der von dem merkwürdigen Inhalt eines Pakets handelt, das Miss Cushing, wohnhaft Cross Street, Croydon, mit der Post erhielt?«

»Nein, ich sah nichts dergleichen.«

»Ach! Dann mußt du den Artikel übersehen haben. Wirf mir doch bitte die Zeitung herüber. Hier ist er. Sei so freundlich und lies ihn mir vor.«

Der Artikel trug die Überschrift »Ein grauenvolles Paket«:

»Miss Susan Cushing, wohnhaft Cross Street, Croydon, wurde das Opfer eines Streiches, der als besonders abstoßend bezeichnet werden muß, wenn dem Vorfall nicht gar eine üblere Bedeutung zukommt. Gestern nachmittag um zwei Uhr wurde Miss Cushing ein in braunes Papier gewickeltes Paket vom Briefträger überbracht. Darin war eine mit grobem Salz gefüllte Schachtel. Als Miss Cushing sie leerte, fand sie zu ihrem Entsetzen zwei Menschenohren, anscheinend ganz frisch abgetrennt. Das Paket war am vorigen Morgen in Belfast aufgegeben worden. Es liegt kein Hinweis auf den Absender vor, und die Sache ist um so geheimnisvoller, als Miss Cushing, eine unverheiratete Dame von fünfzig Jahren, ein sehr zurückgezogenes Leben führt und so wenige Bekannte hat, daß sie nur selten Post erhält. Vor einigen Jahren jedoch wohnte sie in Penge, und dort hatte sie in ihrem Hause Mieter, drei junge Medizinstudenten, denen sie wegen ihres lärmenden und unregelmäßigen Lebensstils die Zimmer kündigen mußte. Die Polizei ist der Meinung, daß die jungen Leute, die ihr grollten, ihr mit der Übersendung dieser Stücke aus dem Seziersaal einen Schrecken einjagen wollten. Diese Vermutung wird durch die Tatsache bekräftigt, daß der eine der drei Studenten aus Nordirland stammt, und zwar, wie Miss Cushing glaubt, aus Belfast. Mr. Lestrade, einer unserer tüchtigsten Detektive, bearbeitet den Fall.«

»Soweit der *Daily Chronicle*«, sagte Holmes, nachdem ich zu Ende gelesen hatte. »Nun kommt unser Freund Lestrade an die Reihe. Ich erhielt heute morgen von ihm einen Brief, in dem er schreibt: ›Ich glaube, dieser Fall ist etwas für Sie. Wir haben alle Hoffnung, ihn zu klären; aber es bestehen Schwierigkeiten, Anhaltspunkte zu finden. Wir haben natürlich an die Post von Belfast telegraphiert; doch es wurden an diesem Tag viele Pakete aufgegeben, und es besteht keine Möglichkeit, dieses bestimmte Paket zu identifizieren, und kein Postbeamter erinnert sich an den Absender. Die Schachtel ist eine Halbpfundschachtel einer mit Melassesaft angefeuchteten Tabaksorte; sie hilft uns auch nicht weiter. Die Theorie von dem Medizinstudenten scheint mir immer noch die annehmbarste zu sein; aber wenn Sie ein paar Stunden Zeit hätten, würde ich mich sehr freuen, Sie hier zu sehen. Ich bin den ganzen Tag bei Miss Cushing oder auf dem Polizeirevier.‹ Was sagst du dazu, Watson? Kannst du dich bei der Hitze aufraffen und mit mir nach Croydon fahren?«

»Ich sehnte mich gerade nach einer Tätigkeit.«

»Du sollst sie haben. Läute nach unsern Stiefeln und sorg dafür, daß eine Droschke bestellt wird. Ich bin gleich wieder da, sowie ich meinen Schlafrock ausgezogen und mein Zigarrenetui gefüllt habe.«

Ein Regenschauer kam vom Himmel, während wir im Zug saßen, und in Croydon war die Hitze viel weniger drückend als in der Stadt. Holmes hatte eine Depesche geschickt, so daß Lestrade, hager, schmuck und jagdeifrig wie eh und je, uns am Bahnhof abholte. Ein fünfminütiger Spaziergang brachte uns zur Cross Street, wo Miss Cushing wohnte.

Es war eine lange Straße mit zweistöckigen Ziegelsteinhäusern, sauber und gepflegt; sie hatten weiße Steintreppen, und müßige Frauen standen plaudernd vor den Türen. Auf halbem Wege machte Lestrade halt und klopfte an eine Tür, die von einem kleinen Dienstmädchen geöffnet wurde. Miss Cushing saß im Vorderzimmer, in das wir geführt wurden. Sie hatte ein friedliches Gesicht, große, sanfte Augen und graue Haare. Auf ihrem Schoß lag ein Sofaschoner, an dem sie stickte, und auf einem Stuhl neben ihr stand ein Korb mit buntem Seidengarn.

»Sie sind draußen im Schuppen, die gräßlichen Dinger«, sagte sie, als Lestrade eintrat. »Ich wünschte, Sie würden sie mitnehmen.«

»Das will ich auch, Miss Cushing. Ich behielt sie nur hier, damit mein Freund, Mr. Holmes, sie in Ihrer Anwesenheit sehen kann.«

»Warum in meiner Anwesenheit, Sir?«

»Falls er Ihnen Fragen zu stellen hat.«

»Was für einen Zweck hat es, Fragen zu stellen, wenn

ich Ihnen doch sage, daß ich überhaupt nichts weiß?«
»Ganz recht, Madam«, fiel Holmes auf seine beschwichtigende Art ein. »Ich zweifle nicht daran, daß Sie wegen dieser Angelegenheit schon genug Verdruß hatten.«
»Ja, wirklich, Sir. Ich bin ein ruhiger Mensch und führe ein zurückgezogenes Leben. Es ist für mich etwas Neues, meinen Namen in den Zeitungen zu sehen und die Polizei im Hause zu haben. Ich will die Dinger nicht hier haben, Mr. Lestrade. Wenn Sie sie sehen wollen, müssen Sie hinausgehen.«
In dem schmalen Garten hinter dem Haus stand ein kleiner Schuppen. Lestrade ging hinein und kam mit einer gelben Schachtel heraus; außerdem brachte er das Packpapier und die Schnur. Am Ende des Gartenweges war eine Bank, auf der wir saßen, während Holmes nacheinander die Gegenstände untersuchte, die Lestrade ihm reichte.
»Die Schnur ist ungemein interessant«, bemerkte er, indem er sie ans Licht hielt und daran roch. »Was halten Sie von dieser Schnur, Lestrade?«
»Sie ist geteert.«
»Richtig. Es ist geteertes Segelgarn. Es ist Ihnen sicher aufgefallen, daß Miss Cushing die Schnur mit einer Schere durchgeschnitten hat, wie man an beiden Enden sieht. Das ist wichtig.«
»Ich finde daran nichts Wichtiges«, entgegnete Lestrade.
»Wichtig ist die Tatsache, daß der Knoten intakt geblieben ist und daß dieser Knoten von besonderer Art ist.«
»Er ist sehr gut geknüpft. Das habe ich bereits vermerkt«, sagte Lestrade selbstzufrieden.
»Das wäre also die Schnur«, lächelte Holmes. »Nun die Umhüllung der Schachtel. Braunes Papier, das deutlich nach Kaffee riecht. Wie, das haben Sie nicht bemerkt? Da besteht meiner Ansicht nach kein Zweifel. Die Adresse ist mit ziemlich breiter Schrift geschrieben:

›Miss S. Cushing, Cross Street, Croydon.‹ Mit breiter Feder und mit sehr minderwertiger Tinte. Das Wort Croydon hatte ursprünglich ein i, das dann in y geändert wurde. Das Paket wurde also von einem Mann abgeschickt – die Schrift ist ausgesprochen männlich –, der nicht sehr gebildet ist und die Stadt Croydon nicht kennt. So weit, so gut! Eine gelbe Halbpfund-Tabakschachtel mit nichts Erkennbarem außer zwei Daumenabdrücken an der linken unteren Ecke. Sie ist mit grobem Salz gefüllt, das man zur Konservierung von Fellen und ähnlichen Zwecken verwendet. Und darin sind diese eigentümlichen Einlagen.«

Während er sprach, nahm er die beiden Ohren heraus. Er betrachtete sie genau, während Lestrade und ich, jeder auf einer Seite, abwechselnd auf diese gräßlichen Überreste und auf Holmes' nachdenkliches Gesicht schauten. Endlich legte er sie wieder in die Schachtel und versank eine Weile in tiefes Sinnen.

»Sie haben natürlich bemerkt«, sagte er schließlich, »daß die Ohren kein zusammengehöriges Paar sind.«

»Ja. Aber wenn es sich um einen Streich einiger Studenten handelt, war es ihnen ja ein leichtes, zwei ungleiche Ohren aus dem Seziersaal zu besorgen.«

»Gewiß. Aber hierbei handelt es sich um keinen Streich.«

»Sind Sie sicher?«

»Es spricht vieles dagegen. Den Leichen im Seziersaal wird ein Konservierungsmittel eingespritzt. Diese beiden Ohren zeigen keine Spur davon. Sie sind auch frisch. Sie sind mit einem stumpfen Instrument abgeschnitten, was kaum ein Student getan hätte. Außerdem würde ein Mediziner an Konservierungsmittel wie Karbol und Alkohol denken, bestimmt nicht an grobes Salz. Ich wiederhole, daß wir es hier mit keinem dummen Streich zu tun haben, sondern mit einem schlimmen Verbrechen.«

Ein Schauder überlief mich, als ich die Worte meines Gefährten hörte. Lestrade aber schüttelte den Kopf wie

ein Mensch, der nur halb überzeugt ist.
»Wir wissen«, erwiderte er, »daß diese Frau in den letzten zwanzig Jahren in Penge und hier ein sehr ruhiges und ehrbares Leben geführt hat. Sie ist in dieser Zeit kaum einen Tag von daheim fortgewesen. Warum sollte ein Verbrecher ihr einen Beweis seiner Schuld schicken, zumal sie, falls sie keine vollendete Schauspielerin ist, die ganze Sache ebensowenig versteht wie wir?«
»Dieses Rätsel müssen wir eben lösen«, sagte Holmes, »und ich für mein Teil werde unter der Voraussetzung darangehen, daß meine Überlegungen richtig sind und daß ein Doppelmord verübt worden ist. Das eine ist ein Frauenohr, klein, fein geformt und für einen Ohrring durchstochen. Das andere ist ein Männerohr, sonnverbrannt, verfärbt und ebenfalls für einen Ohrring durchstochen. Diese beiden Menschen sind vermutlich tot; andernfalls hätten wir inzwischen etwas von ihnen gehört. Heute ist Freitag. Das Paket wurde am Donnerstag morgen aufgegeben. Die Tragödie ereignete sich demnach am Mittwoch oder Dienstag oder früher. Wenn die beiden Menschen ermordet wurden, wer anders als der Mörder hätte dann dieses Zeichen seiner Tat an Miss Cushing gesandt? Wir können annehmen, daß der Absender des Pakets der Mann ist, den wir suchen. Aber er muß einen starken Beweggrund gehabt haben, dieses Paket Miss Cushing zu schicken. Es sollte ihr sagen, daß die Tat begangen war, oder man wollte sie vielleicht quälen. In diesem Fall wüßte sie jedoch, wer es ist. Weiß sie es? Ich bezweifle es. Würde sie die Polizei benachrichtigen, wenn sie es wüßte? Sie hätte die Ohren vergraben, und niemand hätte etwas davon erfahren. Das hätte sie getan, wenn sie den Schuldigen schützen wollte. Wenn sie ihn aber nicht schützen will, würde sie seinen Namen angeben. Hier ist ein Wirrwarr, den wir ordnen müssen.« Er hatte schnell gespro-

chen und dabei ausdruckslos über den Gartenzaun geblickt; doch jetzt sprang er energisch auf und ging auf das Haus zu.

»Ich habe Miss Cushing ein paar Fragen zu stellen«, erklärte er.

»Dann möchte ich mich hier von Ihnen verabschieden«, sagte Lestrade. »Ich habe nämlich noch etwas anderes zu erledigen. Sie finden mich auf dem Polizeirevier.«

»Wir werden auf dem Weg zum Bahnhof vorbeikommen«, versprach Holmes.

Kurz darauf waren wir wieder in dem Vorderzimmer, wo die Dame immer noch ruhig an ihrem Sofaschoner stickte. Sie legte die Handarbeit in den Schoß, als wir eintraten, und schaute uns mit ihren offenen blauen Augen forschend an.

»Ich bin überzeugt, Sir«, sagte sie, »daß es sich bei der Angelegenheit um einen Irrtum handelt und daß das Paket überhaupt nicht für mich bestimmt war. Das habe ich dem Herrn von Scotland Yard mehrmals vorgehalten; aber er lacht mich einfach aus. Ich habe keinen Feind auf der Welt, soviel ich weiß – warum sollte man mir also einen solchen Streich spielen?«

»Ich bin zu der gleichen Ansicht gelangt, Miss Cushing«, antwortete Holmes und ließ sich neben ihr nieder. »Ich halte es für höchst wahrscheinlich ...« Er brach ab, und ich sah verwundert, daß er mit eigenartiger Gespannheit das Profil der Dame betrachtete. Überraschung und Befriedigung zeichneten sich sekundenlang auf seinem eifrigen Gesicht ab; doch als sie den Kopf wandte, um den Grund seines Schweigens festzustellen, war seine Miene so undurchdringlich wie stets. Auch ich musterte angespannt ihr graues Haar, ihr hübsches Käppchen, ihre kleinen goldenen Ohrringe, ihre friedlichen Züge; aber ich sah nichts, was die offensichtliche Erregung meines Gefährten erklärt hätte.

»Ich hätte ein paar Fragen...«
»Ach, ich habe die Fragerei satt!« rief Miss Cushing ungeduldig.
»Sie haben zwei Schwestern, glaube ich.«
»Woher wissen Sie das?«
»Sowie ich hier hereinkam, fiel mir das Gruppenbild auf dem Kaminsims auf. Die eine Dame sind zweifellos Sie selbst, und die beiden andern sehen Ihnen so ähnlich, daß sie mit Ihnen verwandt sein müssen.«
»Ja, Sie haben recht. Das sind meine Schwestern Sarah und Mary.«
»Und hier neben mir ist noch ein Bild von Ihrer jüngeren Schwester, in Liverpool aufgenommen, zusammen mit einem Mann, der seiner Uniform nach Steward zu sein scheint. Ich sehe, daß sie damals unverheiratet war.«
»Sie haben eine gute Beobachtungsgabe.«
»Das ist mein Beruf.«
»Nun, Sie haben recht. Aber sie heiratete Mr. Browner ein paar Tage später. Er war bei der Südamerikalinie, als das Bild aufgenommen wurde; doch er hing so sehr an Mary, daß er es nicht über sich brachte, sich so lange von ihr zu trennen, und deshalb heuerte er bei der Schiffahrtsgesellschaft an, deren Dampfer zwischen Liverpool und London verkehren.«
»Ah, vielleicht auf der ›Conqueror‹?«
»Nein, auf der ›May Day‹, wie ich hörte. Jim kam einmal zu mir. Das war, bevor er sein Gelübde, abstinent zu bleiben, brach, aber danach trank er immer, wenn er an Land war, und schon nach einem Glas verlor er Verstand und Beherrschung. Ach, es war ein böser Tag, an dem er wieder zur Flasche griff. Zuerst wollte er von mir nichts mehr wissen, dann bekam er Streit mit Sarah, und da Mary nun nicht mehr schreibt, wissen wir nicht, wie es ihnen geht.«
Offensichtlich war Miss Cushing auf ein Thema gekommen, das ihr Gemüt tief bewegte. Wie die meisten

Menschen, die einsam leben, war sie zuerst scheu, und es endete damit, daß sie außerordentlich redselig wurde. Sie erzählte uns viele Einzelheiten von ihrem Schwager, dem Steward; dann schweifte sie zu ihren ehemaligen Mietern, den Studenten, ab, zählte ihre Verfehlungen auf und gab uns ihre Namen und Krankenhäuser an. Holmes hörte aufmerksam zu.

»Was Ihre zweite Schwester, Sarah, betrifft«, sagte er, »so wundert mich, daß Sie nicht zusammenleben, da Sie ja beide unverheiratet sind.«

»Ach, Sie kennen Sarahs Charakter nicht, sonst würden Sie sich nicht wundern. Ich versuchte es, als ich nach Croydon zog, und wir hielten bis vor zwei Monaten durch, dann mußten wir uns trennen. Ich möchte nichts gegen meine eigene Schwester sagen, aber man konnte ihr nichts recht machen.«

»Sie sagten, daß sie auch mit Ihren Verwandten in Liverpool Streit bekam.«

»Ja, und dabei waren sie früher die besten Freunde. Sie zog sogar nach Liverpool, um in ihrer Nähe zu sein. Und jetzt hat sie für Jim Browner nur noch die bösesten Worte.«

»Ich danke Ihnen, Miss Cushing.« Holmes erhob sich und verbeugte sich. »Ihre Schwester Sarah wohnt in Wallington an der New Street, sagten Sie? Es tut mir leid, daß Sie soviel Verdruß wegen eines Falles hatten, mit dem Sie, wie Sie selbst sagen, überhaupt nichts zu tun haben. Auf Wiedersehen.«

Es fuhr gerade eine Droschke vorbei, als wir hinauskamen, und Holmes rief den Kutscher an.

»Wie weit ist es nach Wallington?« fragte er.

»Ungefähr anderthalb Kilometer, Sir.«

»Sehr schön. Steig ein, Watson. Wir müssen das Eisen schmieden, solange es noch heiß ist. So einfach der Fall auch ist, es stehen ein paar sehr lehrreiche Einzelheiten damit in Verbindung. Halten Sie bitte beim Tele-

graphenamt, wenn Sie vorbeikommen, Kutscher.«
Holmes gab eine kurze Depesche auf, und während der übrigen Fahrt lehnte er sich in der Droschke zurück und zog den Hut über die Nase, um sich die Sonne vom Gesicht fernzuhalten. Unser Kutscher hielt vor einem Haus, das Ähnlichkeit mit dem von uns soeben verlassenen hatte. Mein Gefährte befahl ihm zu warten, und er hatte gerade die Hand auf dem Klopfer, als die Tür geöffnet wurde und ein ernster junger Mann in Schwarz mit glänzendem Zylinder auf der Schwelle erschien.
»Ist Miss Cushing zu Hause?« erkundigte sich Holmes.
»Miss Sarah Cushing ist schwer krank«, antwortete der Mann. »Sie leidet seit gestern an einer Gehirnentzündung mit ernsten Symptomen. Als ihr Arzt kann ich keinen Besuch erlauben. Ich würde Ihnen empfehlen, in zehn Tagen wiederzukommen.« Er zog seine Handschuhe an, schloß die Tür und ging davon.
»Nun, wenn's nicht geht, geht es eben nicht«, sagte Holmes fröhlich.
»Vielleicht hätte sie dir ohnehin nichts mitteilen können oder wollen.«
»Ich hatte gar nicht die Absicht, mir von ihr Auskunft geben zu lassen. Ich wollte sie nur sehen. Immerhin scheint mir, daß ich alles habe, was ich brauche. Fahren Sie uns zu einem guten Hotel, Kutscher, wo wir essen können. Danach werden wir bei unserem Freund Lestrade vorsprechen.«
Der Nachmittag war schon weit vorgeschritten, und die Hitze hatte sich zu weicher Wärme gemildert, als wir uns auf dem Polizeirevier einfanden. Lestrade erwartete uns an der Tür.
»Eine Depesche für Sie, Mr. Holmes«, verkündete er.
»Das ist die Antwort!« Holmes riß sie auf, überflog sie und steckte sie in zerknittertem Zustand in die Tasche.
»Das wäre in Ordnung«, sagte er.
»Haben Sie etwas herausgefunden?« erkundigte sich

Lestrade.
»Ich habe alles herausgefunden!«
»Was!« Lestrade starrte ihn verwundert an. »Sie scherzen.«
»Nie in meinem Leben war mir ernster zumute. Ein entsetzliches Verbrechen ist verübt worden, und ich glaube, ich habe es nun in allen Einzelheiten bloßgelegt.« Holmes kritzelte auf die Rückseite einer seiner Visitenkarten ein paar Worte und warf Lestrade die Karte zu. »Das ist der Name«, erklärte er. »Sie können erst frühestens morgen abend eine Verhaftung vernehmen. Ich würde es vorziehen, wenn Sie mich im Zusammenhang mit dem Fall überhaupt nicht erwähnen, weil ich nur mit Verbrechen in Verbindung gebracht werden möchte, deren Lösung einige Schwierigkeiten bereitet. Komm, Watson.« Wir machten uns gemeinsam auf den Weg zum Bahnhof, während Lestrade immer noch mit entzückter Miene auf die Karte blickte, die Holmes ihm zugeworfen hatte.
Als wir an diesem Abend in unserer Wohnung in der Baker Street bei einer Zigarre plauderten, sagte Holmes: »Dieser Fall gehört zu denjenigen, bei denen man gezwungen ist, von den Wirkungen auf die Ursachen zu schließen. Ich habe Lestrade geschrieben und ihn gebeten, uns die Einzelheiten mitzuteilen, die uns noch fehlen und die er erst erfahren wird, wenn er seinen Mann gefaßt hat. Darin kann man sich auf ihn verlassen; denn wenn er auch gar kein logisches Denkvermögen hat, so ist er doch zäh und hartnäckig wie eine Bulldogge, wenn er erst einmal begriffen hat, was er tun muß.
»Der Fall ist also noch nicht abgeschlossen?« fragte ich.
»Im wesentlichen schon. Wir wissen, wer der Urheber des abscheulichen Vorfalls ist.«
»Ich vermute, daß du diesen Jim Browner, den Steward auf der Liverpool-Linie, verdächtigst.«
»Oh, es ist mehr als ein Verdacht!«

»Trotzdem kann ich nichts erkennen außer ganz unbestimmten Hinweisen.«

»Mir dagegen könnte nichts klarer sein. Was sahen wir als erstes? Eine sehr friedliche und ehrbare Dame, die gar nichts Geheimnisvolles an sich hatte, und ein Bild, das sie mit ihren zwei jüngeren Schwestern zeigte. Sogleich zuckte es mir durch den Kopf, daß die Schachtel für eine der beiden andern bestimmt gewesen sein könnte. Ich schob den Gedanken als eine Ansicht beiseite, die je nach Bedarf widerlegt oder bestätigt werden konnte. Dann gingen wir in den Garten, wie du dich wohl erinnerst, und dort betrachteten wir den sonderbaren Inhalt der kleinen gelben Schachtel.

Die Schnur war von der Sorte, die Segelmacher an Bord eines Schiffes benutzen, und sogleich machte sich Meerluft bei unseren Nachforschungen bemerkbar. Als ich feststellte, daß ich einen beliebten Schifferknoten vor mir hatte, daß das Paket in einer Hafenstadt aufgegeben worden war und daß das Männerohr für einen Ohrring durchstochen war, was bei Seeleuten viel gebräuchlicher ist als bei Landratten, war ich überzeugt, daß alle Mitwirkenden der Tragödie unter Seefahrern zu suchen waren.

Als ich die Adresse des Pakets näher betrachtete, fiel mir auf, daß man das Paket an Miss S. Cushing geschickt hatte. Nun, die älteste Schwester war zwar eine Miss Cushing, und ihr Vorname fing mit S an; aber das konnte ebensogut bei einer der andern zutreffen. Darum ging ich mit der Absicht ins Haus, diesen Punkt klarzustellen. Ich wollte Miss Cushing gerade versichern, daß es sich meines Erachtens um einen Irrtum handelte, als ich plötzlich, wie du wohl gemerkt hast, abbrach. Ich hatte nämlich etwas gesehen, das mich überraschte und das gleichzeitig das Gebiet unserer Untersuchung stark einschränkte.

Als Mediziner weißt du, daß kein menschlicher Körperteil so verschiedenartig ist wie das Ohr. Voriges Jahr habe ich über dieses Thema zwei Artikel im *Anthropological Journal* veröffentlicht. Infolgedessen hatte ich die Ohren in der Schachtel mit den Augen eines Fachmannes betrachtet und mir ihre anatomischen Eigentümlichkeiten gemerkt. Stell dir also meine Überraschung vor, als ich sah, daß Miss Cushings Ohr das genaue Gegenstück zu dem Frauenohr bildete, das ich kurz zuvor untersucht hatte. Das konnte kein Zufall sein. Da war dieselbe Verkürzung der Ohrmuschel, dieselbe breite Biegung am Ohrläppchen, dieselbe Windung der Innenknorpel. Im wesentlichen war es das gleiche Ohr. Natürlich erkannte ich sofort die ungeheure Bedeutung meiner Beobachtung. Es lag klar zutage, daß das Opfer eine Blutsverwandte war, wahrscheinlich eine sehr nahe. Ich begann ein Gespräch über ihre Familie, und du weißt wohl noch, was für wertvolle Aufschlüsse sie uns gab.

Erstens hieß ihre eine Schwester Sarah, und bis vor kurzem hatte sie die gleiche Adresse gehabt, so daß es offensichtlich war, wie der Irrtum entstanden und für wen das Paket eigentlich bestimmt war. Dann hörten wir von dem Steward, der mit der dritten Schwester verheiratet war, und erfuhren, daß er früher auf so vertrautem Fuße mit Miss Sarah gestanden hatte, daß sie nach Liverpool gezogen war, um in der Nähe der Browners zu sein. Durch den Streit, der sie auseinanderbrachte, waren alle Verbindungen abgeschnitten, so daß Browner jede Postsendung an Miss Sarah zweifellos an ihre alte Adresse aufgegeben hätte.

Nun begann sich alles prächtig zu ordnen. Wir wußten von diesem Steward, einem impulsiven Mann mit starken Leidenschaften – du erinnerst dich, er gab einen sehr guten Posten auf, um näher bei seiner Frau zu sein –, daß er Gewohnheitstrinker war. Wir hatten Grund anzunehmen, daß seine Frau ermordet und daß

ein Mann – vermutlich ein Seefahrer – gleichzeitig umgebracht worden war. Natürlich mußte man da sofort an Eifersucht als Motiv des Verbrechens denken. Doch warum sollten die Beweise der Tat Miss Sarah Cushing geschickt werden? Wahrscheinlich weil sie während ihres Aufenthaltes in Liverpool die Ereignisse, die zu der Tragödie führten, irgendwie angeregt hatte. Du kannst dich selbst überzeugen, daß die Dampfer dieser Schiffahrtslinie in Belfast, Dublin und Waterford anlegen. Wenn wir annehmen, daß Browner die Untat begangen hat und danach sofort mit seinem Schiff in See gestochen ist, wäre Belfast der erste Ort gewesen, wo die ›May Day‹ angelegt hätte. Dort hätte er dann sein schreckliches Paket aufgeben können.
In diesem Stadium war noch eine zweite Lösung möglich, und obwohl ich sie für unwahrscheinlich hielt, beschloß ich, sie erst einmal näher zu betrachten, ehe ich weiterging. Ein abgewiesener Liebhaber hätte das Ehepaar Browner töten können, und dann hätte das Männerohr Mr. Browner gehört. Gegen diese Mutmaßung gab es schwerwiegende Einwände, aber sie ließ sich verfechten. Darum schickte ich meinem Freund Algar von der Liverpooler Polizei eine Depesche und bat ihn, nachzuforschen, ob Mrs. Browner zu Hause und Browner mit der ›May Day‹ unterwegs sei. Dann fuhren wir nach Wallington, um Miss Sarah aufzusuchen.
Ich war vor allem neugierig, ob sich auch bei ihr die Familienähnlichkeit am Ohr feststellen ließ. Außerdem hätte sie uns vielleicht wichtige Aufschlüsse geben können; aber ich zweifelte, ob sie es tun würde. Sie mußte tags zuvor schon von der Sache gehört haben, da ja ganz Croydon davon widerhallte, und sie allein konnte begriffen haben, für wen das Paket bestimmt war. Wenn sie bereit gewesen wäre, die Gerechtigkeit zu unterstützen, hätte sie sich wahrscheinlich bereits mit der Polizei in Verbindung gesetzt. Immerhin war es

unsere Pflicht, sie aufzusuchen; also fuhren wir hin. Wir stellten fest, daß die Nachricht von der Ankunft des Pakets – denn ihre Krankheit war ja zu diesem Zeitpunkt ausgebrochen – eine solche Wirkung auf sie ausgeübt hatte, daß sie an Gehirnentzündung erkrankt war. Ganz offensichtlich verstand sie die volle Bedeutung; aber ebenso klar lag zutage, daß wir einige Zeit warten mußten, bevor mit ihrer Hilfe zu rechnen war. Doch in Wirklichkeit brauchten wir ihre Hilfe gar nicht. Auf dem Polizeirevier erwartete uns die Antwort, die ich dorthin bestellt hatte. Algars Bescheid war beweiskräftig. Mrs. Browners Haus war seit drei Tagen verlassen, und die Nachbarn hegten die Ansicht, sie würde ihre Verwandten besuchen. Die Schiffahrtsgesellschaft bestätigte, daß Browner an Bord der ›May Day‹ abgefahren war, und ich rechne damit, daß sie morgen abend in London eintrifft. Bei der Ankunft wird ihn Lestrade abholen, und ich bin sicher, daß sich dann alle unsere Lücken füllen werden.«

Sherlock Holmes wurde in seinen Erwartungen nicht enttäuscht. Zwei Tage später erhielt er einen dicken Umschlag, der einen Brief von Lestrade enthielt sowie ein mit der Maschine geschriebenes Dokument von mehreren Seiten.

»Lestrade hat ihn wirklich«, sagte Holmes und blickte auf. »Vielleicht interessiert es dich zu hören, was er schreibt.

›Mein lieber Mr. Holmes, gemäß dem Plan, den wir entworfen hatten, um unsere Vermutungen zu prüfen, ging ich gestern abend um sechs zum Albert-Dock und an Bord der ›May Day‹. Ich erfuhr, daß sich an Bord ein Steward namens James Browner befand, der sich aber unterwegs so sonderbar benommen hatte, daß der Kapitän gezwungen gewesen war, ihn seiner Pflichten zu entheben. Ich ging in seine Kabine hinunter, wo er auf einer Kiste saß, den Kopf in den Händen, und sich hin und her wiegte. Er ist ein großer, kräftiger Mann, glatt rasiert und sehr dunkel. Er sprang auf, als er hörte, weshalb ich gekommen war. Ich hatte die Pfeife am Mund, um zwei Leute von der Flußpolizei herbeizurufen, die ich in der Nähe postiert hatte; aber er schien keinen Schneid mehr zu haben und ließ sich die Handschellen ganz ruhig anlegen. Wir sperrten ihn ein, nahmen auch seine Kiste mit, weil wir dachten, sie könnte etwas Belastendes enthalten; doch außer einem großen, scharfen Messer, wie es die meisten Matrosen besitzen, fanden wir nichts Interessantes. Allerdings werden wir keine weiteren Beweise mehr brauchen; denn auf dem Polizeirevier bat er um Erlaubnis, eine Aussage machen zu dürfen, die natürlich wörtlich von einem Stenographen aufgenommen wurde. Wir ließen die Abschrift in drei Exemplaren herstellen, von denen ich eine hier beilege. Der Fall hat sich, wie ich schon immer dachte, als sehr einfach erwiesen; aber ich bin Ihnen für Ihre Hilfe bei der Untersuchung sehr verbunden. Mit freundlichen Grüßen Ihr ergebener G. Lestrade.‹

Hm. Die Untersuchung war wirklich sehr einfach«, bemerkte Holmes; »aber ich glaube, er sah sie in etwas anderem Licht, als er uns hinzuzog. Nun wollen wir einmal schauen, was Jim Browner selbst zu sagen hat. Hier ist seine Aussage.

›Ob ich etwas zu sagen habe? Ja, ich habe viel zu sagen. Sie können mich hängen, oder Sie können mich laufenlassen. Mir ist es schnuppe, was Sie tun. Ich sage Ihnen, ich habe kein Auge mehr zugemacht, seit ich es getan habe. Manchmal ist es sein Gesicht, meistens aber ihres. Das eine oder andere habe ich immerzu vor mir. Er sieht finster aus; aber auf ihrem Gesicht ist eine gewisse

Verwunderung. Ja, das Lämmchen, sie mag wohl verwundert gewesen sein, als sie den Tod auf einem Gesicht sah, das sie selten anders als mit Liebe betrachtet hatte.

Aber Sarah war an allem schuld. Ich will mich nicht reinwaschen. Ich fing wieder zu trinken an, aber Mary hätte mir verziehen; sie hätte zu mir gehalten, wenn dieses Weib nicht in unser Haus gekommen wäre, denn Sarah Cushing liebte mich – das ist die Wurzel des Übels –, bis ihre Liebe sich in giftigen Haß verwandelte, als sie merkte, daß ich von Marys Fußabdruck im Schlamm mehr hielt als von ihrem ganzen Körper und ihrer Seele.

Sie waren drei Schwestern. Die älteste war einfach eine gute Frau, die zweite ein Teufel, die dritte ein Engel. Sarah war dreiunddreißig Jahre alt, Mary neunundzwanzig, als ich sie heiratete. Wir waren so glücklich, wie der Tag lang war, als wir unser Heim errichteten, und in ganz Liverpool gab es keine bessere Frau als meine Mary. Dann luden wir Sarah für eine Woche zu uns ein, und aus der Woche wurde ein Monat, und eins führte zum andern, bis sie einfach zu uns gehörte.

Ich war damals abstinent, und wir legten etwas Geld auf die Seite. Ich kam sehr oft übers Wochenende nach Hause, und wenn das Schiff Ladung aufnahm, hatte ich manchmal eine ganze Woche für mich, und auf diese Weise sah ich meine Schwägerin Sarah oft. Sie war eine schöne, große Frau, schwarz und lebhaft und temperamentvoll.

Eines Abends kam ich vom Schiff heim; meine Frau war ausgegangen, nur Sarah war zu Hause. ‚Wo ist Mary?' fragte ich. ‚Ach, sie bezahlt Rechnungen.' Ich war ungeduldig und schritt im Zimmer auf und ab. ‚Kannst du denn nicht einmal fünf Minuten ohne Mary glücklich sein, Jim?' sagte sie. ‚Es ist kein Kompliment für mich, wenn du dich für so kurze Zeit nicht mit meiner

Gesellschaft begnügst.‘ Ich antwortete: ‚Es ist schon gut, meine Liebe‘, und hielt ihr freundlich die Hände hin. Aber sie ergriff sie ungestüm, und ihre Hände waren fieberheiß. Ich blickte ihr in die Augen, und da las ich alles. Sie brauchte nichts zu sagen und ich auch nicht. Ich runzelte die Stirn und zog meine Hände weg. Eine Weile stand sie stumm neben mir, dann legte sie mir die Hand auf die Schulter. ‚Ruhig, alter Jim!‘ sagte sie und lief mit einem spöttischen Lachen aus dem Zimmer.

Von da an haßte mich Sarah aus ganzem Herzen, und sie ist eine Frau, die hassen kann. Ich war ein Narr, daß ich sie weiter bei uns wohnen ließ; aber ich sagte kein Wort zu Mary, weil ich wußte, daß es ihr Kummer bereitet hätte. Alles ging weiter wie zuvor; doch nach einiger Zeit merkte ich, daß Mary sich veränderte. Sie war immer so vertrauensvoll und arglos gewesen; jetzt aber wurde sie wunderlich und mißtrauisch, wollte wissen, wo ich gewesen war und was ich getan hatte, von wem meine Briefe stammten, was ich in den Taschen hatte und lauter solche Albernheiten. Sarah ging mir jetzt aus dem Weg; aber sie und Mary waren geradezu unzertrennlich. Jetzt weiß ich, was Sarah plante und wie sie das Gemüt meiner Frau gegen mich vergiftete; aber ich war ein so blinder Trottel, daß ich es damals nicht begriff. Dann begann ich wieder zu trinken. Mary hatte nun einen Grund, böse auf mich zu sein, und die Kluft zwischen uns wurde immer größer. Und dann kam dieser Alec Fairbairn dazu, und alles wurde noch tausendmal schlimmer.

Zuerst kam er zu uns, um Sarah zu besuchen; doch bald besuchte er uns. Er war ein gescheiter Bursche, elegant und geleckt; er hatte die halbe Welt gesehen und konnte schildern, was er erlebt hatte. Er war ein guter Gesellschafter, das kann ich nicht leugnen, und für einen Matrosen war er bestechend höflich und manierlich, so daß ich glaube, er hat wohl früher einmal eine bessere

Stellung gehabt. Einen Monat lang ging er bei mir ein und aus, und nie kam es mir in den Sinn, daß aus einem sanften, listigen Wesen Unheil entstehen könnte. Dann endlich wurde mein Verdacht geweckt, und von diesem Tage an war es mit meinem Frieden für immer vorbei. Es war nur eine Kleinigkeit. Ich kam unerwartet ins Wohnzimmer, und bei meinem Eintritt sah ich das Gesicht meiner Frau freudig aufleuchten. Doch als sie erkannte, wer da hereingekommen war, verging das Strahlen, und sie wandte sich mit einem Ausdruck der Enttäuschung ab. Das genügte mir. Außer Alec Fairbairn gab es niemanden, dessen Schritte sie mit meinen verwechselt haben konnte. Hätte ich ihn vor mir gehabt, so hätte ich ihn wohl umgebracht; denn wenn ich in Jähzorn gerate, bin ich immer wie ein Wahnsinniger. Mary gewahrte das Funkeln in meinen Augen, und sie lief zu mir und legte mir die Hand auf den Arm. ‚Nicht, Jim, nicht!' sagte sie. ‚Wo ist Sarah?' fragte ich. ‚In der Küche', antwortete sie. Ich ging in die Küche und sagte: ‚Sarah, Fairbairn kommt mir nie mehr ins Haus.' – ‚Warum nicht?' fragte Sarah. ‚Weil ich es befehle.' Darauf Sarah: ‚Oh, wenn meine Freunde nicht gut genug für dieses Haus sind, dann bin ich es auch nicht.' – ‚Du kannst tun, was dir beliebt', sagte ich; ‚aber wenn sich Fairbairn hier noch einmal zeigt, schicke ich dir eins seiner Ohren als Andenken.' Mein Gesicht erschreckte sie, glaube ich; denn sie sagte kein Wort, und am gleichen Abend verließ sie mein Haus. Sie bezog zwei Straßen weiter ein Haus und nahm Matrosen als Mieter auf. Fairbairn hielt sich dort auf, und Mary ging oft hin, um mit ihrer Schwester und ihm Tee zu trinken. Wie häufig sie hinging, weiß ich nicht; aber eines Tages folgte ich ihr. Fairbairn entfloh über die hintere Gartenmauer – Feigling, der er war. Ich schwor meiner Frau, daß ich sie töten würde, wenn ich sie noch einmal in seiner Gesellschaft fände, und ich

brachte sie nach Hause – sie schluchzte und zitterte und war weiß wie ein Leintuch. Es war keine Spur von Liebe mehr zwischen uns. Ich merkte, daß sie mich haßte und sich vor mir fürchtete.
Sarah stellte fest, daß sie in Liverpool ihren Lebensunterhalt nicht verdienen konnte; sie kehrte also, soviel ich weiß, zu ihrer Schwester nach Croydon zurück. Und dann kam die letzte Woche und all das Elend und der Zusammenbruch.
Es war so. Wir hatten mit der ‚May Day' eine siebentägige Rundfahrt unternommen; aber das Steuerruder brach, so daß wir zwölf Stunden im Hafen liegen mußten. Ich verließ das Schiff und ging heim. Ich dachte, was für eine Überraschung das für meine Frau sein würde, und ich hoffte, sie würde sich freuen, mich so bald wiederzusehen. Das dachte ich, als ich in meine Straße einbog, und in diesem Augenblick fuhr eine Droschke an mir vorbei, und darin saß sie neben Fairbairn, plaudernd und lachend.
Von diesem Augenblick an war ich nicht mehr mein eigener Herr, und es ist alles wie ein verschwommener Traum, wenn ich zurückblicke. Ich hatte in letzter Zeit viel getrunken, und beides zusammen vernebelte mir den Kopf.
Ich rannte hinter der Droschke her. Ich hatte einen schweren Eichenstock bei mir, und ich sage Ihnen, ich sah rot; aber während ich lief, wurde ich auch schlau, und ich blieb zurück, um zu schauen, ohne gesehen zu werden. Sie hielten beim Bahnhof. Am Schalter herrschte ein Gedränge, so daß ich ziemlich nahe herankommen konnte, ohne bemerkt zu werden. Sie lösten Fahrkarten nach New Brighton. Ich tat dasselbe, stieg aber drei Wagen hinter ihnen ein. In New Brighton gingen sie über die Promenade, und ich war nie weiter als hundert Meter von ihnen entfernt. Schließlich mieteten sie ein Ruderboot und ruderten hinaus; es war ein sehr

heißer Tag, und sie meinten wohl, auf dem Wasser würde es kühler sein.
Es war fast, als hätten sie sich mir in die Hand gegeben. Es war dunstig, und man konnte nur ein paar hundert Meter weit sehen. Ich mietete ebenfalls ein Boot und ruderte ihnen nach. Sie müssen etliche Kilometer vom Ufer entfernt gewesen sein, als ich sie endlich einholte. Der Dunst war wie ein Vorhang rings um uns. Ich werde niemals ihre Gesichter vergessen, als sie sahen, wer in dem Boot saß, das da hinter ihnen herkam. Mary schrie auf. Er fluchte wie verrückt und stieß mit dem Riemen nach mir. Ich wich aus und zog ihm eins mit meinem Stock über, daß sein Schädel wie ein Ei zerbrach. Sie hätte ich vielleicht trotz meiner Wut geschont; aber sie schlang die Arme um ihn, weinte und rief ‚Alec'. Ich schlug nochmals zu, und da lag sie neben ihm ausgestreckt. Ich war wie ein wildes Tier, das Blut gekostet hat. Wäre Sarah dagewesen, bei Gott, sie hätte auch dran glauben müssen. Ich zog mein Messer hervor und... na ja! Ich habe genug gesagt. Es bereitete mir eine geradezu ingrimmige Freude, als ich dachte, wie es Sarah zumute sein würde, wenn sie an solchen Zeichen erkennen würde, wozu ihre Intrigen geführt hatten. Dann band ich die beiden Toten am Boot fest, bohrte eine Planke an und wartete, bis sie untergegangen waren. Ich wußte recht gut, daß der Bootsbesitzer denken würde, sie hätten sich im Nebel verirrt und wären ins Meer hinausgetrieben. Ich ruderte an Land zurück und ging wieder an Bord meines Schiffes, ohne daß eine Seele ahnte, was geschehen war. Am folgenden Tag schickte ich das Paket für Sarah von Belfast ab.
Da haben Sie die ganze Wahrheit. Sie können mich hängen oder mit mir machen, was Sie wollen; aber Sie können mich nicht noch mehr strafen, als ich schon gestraft bin. Ich kann meine Augen nicht schließen, ohne die beiden Gesichter vor mir zu sehen – sie starren

mich an, wie sie mich anstarrten, als mein Boot durch den Dunstvorhang brach. Ich tötete sie rasch, aber sie töten mich langsam.‹

Was ist der Sinn von all dem, Watson?« sagte Holmes ernst, als er das Schriftstück niederlegte. »Wem ist mit diesem Kreislauf von Elend, Gewalttätigkeit und Angst gedient? Es muß ja einen Sinn haben, sonst wäre unser Weltall vom Zufall regiert, was undenkbar ist. Aber wo liegt der Sinn? Das ist die große, ewige Frage, auf die die menschliche Vernunft noch immer keine Antwort weiß.«

Der Rote Kreis

»Tja, Mrs. Warren, ich sehe nicht ein, wieso Sie Grund zur Sorge haben, und ich begreife auch nicht, warum ich mich mit der Angelegenheit befassen soll, zumal meine Zeit ziemlich kostbar ist. Ich habe wirklich andere Dinge im Kopf.« So sprach Sherlock Holmes und wandte sich dann wieder dem dicken Buch zu, in dem er sein neuestes Material einordnete.

Aber die Wirtin blieb hartnäckig. »Sie brachten voriges Jahr die Affäre eines Mieters von mir in Ordnung«, sagte sie, »Mr. Fairdale Hobbs war es.«

»Ah ja, eine einfache Sache.«

»Aber er hörte nie auf, davon zu reden – von Ihrer Güte, Sir, und von der Art, wie Sie Licht in die Dunkelheit brachten. Seine Worte fielen mir nun ein, da ich selbst in Schwierigkeiten bin. Ich weiß, Sie könnten, wenn Sie nur wollten.«

Holmes war Schmeicheleien durchaus zugänglich.

»Also, Mrs. Warren, lassen Sie uns Näheres hören. Sie haben doch nichts dagegen, wenn ich rauche? Danke, Watson, für die Streichhölzer! Sie machen sich Sorgen, wenn ich recht verstanden habe, weil Ihr neuer Mieter im Zimmer bleibt und Sie ihn nicht zu sehen bekommen. Meine liebe Mrs. Warren, wenn ich Ihr Mieter wäre, würden Sie mich oft wochenlang nicht zu sehen bekommen.«

»Sicher, Sir; aber das ist etwas anderes. Es macht mir angst, Mr. Holmes. Ihn vom frühen Morgen bis zum späten Abend hin und her gehen zu hören und doch nie einen Blick auf ihn zu erhaschen – das ist mehr, als ich zu ertragen vermag. Mein Mann ist deswegen schon ebenso nervös wie ich; aber er ist den ganzen Tag fort zur Arbeit, während ich keine Ruhe habe. Wovor versteckt er sich? Was hat er getan? Abgesehen von meinem Mädchen bin ich ganz allein mit ihm im Haus.«

»Wenn ich mich mit der Sache befasse, muß ich jede Einzelheit wissen«, sagte Holmes. »Denken Sie gut nach. Der kleinste Punkt kann der entscheidende sein. Sie sagen, der Mann zog vor zehn Tagen ein und bezahlte vierzehn Tage im voraus?«

»Er fragte nach meinen Bedingungen, Sir. Ich sagte, fünf Shilling wöchentlich. Es ist ein kleines Wohnzimmer und ein Schlafzimmer mit allem Komfort im obersten Stock.«

»Und?«

»Er sagte: ›Ich zahle Ihnen fünf Pfund wöchentlich, wenn Sie auf meine Bedingungen eingehen.‹ Ich bin arm, Sir, und mein Mann verdient nicht viel. Er zog eine Zehnpfundnote heraus und hielt sie mir vor die Nase. ›Das bekommen Sie alle vierzehn Tage, wenn Sie auf meine Bedingungen eingehen‹, sagte er. ›Sonst will ich nichts mehr mit Ihnen zu tun haben.‹«

»Wie waren die Bedingungen?«

»Nun, er verlangte einen Hausschlüssel. Das war ganz in der Ordnung. Viele Mieter wollen einen Schlüssel haben. Auch, daß er völlig sich selbst überlassen bleiben wollte und nie, unter keinen Umständen, gestört werden durfte. Aber nun ist er schon zehn Tage da, und keiner von uns hat ihn jemals zu sehen bekommen. Wir können ihn mit schnellen Schritten hin und her gehen hören, vormittags, nachmittags und abends; aber außer dem ersten Abend hat er nie das Haus verlassen.«

»Oh, er ging am ersten Abend aus?«

»Jawohl, Sir, und kam sehr spät heim – als wir alle schon im Bett waren. Nachdem er gemietet hatte, sagte er mir, daß er das tun würde, und bat mich, die Haustür nicht zu verriegeln. Ich hörte ihn nach Mitternacht die Treppe hinaufgehen.«

»Aber seine Mahlzeiten?«

»Er hat sich ausdrücklich ausbedungen, daß wir, wenn er läutet, das Essen auf einen Stuhl vor seiner Tür stellen sollen. Wenn er fertig ist, läutet er wieder, und wir holen das Tablett vom selben Stuhl. Wenn er etwas Besonderes wünscht, schreibt er es mit Druckbuchstaben auf einen Zettel und legt ihn hin.«

»Mit Druckbuchstaben?«

»Ja, mit Bleistift. Nur das Wort, sonst nichts. Ich habe hier ein paar Zettel mitgebracht, um sie Ihnen zu zeigen: SEIFE. Hier ist noch einer: STREICHHOLZ. Diesen hier legte er heute früh hin: DAILY GAZETTE. Diese Zeitung bringe ich ihm jeden Morgen mit dem Frühstück.«

»Du meine Güte, Watson«, sagte Holmes, der mit großem Interesse die Zettel betrachtete, »das ist wirklich ungewöhnlich. Abgeschiedenheit kann ich begreifen; aber wozu Druckbuchstaben, Watson?«

»Er will seine Handschrift verbergen.«

»Aber weshalb? Was kann es ihm ausmachen, wenn seine Wirtin ein Wort in seiner Schrift hat? Und weshalb so lakonische Benachrichtigungen?«

»Das ist mir unbegreiflich.«

»Es eröffnet ein weites Feld für Überlegungen. Die Wörter sind mit einem stumpfen, violetten Bleistift geschrieben. Hier siehst du, daß ein Stück von dem Papier abgerissen wurde, nachdem die Druckbuchstaben gemalt waren. Das ›S‹ von ›Seife‹ fehlt zum Teil. Das läßt tief blicken, nicht, Watson?«

»Eine Vorsichtsmaßregel?«

»Ganz recht. Dort war offensichtlich eine Spur, ein Daumenabdruck, etwas, das einen Hinweis auf seine Identität gegeben hätte. Nun, Mrs. Warren, Sie sagten,

der Mann ist mittelgroß, dunkel und hat einen Bart. Wie alt ungefähr?«
»Noch jung, Sir – nicht über dreißig.«
»Können Sie mir noch mehr Anhaltspunkte geben?«
»Er sprach fließend Englisch, Sir; aber nach seinem Tonfall hätte ich ihn für einen Ausländer gehalten.«
»Und war er gut gekleidet?«
»Sehr elegant gekleidet, Sir – durchaus ein besserer Herr. Dunkler Anzug – nichts Auffälliges.«
»Gab er keinen Namen an?«
»Nein, Sir.«
»Bekommt er Briefe oder Besuch?«
»Überhaupt nicht.«
»Aber Sie oder das Mädchen gehen doch sicher morgens in seine Wohnung?«
»Nein, Sir, er besorgt alles selbst.«
»Du meine Güte! Das ist seltsam. Wie steht's mit seinem Gepäck?«
»Er hatte eine große braune Tasche, sonst nichts.«
»Kam denn gar nichts aus seinem Zimmer?«
Die Wirtin entnahm ihrer Handtasche einen Umschlag; daraus schüttelte sie zwei angebrannte Zündhölzer und einen Zigarettenstummel auf den Tisch. »Das war heute früh auf seinem Tablett. Ich brachte es mit, weil ich hörte, daß Sie aus kleinen Dingen große ableiten können.«
Holmes zuckte die Schultern. »Viel besagt das nicht. Die Streichhölzer sind offenbar zum Anstecken von Zigaretten benutzt worden. Sie sind nur kurz abgebrannt, daran erkennt man es. Wenn man eine Pfeife oder eine Zigarre anzündet, verbraucht man ein halbes Streichholz. Aber dieser Zigarettenstummel ist sonderbar! Der Herr hat einen Schnurrbart und einen Vollbart, sagen Sie?«
»Jawohl, Sir.«
»Das verstehe ich nicht. Ich würde behaupten, daß nur

ein glattrasierter Mann diese Zigarette geraucht haben könnte. Sicher, Watson, sogar dein kleines Schnurrbärtchen wäre hiervon versengt worden.«

»Eine Zigarettenspitze?« schlug ich vor.

»Nein, nein, der Stummel ist verfilzt. Es können wohl nicht zwei Menschen in der Wohnung sein, Mrs. Warren?«

»Nein, Sir. Er ißt so wenig, daß ich mich oft wundere, wie einer dabei am Leben bleiben kann.«

»Nun, ich glaube, wir müssen noch auf etwas mehr Material warten. Schließlich haben Sie sich ja über nichts zu beklagen. Sie haben Ihr Geld erhalten, und er macht Ihnen als Mieter keine Schwierigkeiten, wenn er auch entschieden ungewöhnlich ist. Er zahlt gut, und wenn er sich nicht sehen lassen will, so geht uns das eigentlich nichts an. Solange wir keinen Grund zu der Annahme haben, daß er sich wegen einer Schuld von der Welt absperren muß, haben wir kein Recht, bei ihm einzudringen. Ich werde die Sache nicht aus den Augen verlieren. Berichten Sie mir, wenn es etwas Neues gibt, und verlassen Sie sich auf meinen Beistand, wenn Sie wirklich Hilfe brauchen.«

Nachdem die Wirtin gegangen war, sagte Holmes zu mir: »Dieser Fall hat entschieden einige interessante Punkte, Watson. Es kann sich natürlich um einen Kauz handeln – es kann aber auch etwas Ernstes dahinterstekken. Mir kommt vor allem die Möglichkeit in den Sinn, daß die Person, die sich jetzt in den Zimmern aufhält, ganz anders aussieht als der Mann, der sie gemietet hat.«

»Wie kommst du darauf?«

»Nun, läßt es nicht, abgesehen von dem Zigarettenstummel, tief blicken, daß der Mann nur ein einziges Mal ausging, und zwar gleich nach dem Mieten der Wohnung? Er kehrte zurück – oder jemand kehrte zurück –, als alle Zeugen aus dem Weg waren. Wir haben keinen Beweis, daß die Person, die zurückkehrte, dieselbe ist wie diejenige, die fortging. Außerdem sprach der Mann, der die Zimmer mietete, fließend Englisch. Der andere aber schreibt ›Streichholz‹ auf statt ›Streichhölzer‹. Ich könnte mir vorstellen, daß er das Wort aus einem Wörterbuch hat, wo es nur in der Einzahl angegeben ist. Die lakonische Ausdrucksweise soll vielleicht bloß die mangelnden Sprachkenntnisse verdecken. Ja, Watson, es gibt gute Gründe für die Annahme, daß der Mieter durch einen anderen ersetzt worden ist.«

»Aber zu welchem Zweck?«

»Da liegt das Problem. Einen einzigen Wegweiser für die Nachforschungen hätten wir.« Er holte das dicke Buch herunter, in das er täglich die verschiedenen persönlichen Aufrufe und Benachrichtigungen klebte. »Du meine Güte«, sagte er, während er darin blätterte, »welch ein Chor von Herzensschreien! Wie erreicht solch eine Nachricht nur denjenigen, für den sie bestimmt ist? Zum Glück brauchen wir uns bloß mit einer bestimmten Zeitung zu beschäftigen. Hier sind die Auszüge der letzten zwei Wochen aus der *Daily Gazette*. ›Diejenige Dame mit schwarzer Boa, die vorigen Mittwoch ...‹ – das können wir überschlagen. ›Komm zurück, Jimmy, alles vergeben ...‹ Das scheint keine Beziehung zu haben. ›Wenn die Dame, die im Brixton-Autobus ohnmächtig wurde ...‹ Sie interessiert uns nicht. Ah, das wäre eher möglich. Hör zu, Watson: ›Hab Geduld. Werde sicher ein Verständigungsmittel finden. Zwischen dieser Rubrik. G.‹ Das erschien zwei Tage nachdem Mrs. Warrens Mieter aufgetaucht war. Klingt einleuchtend, nicht? Der Geheimnisvolle versteht demnach Englisch, wenn er die Sprache auch selbst nicht beherrscht. Schauen wir, ob wir die Spur wiederfinden. Ja, hier – drei Tage später. ›Treffe erfolgreiche Anordnungen. Geduld und Klugheit. Die Wolken werden sich verziehen. G.‹ Danach eine Woche lang nichts mehr. Dann dies: ›Die Bahn wird frei. Wenn ich Signalmöglichkeit finde, an vereinbarten Kode denken: Eins = A, zwei = B usw. Du wirst bald etwas hören. G.‹ Das stand gestern in der Zeitung, und in der heutigen Ausgabe ist nichts. Das paßt gut auf Mrs. Warrens Mieter. Wenn wir noch etwas warten, Watson, wird die Sache bestimmt verständlicher werden.«

Am folgenden Morgen trug mein Freund ein zufriedenes Lächeln zur Schau.

»Wie findest du das, Watson?« rief er und nahm die Zeitung vom Tisch. »Da steht: ›Hohes rotes Haus mit weißer Einfassung. Dritter Stock. Zweites Fenster links. Am Abend. G.‹ Das ist deutlich. Ich glaube, nach dem Frühstück müssen wir uns Mrs. Warrens Gegend ein wenig ansehen. Oh, Mrs. Warren! Was für Neuigkeiten bringen Sie uns heute morgen?«

Unsere Klientin war plötzlich ins Zimmer gestürzt.

»Die Sache geht die Polizei an, Mr. Holmes!« rief sie. »Ich dulde es nicht mehr! Er soll mit seinem Gepäck abziehen. Ich wäre schnurstracks hinaufgegangen und hätte es ihm gesagt, wenn ich es nicht für richtig gehalten hätte, erst Ihre Meinung zu hören. Aber ich bin am Ende meiner Geduld. Wenn es so weit kommt, daß mein Mann überfallen wird ...«

»Ihr Mann ist überfallen worden?«

»Ja, heute früh. Mein Mann ist Aufseher bei Morton & Waylight in der Tottenham Court Road. Er muß immer vor sieben aus dem Haus gehen. Heute früh hatte er noch keine zehn Schritte gemacht, da holten ihn zwei Männer von hinten ein, warfen ihm einen Mantel über den Kopf und setzten ihn in ein Auto, das am Straßenrand hielt. Sie fuhren eine Stunde mit ihm, und dann machten sie die Tür auf und stießen ihn hinaus. Er war so verdattert, daß er überhaupt nicht sah, was aus dem Auto wurde. Als er sich aufraffte, stellte er fest, daß er auf der Heide von Hampstead lag. Er fuhr mit dem Autobus nach Hause, und dort liegt er nun auf dem Sofa. Ich kam sofort hierher, um Ihnen zu berichten, was geschehen ist.«

»Sehr interessant«, sagte Holmes. »Sah er etwas von den Männern? Hörte er sie reden?«

»Nein; er ist völlig benommen. Er weiß nur, daß er wie durch Zauberei ins Auto gesetzt und hinausgeschafft wurde. Es saßen mindestens zwei darin, vielleicht drei.«

»Und Sie bringen diesen Überfall mit Ihrem Mieter in Verbindung?«

»Nun ja, wir wohnen dort seit fünfzehn Jahren, und noch nie ist so etwas geschehen. Ich habe genug von ihm. Geld ist nicht alles. Ich will ihn aus dem Haus haben, bevor der Tag um ist.«

»Warten Sie noch ein bißchen, Mrs. Warren. Tun Sie nichts Voreiliges. Ich glaube fast, daß diese Angelegenheit viel bedeutungsvoller ist, als es auf den ersten Blick erschien. Es ist mir jetzt klar, daß Ihrem Mieter irgendeine Gefahr droht. Ebenso klar ist, daß seine Feinde Ihren Mann mit ihm verwechselten, weil es am Morgen neblig war. Als sie ihren Irrtum bemerkten, ließen sie ihn frei. Was sie andernfalls getan hätten, läßt sich nur vermuten.«

»Was soll ich denn tun, Mr. Holmes?«

»Ich habe große Lust, mir Ihren Mieter anzusehen, Mrs. Warren.«

»Ich wüßte nicht, wie sich das machen ließe, es sei denn, Sie brechen die Tür auf. Ich höre ihn immer aufschließen, wenn ich die Treppe hinuntergehe, nachdem ich das Tablett abgestellt habe.«

»Er muß ja das Tablett hereinholen. Wir könnten uns doch sicher verstecken und ihm dabei zusehen.«

Die Wirtin überlegte kurz. »Nun ja, Sir, gegenüber ist eine Abstellkammer. Ich könnte dort einen Spiegel anbringen, und wenn Sie hinter der Tür stehen...«

»Vortrefflich!« rief Holmes. »Wann ißt er zu Mittag?«
»Gegen eins, Sir.«
»Dann werden Doktor Watson und ich beizeiten kommen. Bis dahin – auf Wiedersehen, Mrs. Warren.«
Um halb eins standen wir auf der Treppe vor Mrs. Warrens Haus, einem hohen, schmalen, gelben Ziegelsteingebäude an der Great Orme Street, die eine enge Durchfahrt an der Ostseite des Britischen Museums bildet. Da es nahe an der Straßenecke stand, hatte man von hier aus einen Blick über die Howe Street mit ihren anspruchsvolleren Häusern. Holmes wies schmunzelnd auf ein Wohnhaus, das etwas vorragte, so daß es ins Auge fiel.
»Schau, Watson! ›Hohes rotes Haus mit weißer Einfassung.‹ Da haben wir die Signalstation. Wir kennen den Ort, und wir kennen den Kode; unsere Aufgabe dürfte also einfach sein. An dem Fenster dort ist ein Schild: ›Zu vermieten.‹ Es ist offenbar eine leere Wohnung, zu der der Verbündete Zugang hat. Nun, Mrs. Warren, was jetzt?«
»Ich habe alles für Sie vorbereitet. Wenn Sie beide hinaufgehen und Ihre Stiefel auf dem Vorplatz lassen wollen, bringe ich Sie jetzt oben unter.«
Es war ein ausgezeichnetes Versteck. Der Spiegel stand so, daß wir, im Dunkeln sitzend, die Tür gegenüber ganz deutlich sehen konnten. Wir hatten uns niedergelassen, und Mrs. Warren war längst gegangen, als ein fernes Läuten verkündete, daß unser geheimnisvoller Nachbar geklingelt hatte. Kurz darauf erschien die Wirtin mit dem Tablett, stellte es auf dem Stuhl neben der geschlossenen Tür ab und ging dann schweren Schrittes hinunter. Wir kauerten in dem Winkel und hielten die Augen auf den Spiegel gerichtet. Als die Schritte der Wirtin verklangen, vernahm man plötzlich das Knirschen eines Schlüssels, die Klinke bewegte sich, und zwei dünne Hände schossen heraus und

hoben das Tablett vom Stuhl. Im nächsten Moment wurde es hastig wieder abgesetzt, und ich erhaschte einen Blick auf ein dunkles, schönes Gesicht, das voller Entsetzen auf die schmale Öffnung der Abstellkammer starrte. Dann fiel die Tür zu, der Schlüssel wurde wieder umgedreht, und alles war still. Holmes zupfte mich am Ärmel, und zusammen schlichen wir die Treppe hinunter.

»Ich komme am Abend wieder«, sagte Holmes zu der erwartungsvollen Wirtin. »Ich glaube, Watson, wir können zu Hause besser über die Sache reden.«

Als er dann daheim in seinem Lehnstuhl saß, begann er: »Meine Vermutung hat sich als richtig erwiesen, wie du gesehen hast. Der Mieter ist durch einen andern ersetzt worden. Allerdings ahnte ich wohl, daß wir eine Frau vorfinden würden, und zwar keine gewöhnliche Frau, Watson.«

»Sie sah uns.«

»Nun, sie sah etwas, das sie erschreckte. Soviel steht fest. Die Folge der Ereignisse ist ziemlich klar, nicht? Ein Ehepaar sucht in London Zuflucht vor einer drohenden Gefahr. Deren Größe läßt sich nach den Vorsichtsmaßnahmen einschätzen. Der Mann will seine Frau in unbedingter Sicherheit zurücklassen, während er irgendeine Arbeit erledigt. Er löste das Problem so gut, daß nicht einmal die Wirtin etwas von ihrer Anwesenheit weiß. Sie schreibt alles in Druckbuchstaben, um zu verhindern, daß ihr Geschlecht durch ihre Handschrift erkannt wird. Der Mann darf sich ihr nicht nähern, weil er sonst die Feinde zu ihr führen würde. Da er sich nicht direkt mit ihr in Verbindung setzen kann, nimmt er die Nachrichtenspalte der Zeitung zu Hilfe. Soweit wäre alles klar.«

»Aber was steckt dahinter?«

»Ja, was steckt dahinter? Soviel läßt sich sagen: Keine gewöhnliche Liebeseskapade. Du sahst ja das Gesicht der Frau beim Anzeichen einer Gefahr. Wir hörten auch von der Attacke auf Mr. Warren, die zweifellos auf den Mieter gemünzt war. Demnach geht es um Leben oder Tod. Der Überfall auf Mr. Warren beweist außerdem, daß die Feinde keine Ahnung von dem Mietertausch haben. Eine sehr sonderbare Angelegenheit, Watson. Wenn es dunkel wird, werden wir bei unserer Untersuchung ein Stück weiter sein.«

Als wir abermals zu Mrs. Warren gingen, hatte sich das Halbdunkel eines Londoner Winterabends zu einem grauen Vorhang verdichtet, der nur von den scharfen gelben Vierecken der Fenster und dem verwischten Lichtschimmer der Laternen unterbrochen wurde. Als wir aus Mrs. Warrens dunklem Wohnzimmer hinausspähten, durchdrang ein weiteres Licht die Dunkelheit.

»Da geht jemand in dem Zimmer herum«, flüsterte Holmes, gespannt durch die Scheibe blickend. »Ja, ich sehe seinen Schatten. Dort ist er wieder! Er hat eine Kerze in der Hand. Jetzt schaut er herüber. Er will sich vergewissern, daß sie aufpaßt. Nun fängt er an zu signalisieren. Gib auch acht, Watson, damit wir vergleichen können. Ein einziges Signal – das ist sicher ›A‹. Alsdann. Wieviel hast du? Zwanzig. Ich auch. Das dürfte ›T‹ bedeuten. AT – das ist immerhin verständlich. Noch ein ›T‹. Und nun ... TENTA. Fertig. Das kann doch nicht alles sein. Watson? ATTENTA ergibt keinen Sinn. Da geht's wieder los! Nanu? Er signalisiert ja dasselbe Wort. Seltsam, Watson, sehr seltsam! Nun wieder. AT ... du meine Güte, zum drittenmal! Dreimal ATTENTA! Wie oft will er es denn noch wiederholen? Nein, jetzt ist Schluß damit. Er hat sich vom Fenster zurückgezogen. ATTENTA ... sonderbar. Oh, ich hab's, Watson! Das ist natürlich italienisch. ›Achtung! Achtung! Achtung!‹ Was meinst du dazu, Watson?«

»Ich glaube, du hast es getroffen.«

»Bestimmt. Es ist eine sehr dringende Nachricht. Aber

wovor soll sie achtgeben? Halt, er kommt wieder zum Fenster.«

Abermals gewahrten wir die Umrisse eines kauernden Mannes und das Vorbeiflitzen der kleinen Flamme, als die Signale erneuert wurden. Sie kamen jetzt schneller als zuvor, so schnell, daß es schwer war, ihnen zu folgen.

»PERICOLO. Was heißt nun das – Gefahr, nicht wahr? Da wieder! PERI... Nanu, was um alles in der Welt...«

Das Licht war plötzlich erloschen, und das dritte Stockwerk bildete ein dunkles Band an dem sonst erhellten Haus. Die letzte Warnung war jäh abgebrochen worden. Wie und durch wen? Gleichzeitig kam uns derselbe Gedanke. Holmes sprang auf.

»Es gilt, Watson!« rief er. »Dort ist eine Teufelei im Gange! Warum sollte die Nachricht auf diese Weise aufhören? Ich müßte Scotland Yard darauf aufmerksam machen – und doch, Eile tut not, wir können nicht fortlaufen.«

»Soll ich zur Polizei gehen?«

»Wir müssen die Lage erst klären. Es könnte ja auch eine ganz harmlose Deutung geben. Komm, Watson, wir wollen selbst hinübergehen und schauen, was sich machen läßt.«

Als wir rasch die Howe Street entlanggingen, blickte ich auf das Haus zurück, das wir soeben verlassen hatten. Da sah ich am obersten Fenster, schattenhaft sich abhebend, den Kopf einer Frau, die gespannt auf das rote Haus schaute und offenbar auf die Wiederaufnahme der unterbrochenen Nachricht wartete. Am Eingang des roten Hauses lehnte ein Mann, eingemummt in einen dicken Mantel und ein Halstuch, am Geländer. Er stutzte, als das Licht aus dem Vorraum auf unsere Gesichter fiel.

»Holmes!« rief er.

»Oh, Gregson!« sagte mein Gefährte und drückte dem Detektiv von Scotland Yard die Hand. »Was führt Sie

hierher?«
»Das gleiche wie Sie, nehme ich an«, antwortete Gregson. »Wie Sie allerdings hineingeraten sind, kann ich mir nicht vorstellen.«
»Verschiedene Fäden, die aber zum selben Knäuel führen. Ich habe die Signale verfolgt.«
»Signale?«
»Ja, von dem Fenster droben. Sie brachen mittendrin ab. Wir kamen her, um den Grund zu erforschen. Aber da die Sache in Ihren Händen ruht, brauche ich ihr ja nicht mehr nachzugehen.«
»Warten Sie!« rief Gregson eifrig. »Ich muß gestehen, Mr. Holmes, daß ich noch nie mit einem Fall zu tun hatte, bei dem ich Ihre Hilfe dringender gebraucht hätte. Dieses Haus hat nur den einen Eingang, so daß wir ihn sicher haben.«
»Wer ist es denn?«
»Oh, Mr. Holmes, dieses eine Mal sind wir Ihnen über.« Gregson stieß seinen Stock kräftig auf den Boden, worauf ein Kutscher mit der Peitsche in der Hand von einem Wagen herüberkam, der auf der anderen Straßenseite stand. »Darf ich Sie mit Mr. Sherlock Holmes bekannt machen?« sagte er zu dem Droschkenkutscher. »Dies ist Mr. Leverton von der Agentur Pinkerton.«
»Der Held des Höhlenrätsels von Long Island?« sagte Holmes. »Sir, ich freue mich, Sie kennenzulernen.«
Der Amerikaner, ein ruhiger, geschäftsmäßiger junger Mann mit glattrasiertem, scharfgeschnittenem Gesicht, errötete vor Freude über diese Worte. »Ich bin augenblicklich auf der Fährte meines Lebens, Mr. Holmes. Wenn ich Gorgiano kriegen kann...«
»Was! Gorgiano vom Roten Kreis?«
»Ist er auch in Europa berühmt? Nun, wir haben alles von ihm in Amerika erfahren. Wir wissen, daß er hinter fünfzig Morden steckt, und doch haben wir keine rechtskräftigen Beweise gegen ihn. Von New York verfolgte

ich seine Spur hierher, und seit einer Woche bin ich ihm dicht auf den Fersen und warte auf eine Gelegenheit, um ihn am Kragen zu packen. Mr. Gregson und ich stellten ihn hier in diesem großen Miethaus, das nur die eine Tür hat, so daß er uns nicht entschlüpfen kann. Drei Leute sind herausgekommen, seit er hineingegangen ist; aber ich könnte schwören, daß er keiner davon war.«

»Mr. Holmes erzählte mir von Signalen«, fiel Gregson ein. »Wahrscheinlich weiß er wie gewöhnlich viel mehr als wir.«

Mit wenigen Worten erläuterte Holmes die Lage, wie sie sich uns darstellte. Der Amerikaner schlug vor Ärger die Hände zusammen und rief: »Er hat uns überlistet!«

»Wie kommen Sie darauf?«

»Nun ja, das ist doch anzunehmen, nicht? Da benachrichtigt er einen Komplicen – es sind mehrere von seiner Bande in Londen –, und gerade als er ihm mitteilen will, daß Gefahr im Verzug ist, bricht er ab. Was könnte das anderes bedeuten, als daß er uns plötzlich auf der Straße erspäht hat. Was schlagen Sie vor, Mr. Holmes?«

»Daß wir sogleich hinaufgehen und selbst nachschauen.«

»Aber wir haben keinen Haftbefehl.«

»Er hält sich unter verdächtigen Umständen in einer Wohnung auf, die ihm nicht gehört«, erwiderte Gregson. »Das genügt für den Augenblick. Ich übernehme die Verantwortung.«

Die Tür zur linken Wohnung im dritten Stock war angelehnt. Gregson stieß sie ganz auf. Drinnen herrschten völlige Stille und Dunkelheit. Ich zündete die Laterne des Detektivs an, und wir stießen alle einen Ruf der Überraschung aus. Auf den Dielen des Fußbodens zog sich eine frische Blutspur hin. Die roten Abdrücke kamen von einer Innentür her, die geschlossen war. Gregson riß sie auf.

Mitten in dem leeren Zimmer lag ein riesiger Mann,

dessen glattrasiertes, dunkles Gesicht grotesk-schauerlich verzerrt war. Unter seinem Kopf war eine Blutlache, und rings um ihn hob sich von dem hellen Holzwerk ein roter Kreis ab. Seine Knie waren hochgezogen, seine Hände verkrampft, und aus der braunen Kehle ragte der Schaft eines Messers. Neben seiner rechten Hand lag ein zweischneidiger Dolch mit Horngriff und unweit davon ein schwarzer Glacéhandschuh.

»Wahrhaftig, das ist ja der Schwarze Gorgiano selbst!« rief der amerikanische Detektiv. »Da ist uns jemand zuvorgekommen.«

»Hier ist die Kerze, Mr. Holmes«, sagte Gregson. »Aber was treiben Sie denn da?«

Holmes hatte die Kerze angezündet und führte sie vor- und rückwärts an der Fensterscheibe vorbei. Dann blickte er in die Dunkelheit, blies die Kerze aus und warf sie auf den Boden. »Ich glaube, das wird nützlich sein«, sagte er. Er kam herüber und sah nachdenklich zu, während die beiden Detektive die Leiche untersuchten. »Drei Leute sind aus dem Haus gekommen, während Sie unten warteten?« fragte er schließlich. »Haben Sie sie näher betrachtet?«

»Ja.«

»War darunter ein ungefähr dreißigjähriger, dunkler, mittelgroßer Bursche mit schwarzem Bart?«

»Ja, er kam als letzter an mir vorbei.«

»Das ist Ihr Mann, schätze ich. Ich kann Ihnen seine Beschreibung geben.«

»Viel hilft das nicht bei Millionen Londonern, Mr. Holmes.«

»Deshalb hielt ich es fürs beste, diese Dame herbeizuholen.«

Wir drehten uns bei diesen Worten alle um. In der Tür stand eine große, schöne Frau – die geheimnisvolle Mieterin. Langsam trat sie näher; ihr blasses, abgehärmtes Gesicht spiegelte Entsetzen, und ihre Augen

starrten auf die dunkle Gestalt am Boden.
»Sie haben ihn getötet«, murmelte sie, *»o dio mio*, Sie haben ihn getötet!« Dann hörte ich sie plötzlich scharf einatmen, und sie machte einen Freudensprung. Sie tanzte durchs Zimmer, klatschte in die Hände und sprudelte mit glänzenden Augen lauter hübsche italienische Worte hervor. Unvermittelt hielt sie inne und betrachtete uns fragend. »Aber Sie! Sie sind doch von der Polizei, nicht wahr? Sie haben Giuseppe Gorgiano getötet. Ist es nicht so?«
»Wir sind Polizeibeamte, Madam.«
»Aber wo ist denn Gennaro? Das ist mein Mann – Gennaro Lucca. Ich bin Emilia Lucca, und wir sind beide aus New York. Er rief mich soeben von diesem Fenster aus her, und ich lief, so schnell ich konnte.«
»Ich rief Sie her«, sagte Holmes.
»Sie! Wie konnten Sie das überhaupt?«
»Ihr Kode war einfach, Madam. Ich wußte, daß ich nur *vieni* signalisieren mußte und daß Sie dann bestimmt kommen würden.«
Die schöne Italienerin sah meinen Freund ehrfürchtig an. »Ich verstehe nicht, woher Sie alle diese Dinge wissen«, antwortete sie. »Giuseppe Gorgiano, wie ist er...« Sie brach ab, und dann erhellte sich plötzlich ihr Gesicht vor Stolz und Freude. »Jetzt begreife ich es! Mein Gennaro hat das Ungeheuer mit seiner starken Hand getötet! O Gennaro, wie wundervoll du bist! Welche Frau könnte jemals eines solchen Mannes würdig sein?«
»Nun, Mrs. Lucca«, sagte der prosaische Gregson, »ich bin mir noch nicht klar, wer und was Sie sind; aber Sie haben soviel ausgesagt, daß wir Sie auf der Wache haben müssen.«
»Einen Augenblick, Gregson«, mischte sich Holmes ein. »Ich glaube, daß diese Dame durchaus bereit ist, uns Aufklärung zu geben. Sie verstehen, Madam, daß Ihr

Gatte wegen der Ermordung des Mannes, der hier vor uns liegt, verhaftet und verurteilt werden wird? Was Sie sagen, kann gegen ihn verwendet werden. Wenn Sie aber meinen, daß er aus Gründen gehandelt hat, die nicht verbrecherischer Natur sind und deren Bekanntgabe er wünschen würde, dann erweisen Sie ihm einen größeren Dienst, wenn Sie uns alles erzählen.«
»Da Gorgiano jetzt tot ist, fürchten wir nichts mehr«, erwiderte Emilia Lucca. »Er war ein Ungeheuer, und es gäbe keine Gerechtigkeit in der Welt, wenn mein Mann dafür bestraft würde, daß er ihn getötet hat.«
Wenig später saßen wir alle in dem kleinen Wohnzimmer der Signora Lucca und lauschten der Schilderung der finsteren Begebenheiten, deren Ende wir zufällig miterlebt hatten.
»Ich bin in Posilippo bei Neapel geboren«, begann sie. »Mein Vater, Augusto Barelli, war Bezirksanwalt und früher Deputierter dieser Gegend. Gennaro war bei meinem Vater angestellt, und ich verliebte mich in ihn. Er hatte weder Geld noch Rang – nichts, außer seiner Schönheit, Kraft und Energie –, und deshalb war mein Vater gegen die Verbindung. Wir flohen zusammen, heirateten in Bari und verkauften meinen Schmuck, um mit dem Erlös nach Amerika zu gehen. Das war vor vier Jahren, und seither haben wir in New York gelebt.
Das Glück war uns zuerst hold. Gennaro fand bei einem Italiener eine Anstellung – er hatte ihn vor einer Gaunerbande gerettet und ihn dadurch als einen mächtigen Freund gewonnen. Er hieß Tito Castalotte und war der Seniorchef der Firma Castalotte & Zamba, des größten New Yorker Obstgeschäftes. Signor Zamba war Invalide und unser neuer Freund Castalotte der alleinige Herrscher in der Firma, die über dreihundert Leute beschäftigte. Er stellte also meinen Mann an, übertrug ihm die Leitung einer Abteilung und zeigte ihm täglich sein Wohlwollen. Signor Castalotte war Junggeselle,

und ich glaube, er betrachtete Gennaro als eine Art Sohn, und wir beide, mein Mann und ich, liebten ihn wie einen Vater. Wir hatten in Brooklyn ein kleines Haus erworben und eingerichtet, und unsere Zukunft schien gesichert, als plötzlich eine schwarze Wolke auftauchte, die sich bald über unseren Himmel ausbreitete.

Als Gennaro eines Abends aus dem Geschäft heimkam, brachte er einen Landsmann mit. Er hieß Gorgiano, und er stammte auch aus Posilippo. Er war ein riesenhafter Mann, wie Sie ja selbst gesehen haben. Nicht nur seine Körpergröße war überragend, alles an ihm war grotesk, gigantisch und beängstigend. Seine Stimme klang wie Donner in unserem kleinen Haus. Es war kaum Platz für sein Armgefuchtel, wenn er redete. Seine Gedanken, seine Gemütsbewegungen, seine Leidenschaften, alles war übertrieben.

Er kam immer wieder. Doch ich merkte, daß Gennaro sich in seiner Gegenwart ebensowenig wohl fühlte wie ich. Mein armer Mann saß blaß und gleichgültig da, während sich Gorgiano endlos über politische und soziale Fragen austobte. Gennaro sagte nichts; aber ich las von seinem Gesicht eine Empfindung ab, die ich noch nie zuvor wahrgenommen hatte. Zuerst hielt ich es für Abneigung. Allmählich aber ging mir auf, daß es mehr war. Es war Furcht. An diesem Abend – an dem Abend, an dem ich seine Angst erkannte – umarmte ich ihn und beschwor ihn bei seiner Liebe zu mir und allem, was ihm teuer war, mir zu sagen, warum dieser große Mann ihn so bedrückte.

Er sagte es mir, und es wurde mir eiskalt ums Herz, als ich ihm zuhörte. Mein armer Gennaro war in seiner Sturm-und-Drang-Zeit einem neapolitanischen Bund beigetreten, dem Roten Kreis, der den alten Carbonari angeschlossen war. Die Gelübde dieses Geheimbundes waren fürchterlich; aber wer einmal aufgenommen war, der konnte nicht mehr entrinnen. Als wir nach Amerika flüchteten, dachte Gennaro, er hätte das alles für immer abgeschüttelt. Wie erschrak er, als er eines Abends auf der Straße gerade den Mann traf, der ihn in Neapel zum Beitritt angestiftet hatte, den riesigen Gorgiano. Er war nach New York gekommen, um der italienischen Polizei zu entgehen, und er hatte in seiner neuen Heimat bereits eine Zweigstelle dieses schrecklichen Geheimbundes gegründet. All dies erzählte mir Gennaro, und er zeigte mir einen Aufruf, den er gerade an diesem Tage erhalten hatte. Ein roter Kreis war auf dem Briefkopf, und da stand, daß zu einem bestimmten Zeitpunkt eine Versammlung stattfinden würde, zu der er aufgeboten war.

Das war schlimm genug, aber es sollte noch schlimmer werden. Ich hatte schon bemerkt, daß Gorgiano, wenn er abends zu uns kam, viel mit mir sprach; doch selbst wenn er das Wort an meinen Mann richtete, hefteten sich seine gräßlichen, glühenden Augen immerzu auf mich. Eines Abends enthüllte er sein Geheimnis. Ich hatte in ihm das erweckt, was er Liebe nannte – die Liebe eines Rohlings, eines Wilden. Gennaro war noch nicht heimgekehrt, als Gorgiano kam. Er drang einfach ein, umfing mich mit seinen mächtigen Armen, liebkoste mich täppisch wie ein Bär, bedeckte mich mit Küssen und flehte mich an, mit ihm fortzugehen. Ich wehrte mich und schrie, als Gennaro eintrat und auf ihn losfuhr. Er schlug Gennaro bewußtlos und floh aus dem Haus.

Ein paar Tage später fand die Versammlung statt. Gennaro kam mit einem Gesicht zurück, das mir verriet, daß etwas Entsetzliches geschehen sein mußte. Es war schlimmer, als wir uns jemals vorgestellt hätten. Die Gelder des Bundes wurden dadurch beschafft, daß man reiche Italiener erpreßte und ihnen mit Gewalttätigkeit drohte, wenn sie nicht zahlten. Man hatte sich auch an

Castalotte, unseren lieben Freund und Gönner, herangemacht. Er hatte den Drohungen nicht nachgegeben, sondern die Briefe der Polizei überbracht. Nun war beschlossen worden, an ihm ein Exempel zu statuieren, das andere Opfer vom Widerstand abhalten sollte. Während der Versammlung hatte man den Plan geschmiedet, ihn und sein Haus mit Dynamit in die Luft zu sprengen. Es wurde ausgelost, wer die Tat begehen sollte. Gennaro sah das grausame Gesicht unseres Feindes lächeln, als er in den Sack griff. Gennaro zog die verhängnisvolle Karte mit dem roten Kreis – den Befehl für den Mord. Mein Mann sollte seinen besten Freund töten – andernfalls setzte er sich und mich der Rache seiner Kameraden aus. Es gehörte nämlich zu den grauenvollen Regeln des Bundes, Verhaßte und Gefürchtete dadurch zu strafen, daß man ihre Angehörigen traf.

Am nächsten Abend sollte das Attentat erfolgen. Mittags waren mein Mann und ich auf dem Weg nach London; aber vorher hatten wir unseren Wohltäter vor der ihm drohenden Gefahr gewarnt und auch dafür gesorgt, daß die Polizei ihn in Zukunft schützte.

Das übrige wissen Sie ja selbst. Wir waren sicher, daß unsere Feinde uns wie unser Schatten folgen würden. Mein Mann benutzte den kurzen Vorsprung, den wir hatten, um einen sicheren Schlupfwinkel für mich zu finden. Er selbst wollte unabhängig bleiben, um sich mit der amerikanischen und italienischen Polizei in Verbindung setzen zu können. Ich weiß nicht, wo und wie er lebte. Er ließ mir nur einige Mitteilungen durch Anzeigen in einer Zeitung zukommen. Als ich aber einmal zum Fenster hinausblickte, sah ich zwei Italiener vor dem Haus, und da wußte ich, daß Gorgiano unseren Schlupfwinkel auf irgendeine Weise ausfindig gemacht hatte. Schließlich teilte mir Gennaro durch die Zeitung mit, daß er von einem bestimmten Fenster aus signalisieren würde; doch als die Signale kamen, waren es nur lauter Warnungen, die plötzlich abbrachen. Es ist mir jetzt klar, daß er wußte, wie dicht Gorgiano ihm auf den Fersen war, und daß er – gottlob! – auf eine Begegnung vorbereitet war. Und nun möchte ich Sie fragen, meine Herren, ob wir etwas von der Justiz zu befürchten haben? Gibt es ein Gericht auf der Welt, das meinen Gennaro wegen seiner Handlungsweise verurteilen wird?«

»Nun, Mr. Gregson«, sagte der Amerikaner und blickte den Detektiv von Scotland Yard an, »ich weiß nicht, welchen Standpunkt man in England einnehmen wird; aber ich glaube, daß der Gatte dieser Dame in New York viel Dank ernten wird.«

»Sie muß mit mir kommen und mit dem Chef reden«, antwortete Gregson. »Wenn sich ihre Aussage bestätigt, hat sie oder ihr Mann meines Erachtens nicht viel zu fürchten. Was ich jedoch nicht begreife, Mr. Holmes, ist, wie Sie in diese Sache hineingeraten sind.«

»Das werden Sie nachlesen können, Gregson«, lächelte Sherlock Holmes. »Ja, Watson, nun kannst du deiner Sammlung wieder ein Beispiel des Tragisch-Grotesken hinzufügen. Übrigens, ist es nicht schon acht Uhr? Heute abend wird Wagner in Covent Garden aufgeführt! Wenn wir uns beeilen, kommen wir noch zum zweiten Akt zurecht.«

Inhalt

Leseprobe aus Scherz-classic-Krimi 946

MEINE SCHAUERLICHSTEN GRUSELSTUNDEN 2

von Alfred Hitchcock

Als ich an jenem Morgen, an dem man Rachel Avery tot in der Badewanne entdeckte, herunterkam, fand ich Bane schon am Frühstückstisch. Er hatte nicht gut geschlafen, was an seinen Augen und an seinen heruntergezogenen Mundwinkeln zu sehen war.

»Wir werden heute in die Stadt fahren«, sagte er.

»Es hat während der Nacht geschneit, und Sie sind müde und haben schlecht geschlafen. Wenn Sie sich erkälten – was Sie fast sicher tun werden –, dann werden Sie für Wochen ans Bett gefesselt sein.« Ich wußte, daß er solche Argumente akzeptieren würde. »Und weshalb wollen Sie überhaupt in die Stadt fahren, Sir?«

»Um zu hören, was die Leute sagen.«

»Oh? Was meinen Sie damit?«

»Weil Rachels Mann sie umgebracht hat, Tim. Rachel hätte nie heiraten sollen, schon gar nicht Dean Avery. Er ist ein Mann mit der Seele einer Rechenmaschine, Rachel dagegen war romantisch und musisch veranlagt. Er brachte sie in sein Haus und wollte sie ganz für sich haben. Aber es war ihr nicht gegeben, treu zu sein, weder ihm noch einem anderen. Sie war ein Schmetterling, flatterte umher und genoß ihr Leben. Und jetzt hat er sie getötet.«

Nach einer kurzen Pause, in der er anscheinend einen Gedanken zu Ende dachte, fuhr er fort:

»Ich möchte wissen, wie er es getan hat, und dann entscheiden, was zu tun ist. Vielleicht könnten Sie ohne mich in die Stadt fahren. Sie beobachten sehr gut, Sie spüren und fühlen mehr, als ich anfangs vermutet hatte, fast als ob Sie die Menschen kennen würden wie ich.«
»Sie haben sie gut beschrieben.«
Diese Äußerung amüsierte ihn. »Macht nichts«, sagte er. »Stellen Sie Ihr Licht ruhig unter den Scheffel, wenn Sie unbedingt müssen, aber sehen Sie zu, was Sie erfahren können. Ich werde darüber nachdenken, wie wir die ganze Angelegenheit dann handhaben werden. Ich weiß zwar eine ganze Menge, aber noch nicht genug.«
Bevor ich wegfuhr, fragte ich ihn, wieso er eigentlich seines Verdachts so sicher wäre. Darauf sagte er: »Ich kenne die Stadt und ihre Bewohner. Ich kenne Rachel und Dean Avery. Ich kannte ihre Mutter sehr gut, und ich kannte seine Eltern. Ich wußte, daß sie einander nicht hätten heiraten sollen und daß die Sache schiefgehen würde. Und ich bin absolut sicher, daß sie umgebracht wurde und daß er es war, der es getan hat. Können Sie das verstehen?« . . .